Agatha Mary Clarissa Miller wurde am 15. September 1890 in Torquay, Devon, als Tochter einer wohlhabenden Familie geboren. 1912 lernte Agatha Miller Colonel Archibald Christie kennen, den sie bei Ausbruch des Ersten Weltkriegs heiratete. Die Ehe wurde 1928 geschieden. Zwei Jahre später schloss sie die Ehe mit Max E. L. Mallowan, einem um 14 Jahre jüngeren Professor der Archäologie, den sie auf vielen Forschungsreisen in den Orient als Mitarbeiterin begleitete. Im Lauf ihres Lebens schrieb die «Queen of Crime» 73 Kriminalromane, unzählige Kurzgeschichten, 20 Theaterstücke, 6 Liebesromane (unter dem Pseudonym «Mary Westmacott»), einen Gedichtband, einen autobiografischen Bericht über ihre archäologischen Expeditionen sowie ihre Autobiografie. Ihre Kriminalromane werden in über 100 Ländern verlegt, und Agatha Christie gilt als die erfolgreichste Schriftstellerin aller Zeiten. 1965 wurde sie für ihr schriftstellerisches Werk mit dem «Order of the British Empire» ausgezeichnet. Agatha Christie starb am 12. Januar 1976 im Alter von 85 Jahren.

Agatha Christie

Der
Wachsblumenstrauß

Roman

Aus dem Englischen von
Ursula Wulfekamp

Fischer Taschenbuch Verlag

Veröffentlicht im Fischer Taschenbuch Verlag,
einem Unternehmen der S. Fischer Verlag GmbH,
Frankfurt am Main, Mai 2003

Lizenzausgabe mit freundlicher Genehmigung
der Scherz Verlag AG, Bern
Alle deutschsprachigen Rechte beim Scherz Verlag, Bern.
Die Originalausgabe erschien unter dem Titel
«After the Funeral»
bei HarperCollins, London.
© 1953 by Agatha Christie Mallowan
Deutsche Neuausgabe in der Übersetzung von Ursula Wulfekamp,
Scherz Verlag, Bern 2000
Gesamtherstellung: Ebner & Spiegel, Ulm
Printed in Germany
ISBN 3-596-50682-4

Für James – im Gedenken an
glückliche Tage in Abney

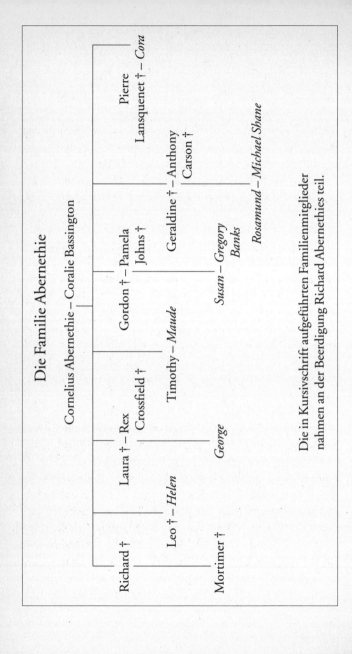

Erstes Kapitel

I

Der alte Lanscombe schlurfte von Zimmer zu Zimmer und zog die Rouleaus hoch. Ab und zu spähte er zwischen zusammengekniffenen wässrigen Augen zum Fenster hinaus.

Bald würden sie von der Beerdigung zurückkommen. Seine taperigen Schritte beschleunigten sich ein wenig. Es gab so viele Fenster.

Enderby Hall war ein weitläufiges viktorianisches Anwesen im neogotischen Stil. Die Vorhänge waren aus schwerem, längst verblasstem Brokat oder Samt, in manchen Zimmern bespannte noch verbliebene Seide die Wände. Im grünen Salon warf der Butler einen Blick auf das Gemälde, das über dem Kamin hing; es zeigte den alten Cornelius Abernethie, der Enderby Hall dereinst hatte erbauen lassen. Sein dunkler Bart ragte angriffslustig vom Kinn ab, seine Hand ruhte auf einem Globus – ob auf Wunsch des Porträtierten hin oder vom Maler als symbolischer Blickfang gedacht, wusste niemand mehr zu sagen.

Ein sehr beeindruckender Mann, dachte der alte Lanscombe immer und war froh, dass er nie persönlich seine Bekanntschaft geschlossen hatte. Sein gnädiger Herr war Mr. Richard gewesen, und ein sehr guter Herr war er gewesen. Ganz plötzlich hatte er das Zeitliche gesegnet, doch, ganz plötzlich, obwohl der Arzt in letzter Zeit immer häufiger nach Enderby hatte kommen müssen. Aber der gnädige Herr hatte sich nie vom Schock über den Tod des jungen Mr. Mortimer erholt. Kopfschüttelnd tappelte der alte Mann durch die Verbindungstür ins weiße Boudoir. Entsetzlich war das gewesen, eine regelrechte Tragödie. So ein feiner, aufrechter junger Herr, und so lebenskräftig und gesund dazu. Dass ihm ein solches Unglück

7

passieren würde, hätte man nie für möglich gehalten. Jammervoll war das gewesen, wirklich jammervoll. Und dann Mr. Gordon, der im Krieg gefallen war. Eins war zum anderen gekommen. Aber so ging das Leben heutzutage. Das war einfach zu viel gewesen für den gnädigen Herrn. Obwohl er vor einer Woche noch fast der Alte gewesen war.

Das dritte Rouleau im weißen Boudoir ließ sich nicht hochziehen, wie es sollte. Lanscombe konnte es ein Stück bewegen, dann klemmte es. Die Federn waren ausgeleiert – das war's –, und die Rouleaus waren uralt, wie alles hier im Haus. Und heutzutage war es unmöglich, die alten Sachen reparieren zu lassen. Zu altmodisch, sagten die Handwerker dann immer und schüttelten den Kopf, anmaßend, wie es ihre Art war – als ob die alten Sachen nicht viel besser wären als die neuen! Er konnte ein Lied davon singen. Dies neue Zeug war Schund, zumindest das meiste davon, ging einem unter den Händen kaputt. Schäbiges Material, schäbig verarbeitet. O ja, er konnte ein Lied davon singen.

Mit diesem Rouleau würde er nicht weiterkommen, wenn er nicht die Leiter holte. Aber mittlerweile stieg er nicht mehr gern auf die Leiter, dann wurde ihm immer schwummerig. Er würde das Rouleau einfach unten lassen. Es war sowieso gleichgültig, denn das weiße Boudoir ging nicht nach vorne hinaus, wo die Leute das Rouleau sehen würden, wenn sie von der Beerdigung zurückkamen – und überhaupt wurde der Raum gar nicht mehr benutzt. Es war ein Damenzimmer, und in Enderby gab es schon lange keine Herrin mehr. Ein Jammer, dass Mr. Mortimer nie geheiratet hatte. Immerzu war er zum Fischen nach Norwegen gefahren oder zum Jagen nach Schottland und dann zu diesem neumodischen Wintersport in die Schweiz, anstatt eine nette junge Dame zu heiraten und sich häuslich niederzulassen, mit Kindern, die durchs Haus wuselten. Es war lange her, dass irgendwelche Kinder durchs Haus gelaufen waren.

Lanscombes Gedanken wanderten weit zurück zu einer Zeit,

die ihm klar und deutlich vor Augen stand – viel klarer und deutlicher als die letzten zwanzig Jahre, die alle verschwammen und durcheinander wirbelten, so dass er gar nicht mehr richtig sagen konnte, welche Herrschaften gekommen und welche gegangen waren oder wie sie überhaupt ausgesehen hatten. Aber an die alten Zeiten erinnerte er sich noch sehr gut.

Mr. Richard war zu seinen jüngeren Geschwistern fast wie ein Vater gewesen. Vierundzwanzig war er gewesen, als sein Vater die Augen geschlossen hatte, und er hatte sich sofort ins Geschäft gestürzt, war jeden Tag pünktlich auf die Minute aus dem Haus gegangen, hatte auf dem Anwesen alles weitergeführt wie bisher und so prachtvoll, wie man es sich nur wünschen konnte. Ein sehr glückliches Haus war es gewesen, mit all den heranwachsenden Damen und Herren. Natürlich, hin und wieder hatte es auch Streit gegeben, die Gouvernanten hatten ihre liebe Mühe. Farblos waren sie, diese Gouvernanten; Lanscombe hatte immer nur Verachtung für sie empfunden. Aber die jungen Damen waren sehr temperamentvoll gewesen. Vor allem Miss Geraldine. Und Miss Cora auch, obwohl die viel jünger war. Und jetzt war Mr. Leo tot, und Miss Laura war auch gestorben. Mr. Timothy war invalid, wirklich eine schlimme Sache. Und Miss Geraldine war irgendwo im Ausland gestorben. Und Mr. Gordon im Krieg gefallen. Mr. Richard, obwohl der Älteste der Geschwister, hatte sie alle überlebt – na ja, nicht ganz, denn Mr. Timothy lebte ja noch, und auch die kleine Miss Cora, aber die hatte diesen abscheulichen Pinselkünstler geheiratet. Fünfundzwanzig Jahre lang hatte er sie nicht gesehen. Als sie mit dem Kerl weggegangen war, war sie ein hübsches junges Ding gewesen, und jetzt hätte er sie beinahe nicht wieder erkannt, so korpulent war sie geworden – und so exzentrisch in diesem Kleid! Ihr Mann hatte aus Frankreich gestammt, ein Franzose, oder zumindest ein halber Franzose – und was man davon zu halten hatte, wusste man ja. Aber Miss Cora war auch immer eine etwas – nun ja, eine schlichte Natur gewesen. Die kamen in jeder Familie vor.

Aber sie hatte ihn sofort wieder erkannt. «Da ist ja Lanscombe!», hatte sie gesagt und sich offenbar wirklich gefreut, ihn zu sehen. Ach ja, damals hatten sie ihn alle gern gemocht. Bei Abendgesellschaften waren sie immer zu ihm in die Küche hinuntergeschlichen, und er hatte ihnen von der Götterspeise und der Charlotte Russe gegeben, wenn die Schüsseln aus dem Esszimmer zurückgetragen wurden. Sie hatten den alten Lanscombe alle gekannt, aber heute gab es praktisch niemanden mehr, der sich an ihn erinnerte. Jetzt gab es nur das junge Volk, das er nicht auseinander halten konnte und das in ihm einfach einen alten Butler sah, der fast schon zum Inventar gehörte. Ein Haufen Fremder, hatte er gedacht, als sie sich vor der Beerdigung im Haus eingefunden hatten – und obendrein ein ziemlich verwahrloster Haufen Fremder.

Aber nicht Mrs. Leo – die war anders. Sie und Mr. Leo waren nach ihrer Heirat häufiger hier gewesen. Mrs. Leo war eine feine Dame – eine richtige Dame. Sie trug anständige Kleider, hatte eine richtige Haarfrisur und sah aus, wie es sich gehörte. Und der gnädige Herr hatte sie immer gern gehabt. Ein Jammer, dass sie und Mr. Leo nie Kinder bekommen hatten …

Lanscombe fuhr zusammen. Was dachte er sich bloß dabei, hier rumzustehen und den alten Zeiten nachzuhängen, wo es so viel zu tun gab? Die Rouleaus im Erdgeschoss waren alle offen, und Janet war auf seine Anweisung hin nach oben gegangen, um die Schlafzimmer herzurichten. Er, Janet und die Köchin waren zum Trauergottesdienst in der Kirche gewesen, aber anschließend nicht mit ins Krematorium gefahren, sondern gleich ins Haus zurückgekehrt, um die Rouleaus hochzuziehen und das Mittagessen vorzubereiten. Natürlich wurde nur kalt serviert: Schinken, Hühnchen, Zunge und Salat. Und hinterher kaltes Zitronensoufflé und Apfelkuchen. Vorneweg eine heiße Suppe – er sollte lieber mal nachsehen, ob Marjorie schon so weit war, dass sie gleich serviert werden könnte, denn die Gäste würden in ein oder zwei Minuten bestimmt hier sein.

Im schlurfenden Trab verließ er den Raum. Dabei streifte

sein Blick geistesabwesend das Gemälde, das hier über dem Kamin hing – das Gegenstück zum Porträt im grünen Salon. Das Bild brachte den weißen Satin und die Perlen gut zur Geltung, aber die menschliche Gestalt, die das alles trug, war nicht annähernd so eindrucksvoll wie die Person auf dem anderen Gemälde. Nichtssagendes Gesicht, kleiner Mund, Mittelscheitel. Eine bescheidene, unauffällige Frau. Das einzige wirklich Bemerkenswerte an Mrs. Cornelius Abernethie war ihr Name gewesen – Coralie.

Coral Hühneraugenpflaster und die dazugehörigen Fußpflegemittel von Coral waren auch nach über sechzig Jahren seit der Firmengründung noch immer ein Renner. Ob Coral Hühneraugenpflaster je besonders wirksam gewesen waren, konnte niemand sagen – aber sie hatten Anklang beim Publikum gefunden und so den Grundstein zu diesem neogotischen Palast gelegt, zu den weitläufigen Gärten und dem Vermögen, das sieben Söhnen und Töchtern ein beträchtliches jährliches Einkommen gesichert und Richard Abernethie ermöglicht hatte, vor drei Tagen als sehr wohlhabender Mann zu sterben.

II

Als Lanscombe in der Küche ein Wort der Ermahnung sprechen wollte, wies Marjorie ihn scharf zurecht. Marjorie, die Köchin des Hauses, war jung, gerade siebenundzwanzig, und stellte Lanscombes Geduld immer wieder auf die Probe, weil sie überhaupt nicht dem Bild entsprach, das er sich von einer richtigen Köchin machte. Es fehlte ihr an Distinktion, und außerdem achtete sie seine, Lanscombes, Position zu gering. Immer wieder nannte sie das Haus ein «altes Mausoleum» und beschwerte sich über den weitläufigen Küchenbereich, «wo man zwischen Speisekammer und Spülküche eine halbe Tagesreise zurücklegen muss». Sie war seit zwei Jahren in Enderby und nur geblieben, weil sie zum einen gut bezahlt wurde und zum anderen, weil Mr. Abernethie ihre Kochkünste gebührend zu würdigen gewusst hatte. Sie kochte in der Tat sehr gut. Janet, die sich am Küchentisch zur Erholung eine Tasse Tee gönnte, war ein älteres Dienstmädchen, das zwar häufig erbitterte Wortkriege mit Lanscombe führte, sich aber gegen die jüngere Generation in Gestalt von Marjorie meist mit ihm verbündete. Die vierte Person, die sich in der Küche befand, war Mrs. Jacks, die nur bei besonderen Anlässen aushalf und der die Beerdigung gut gefallen hatte.

«Es war wunderschön», sagte sie mit einem gebührend sittsamen Schniefen, während sie sich Tee nachschenkte. «Neunzehn Autos, die Kirche war fast voll, und der Pfarrer hat die Messe wunderbar gelesen. Und schönes Wetter, genau richtig für eine Beerdigung. Ach, der arme Mr. Abernethie. Solche wie ihn gibt's nicht mehr viele. Alle haben sie Respekt vor ihm gehabt.»

Ein Hupen war zu hören und dann ein Auto, das die Auffahrt heraufkam. Mrs. Jacks stellte ihre Tasse ab. «Da sind sie!», rief sie.

Marjorie drehte die Gasflamme unter dem großen Topf mit Hühnercremesuppe höher. Der überdimensionale Kochherd aus den Tagen viktorianischer Pracht stand kalt und unbenützt da, wie ein der Vergangenheit geweihter Schrein.

Die Wagen fuhren nacheinander vor und die schwarz gekleideten Insassen stiegen aus und gingen zögernd durch die Eingangshalle in den großen grünen Salon. In Anbetracht der ersten frischen Herbsttage brannte im Kamin ein Feuer, und auch wegen der Trauergäste, die nach dem Herumstehen bei der Beerdigung sicher frösteln würden.

Lanscombe betrat den Raum und bot auf einem Silbertablett Gläser mit Sherry an.

Mr. Entwhistle, Seniorpartner der alteingesessenen und angesehenen Firma Bollard, Entwhistle, Entwhistle and Bollard, stand am Feuer und ließ sich den Rücken wärmen. Er nahm ein Glas Sherry entgegen und musterte die Versammelten mit dem scharfen Blick des Notars. Nicht alle Anwesenden waren ihm persönlich bekannt, und er musste sie sozusagen erst zuordnen. Die Vorstellungen vor der Abfahrt zum Trauergottesdienst waren flüchtig und nur im Flüsterton gemacht worden.

Als Erstes betrachtete er den alten Lanscombe. «Der ist schon ziemlich wackelig auf den Beinen», dachte Mr. Entwhistle. «Wenn mich nicht alles täuscht, geht er auf die neunzig zu. Na, er bekommt ja eine nette Leibrente. Der hat ausgesorgt. Treue Seele. So altmodisches Dienstpersonal bekommt man heute gar nicht mehr. Hilfskräfte und Babysitter, was anderes gibt's nicht. Es ist schon ein Jammer. Ein Segen, vielleicht, dass Richard vor seiner Zeit abgetreten ist. Wahrscheinlich hatte er nichts mehr, was ihn noch am Leben hielt.»

Für Mr. Entwhistle mit seinen zweiundsiebzig Jahren war Richard Abernethies Tod im Alter von achtundsechzig eindeutig verfrüht. Der Notar hatte sich zwei Jahre zuvor aus dem aktiven Geschäft zurückgezogen, aber als Richard Abernethies Testamentsvollstrecker und aus Respekt vor einem seiner ältesten Klienten, mit dem er auch persönlich befreundet gewesen war, hatte er die Reise nach Nordengland auf sich genommen.

Während er im Geiste die Verfügungen des Testaments durchging, betrachtete er die Familienmitglieder.

Mrs. Leo – Helen – kannte er natürlich gut. Sie war eine reizende Dame, die er gerne mochte und auch schätzte. Er betrachtete sie mit Sympathie dort neben dem Fenster. Schwarz stand ihr besonders gut. Sie hatte auf ihre Figur geachtet. Ihm gefielen die klar geschnittenen Züge, der Schwung, mit dem die grauen Haare von den Schläfen nach hinten gekämmt waren, und die Augen, die früher mit Kornblumen verglichen worden und auch heute noch leuchtend blau waren.

Wie alt Helen jetzt wohl sein mochte? Etwa ein- oder zweiundfünfzig, vermutete er. Seltsam, dass sie nach Leos Tod nie wieder geheiratet hatte. Sie war eine attraktive Frau. Aber die beiden waren einander sehr zugetan gewesen.

Sein Blick wanderte weiter zu Mrs. Timothy. Sie kannte er

kaum. Schwarz war nicht ihre Farbe – sie war eine Frau für Tweed. Eine kräftige, vernünftige, lebenstüchtige Person, die Timothy immer eine aufopferungsvolle Ehefrau gewesen war. Hatte sich um seine Gesundheit gekümmert, hatte ihn umsorgt – wahrscheinlich etwas zu sehr. Ob Timothy wirklich etwas fehlte? In Mr. Entwhistles Augen war er ein Hypochonder. Der Meinung war Richard Abernethie auch gewesen. «Als Junge ein bisschen schwach auf der Brust, natürlich», hatte er immer gesagt. «Aber dass ihm jetzt noch was fehlt, das glaube ich wirklich nicht.» Nun ja, jeder brauchte ein Steckenpferd, und Timothys Steckenpferd war nun einmal die alles bewegende Frage seiner Gesundheit. Ob Mrs. Tim ihm das wirklich abnahm? Wahrscheinlich nicht – aber solche Sachen gaben Frauen ja nie zu. Timothy musste sein gutes Auskommen haben, er hatte das Geld nie zum Fenster hinausgeworfen. Aber der warme Segen würde ihm durchaus gelegen kommen – vor allem heutzutage mit den hohen Steuern. Seit dem Krieg hatte er seinen Lebensstandard sicher drastisch senken müssen.

Jetzt wandte Mr. Entwhistle seine Aufmerksamkeit George Crossfield zu, dem Sohn Lauras. Laura hatte ja einen sehr dubiosen Kerl geheiratet, über den man nie viel erfahren hatte. Angeblich Börsenmakler. Der junge George war in einer Anwaltskanzlei – keine sehr angesehene Firma. Gut aussehend, aber irgendwie verschlagen. Allzu viel zum Leben hatte der bestimmt nicht. Laura hatte mit ihren Geldanlagen kein gutes Händchen bewiesen. Bei ihrem Tod vor fünf Jahren hatte sie so gut wie nichts hinterlassen. Sie war ein hübsches, verträumtes Mädchen gewesen, aber ohne den geringsten Sinn fürs Finanzielle.

Mr. Entwhistles Blick wanderte von George Crossfield weiter zu den beiden jungen Frauen. Welche war welche? Ach ja, das war Geraldines Tochter Rosamund, die sich gerade die Wachsblumen auf dem Malachittisch ansah. Ein hübsches Ding, bildhübsch sogar – etwas dümmliches Gesicht. Schauspielerin. Bei einer Boulevardtruppe oder so was Ähnliches. Zu

allem Überfluss hatte sie auch noch einen Schauspieler geheiratet. Gut aussehender Kerl. «Und das weiß er», dachte Mr.
Entwhistle, der große Vorbehalte gegen das Theatervolk hegte.
«Ich würde ja gerne wissen, aus was für einer Familie der
kommt.»

Missbilligend betrachtete er Michael Shane mit seinen blonden Haaren und dem Charme, der hageren Männern eigen ist.

Susan, Gordons Tochter, würde sich auf der Bühne viel besser machen als Rosamund. Mehr Persönlichkeit. Vielleicht
mehr, als im Alltag gut ist. Sie stand ganz in seiner Nähe, darum beobachtete Mr. Entwhistle sie nur verstohlen. Dunkle
Haare, haselnussfarbene – fast goldene – Augen, ein attraktiver,
etwas trotziger Mund. Neben ihr stand ihr Ehemann, den sie
erst vor kurzem geheiratet hatte – ein Apothekengehilfe, soweit
er wusste. Ein Apothekengehilfe, man stelle sich nur vor! Mr.
Entwhistles Ansicht nach heirateten junge Frauen keine Männer, die hinter einer Ladentheke arbeiteten. Aber heutzutage
heirateten sie ja jeden Dahergelaufenen. Der junge Mann mit
dem blassen, nichtssagenden Gesicht und den dunkelblonden
Haaren machte den Eindruck, als sei ihm unbehaglich zumute.
Mr. Entwhistle fragte sich nach dem Grund, kam dann aber zu
dem wohlwollenden Schluss, das käme von der Anstrengung,
die große Verwandtschaft seiner Frau kennenzulernen.

Als Letztes nahm Mr. Entwhistle schließlich Cora Lansquenet in Augenschein. Das entbehrte nicht einer gewissen Logik,
denn Cora war in der Familie immer der Nachzügler gewesen,
Richards jüngste Schwester. Ihre Mutter, bei der Geburt fast
fünfzig, hatte die zehnte Niederkunft (drei Kinder waren noch
im Säuglingsalter gestorben) nicht überlebt. Die arme kleine
Cora! Ihr ganzes Leben war sie eine blamable Gestalt gewesen
und immer mit Bemerkungen herausgeplatzt, die besser ungesagt geblieben wären. Ihre Geschwister waren immer sehr nett
zu ihr gewesen, hatten ihre Unzulänglichkeiten wettgemacht
und ihre gesellschaftlichen Fauxpas überspielt. Niemand hatte
sich träumen lassen, dass Cora je heiraten würde. Sie war zu

groß geraten, etwas einfältig und nicht besonders hübsch gewesen, und ihre allzu auffälligen Annäherungsversuche an die jungen Männer, die nach Enderby zu Besuch kamen, hatten diese meist zu verschreckten Rückzugsmanövern veranlasst. Und dann, erinnerte sich Mr. Entwhistle, war die Sache mit Lansquenet passiert – Pierre Lansquenet, ein halber Franzose. Sie hatte ihn an einer Kunstakademie kennen gelernt, wo sie Unterricht im Malen von Blumenaquarellen genommen hatte, was ja durchaus schicklich war. Aber irgendwie war sie in den Kurs für Aktmalerei geraten, und dort war sie Pierre Lansquenet begegnet, war nach Hause gekommen und hatte verkündet, sie wolle ihn heiraten. Richard Abernethie hatte energisch Einspruch erhoben – dieser Pierre Lansquenet gefiel ihm nicht, und er vermutete, dass der junge Mann im Grunde nur auf eine wohlhabende Ehefrau aus war. Aber noch während er Nachforschungen über Lansquenets Herkunft anstellte, war Cora mit dem Kerl durchgebrannt und hatte ihn kurzerhand geheiratet. Den Großteil ihrer Ehe hatten die beiden in der Bretagne, in Cornwall und anderen Künstlerkolonien verbracht. Lansquenet war ein sehr schlechter Maler gewesen und, wie es hieß, kein sehr netter Mann, aber Cora hatte ihn hingebungsvoll geliebt und ihrer Familie nie verziehen, dass sie ihn nicht freundlich aufgenommen hatte. Richard hatte seiner jüngsten Schwester auf seine großzügige Art jedes Jahr eine Leibrente ausgezahlt, und von dem Geld hatten die beiden gelebt, soweit Mr. Entwhistle wusste. Er bezweifelte, dass Lansquenet je auch nur einen Penny verdient hatte. Jetzt war er wohl schon seit zwölf oder mehr Jahren tot. Und hier war nun die Witwe, nach vielen Jahren zum ersten Mal wieder im Haus ihrer Kindheit. Sie hatte ihre beinahe kissenförmige Figur in wehendes Künstlerschwarz gekleidet, mit vielen Jett-Schnüren um den Hals. Sie ging im Raum umher, fasste alles an und freute sich überschwänglich, wenn sie auf eine kindliche Erinnerung stieß. Sie gab sich wenig Mühe, Trauer über den Tod ihres Bruders vorzutäuschen. Aber eigentlich, so dachte Mr.

Entwhistle, hatte Cora Gefühle ja nie vorgetäuscht.

Jetzt trat Lanscombe wieder in den Raum und murmelte in gedämpfter, dem Anlass angemessener Stimme: «Das Mittagessen ist aufgetragen.»

Zweites Kapitel

Nach der delikaten Hühnercremesuppe und reichlich kalten Fleischplatten, serviert mit einem köstlichen Chablis, hob sich die Stimmung der Trauergesellschaft ein wenig. Niemand war über Richard Abernethies Tod wirklich betrübt, denn niemand war ihm wirklich nahe gestanden. Alle hatten sich gebührend schicklich und gedämpft verhalten (mit Ausnahme von Cora, die keine Hemmungen kannte und unverkennbar Spaß hatte), aber nun herrschte das Gefühl vor, dass dem Anstand Genüge getan war und man zu einer normalen Unterhaltung übergehen konnte. Mr. Entwhistle befürwortete diese Entwicklung durchaus. Er hatte Erfahrung mit Beerdigungen und wusste, wann der Zeitpunkt für eine Lockerung des Tons gekommen war.

Nach dem Essen erklärte Lanscombe, Kaffee werde in der Bibliothek serviert. Das gebot sein Gefühl für Anstand. Die Zeit war gekommen, um das Geschäftliche – in anderen Worten: das Testament – zu besprechen. Dafür bot die Bibliothek mit ihren Bücherschränken und den schweren Vorhängen aus rotem Samt die richtige Atmosphäre. Nachdem er den Kaffee serviert hatte, zog er sich zurück und schloss die Tür hinter sich.

Nach dem Austausch einiger banaler Höflichkeiten richteten sich zögerlich immer mehr Augenpaare auf Mr. Entwhistle. Er griff die Andeutung mit einem Blick auf seine Uhr sofort auf.

«Ich muss den Zug um 3.30 Uhr erreichen», begann er.

Offenbar wollten auch andere diesen Zug nehmen.

«Wie Sie wissen, bin ich Richard Abernethies Testaments-vollstrecker…»

Er wurde unterbrochen. «*Ich* habe das nicht gewusst», sagte Cora Lansquenet munter. «Wirklich? Hat er mir etwas vererbt?»

Nicht zum ersten Mal hatte Mr. Entwhistle das Gefühl, dass Cora eine Vorliebe für unpassende Bemerkungen hatte.

Er warf ihr einen tadelnden Blick zu. «Bis vor einem Jahr war Richard Abernethies Testament sehr einfach», fuhr er fort. «Von einigen Legaten abgesehen, wollte er alles seinem Sohn Mortimer vermachen.»

«Der arme Mortimer», warf Cora ein. «Kinderlähmung ist einfach schrecklich.»

«Mortimers tragischer und plötzlicher Tod war ein schwerer Schlag für Richard. Er brauchte mehrere Monate, um darüber hinwegzukommen. Ich erklärte ihm, dass es vielleicht ratsam wäre, ein neues Testament aufzusetzen.»

Maude Abernethie fragte mit ihrer tiefen Stimme: «Was wäre passiert, wenn er kein neues Testament aufgesetzt hätte? Wäre dann … wäre dann alles an Timothy gegangen – weil er der nächste Anverwandte war, meine ich?»

Mr. Entwhistle öffnete den Mund, um zu einer Abhandlung über das Thema nächster Anverwandtschaft anzusetzen, sah dann aber doch davon ab. «Auf meinen Rat hin entschied Richard sich, ein neues Testament zu machen», sagte er spitz. «Doch zuerst wollte er die jüngere Generation etwas näher kennen lernen.»

«Er hat uns regelrecht auf Tauglichkeit geprüft.» Susan lachte unvermittelt auf. «Zuerst George, dann Greg und mich und zum Schluss Rosamund und Michael.»

Gregory Banks' schmales Gesicht wurde rot. «So solltest du das wirklich nicht ausdrücken, Susan.» Sein Ton war schneidend. «Auf Tauglichkeit geprüft! Ich bitte dich!»

«Aber darum ging es doch, oder nicht, Mr. Entwhistle?»

«Hat er mir etwas hinterlassen?», fragte Cora wieder.

Mr. Entwhistle hüstelte und erklärte dann kühl: «Sie alle werden von mir eine Kopie des Testaments erhalten. Ich könnte es Ihnen, wenn Sie möchten, jetzt in ganzer Länge vorlesen, aber die juristische Terminologie könnte Ihnen etwas undurchsichtig erscheinen. Kurz gesagt, umfasst es Folgendes: Von mehreren kleinen Vermächtnissen abgesehen und einer größeren Summe für Lanscombe, mit der er sich eine Leibrente kaufen kann, wird der Großteil des Vermögens – und das ist beträchtlich – in sechs gleiche Teile geteilt. Vier davon gehen nach Abzug aller Steuern an Richards Bruder Timothy, seinen Neffen George Crossfield, seine Nichte Susan Banks und seine Nichte Rosamund Shane. Die anderen beiden Teile werden treuhänderisch verwaltet und das Einkommen daraus kommt Mrs. Helen Abernethie, der Witwe seines Bruders Leo, zugute sowie seiner Schwester Mrs. Cora Lansquenet, und zwar auf Lebenszeit. Nach deren Tod geht das Kapital auf die vier anderen Erben beziehungsweise deren Nachkommen über.»

«Wie schön!», rief Cora Lansquenet sichtlich erfreut. «Ein Einkommen! Wie viel?»

«Ich – äh – das kann ich im Augenblick nicht genau sagen. Die Erbschaftssteuer ist natürlich sehr hoch, und ...»

«Können Sie mir nicht eine Ahnung geben?»

Mr. Entwhistle wurde klar, dass er Coras Neugier befriedigen musste.

«Möglicherweise etwa drei- bis viertausend Pfund pro Jahr.»

«Toll!» Cora war begeistert. «Dann fahre ich nach Capri.»

Helen Abernethie sagte leise: «Das ist wirklich sehr nett von Richard, und sehr großzügig. Seine Aufmerksamkeit berührt mich tief.»

«Er war Ihnen sehr zugetan», erklärte Mr. Entwhistle. «Leo war sein Lieblingsbruder, und dass Sie ihn nach Leos Tod immer noch besuchten, bereitete ihm große Freude.»

«Ich wünschte, mir wäre klar gewesen, wie krank er wirklich war», sagte Helen bedauernd. «Ich habe ihn kurz vor seinem Tod noch einmal besucht. Ich wusste zwar, dass er krank war, aber dass es so schlimm um ihn stand, hatte ich nicht gedacht.»

«Es stand in der Tat schlimm um ihn», erwiderte Mr. Entwhistle. «Aber er wollte nicht, dass darüber gesprochen wurde, und meines Wissens erwartete niemand, dass sein Ende so rasch kommen würde. Ich weiß, dass der Arzt sehr überrascht war.»

«*Plötzlich, auf seinem Wohnsitz*, so hieß es in der Zeitung», meinte Cora und nickte. «Ich habe mich gewundert.»

«Es war für uns alle ein Schock», fügte Maude Abernethie hinzu. «Das hat den armen Timothy sehr mitgenommen. So plötzlich, sagte er immer wieder. So plötzlich.»

«Aber es ist ja alles gut vertuscht worden, oder nicht?», fragte Cora.

Alle starrten sie an, und auf einmal wurde sie unsicher.

«Ich glaube, ihr habt völlig Recht», fuhr sie hastig fort. «Ich meine, es hilft ja nichts, es publik zu machen. Das wäre nur unerfreulich für uns alle. Das sollte wirklich in der Familie bleiben.»

Die Gesichter, die ihr zugewandt waren, blickten noch verständnisloser.

Mr. Entwhistle beugte sich vor. «Cora, leider verstehe ich nicht, was Sie damit sagen wollen.»

Cora Lansquenet sah sich mit weit aufgerissenen Augen im Kreis um. Dann legte sie wie ein Vögelchen den Kopf zur Seite.

«Aber er ist doch ermordet worden, oder nicht?», fragte sie.

DRITTES KAPITEL

I

Auf der Fahrt nach London, die er auf dem Fensterplatz eines Abteils erster Klasse verbrachte, dachte Mr. Entwhistle über Cora Lansquenets horrende Bemerkung nach. Ihm war etwas unwohl dabei. Natürlich, Cora war eine eher unausgeglichene und außerordentlich dumme Person und schon als Mädchen für ihre peinliche Art bekannt gewesen, mit unliebsamen Wahrheiten herauszuplatzen. Aber nein, nicht mit Wahrheiten, das war das völlig falsche Wort; mit unbedachten Bemerkungen – das war der richtige Ausdruck.

In Gedanken ging er noch einmal die Minuten direkt nach diesem unglückseligen Satz durch. Erst durch die vielen Augenpaare, die sich entsetzt und missbilligend auf sie richteten, war Cora die ganze Tragweite ihrer Frage aufgegangen.

«Aber wirklich, Cora!», hatte Maude gerufen. «Liebe Tante Cora», hatte George gesagt, und jemand anders hatte gefragt: «Was meinst du bloß damit?»

Der Ungeheuerlichkeit überführt, war Cora Lansquenet sofort beschämt in einen wirren Redeschwall ausgebrochen.

«Ach, es tut mir Leid … ich wollte doch nicht … das war wirklich dumm von mir, aber ich dachte, nach dem, was er mir sagte … Ach, natürlich weiß ich, dass alles in Ordnung ist, aber sein Tod kam so plötzlich … bitte vergesst einfach, dass ich überhaupt etwas gesagt habe … ich wollte nicht so dumm … Ich weiß schon, ich sage immer das Verkehrte.»

Dann hatte sich die Aufregung wieder gelegt und eine praktische Diskussion über die Veräußerung der persönlichen Gegenstände des Verstorbenen hatte begonnen. Das Haus und sein Inhalt, so hatte Mr. Entwhistle ergänzt, würden verkauft werden.

Coras unglückseliger Fauxpas war vergessen. Schließlich war sie immer schon – nun, vielleicht nicht beschränkt, aber doch unverzeihlich naiv gewesen. Sie hatte nie begriffen, was man sagen oder nicht sagen durfte. Mit neunzehn hatte das noch keine so große Rolle gespielt. Bis zu dem Alter kann man einem Enfant terrible seine Eigenheiten nachsehen, aber ein Enfant terrible von fast fünfzig war entschieden zu viel des Guten. Mit unliebsamen Wahrheiten herauszuplatzen …

Mr. Entwhistles Gedankengang kam zu einem abrupten Stillstand. Zum zweiten Mal war ihm das leidige Wort in den Sinn gekommen. *Wahrheiten.* Und warum war es so leidig? Weil genau das – die Wahrheit – der Grund war, warum Coras freimütige Bemerkungen schon immer Empörung ausgelöst hatten. Weil ihre naiven Äußerungen entweder der Wahrheit entsprochen oder zumindest ein Körnchen Wahrheit enthalten hatten – eben deswegen waren alle stets peinlich berührt gewesen.

Obwohl Mr. Entwhistle in der fülligen neunundvierzigjährigen Frau kaum etwas gesehen hatte, das ihn an das linkische Mädchen früherer Zeiten erinnerte, waren ihr einige ihrer Manierismen erhalten geblieben – die kleine vogelartige Kopfbewegung, wenn sie eine besonders unerhörte Bemerkung machte, der Ausdruck beinahe gespannter Erwartung. Genau auf diese Art hatte Cora einmal als Mädchen über die Figur eines Küchenmädchens gesprochen. «Mollie kommt ja fast nicht mehr an den Küchentisch ran, weil ihr Bauch so vorsteht. Das ist aber erst in den letzten ein, zwei Monaten so. Warum wird sie bloß so dick? Das würde ich gerne wissen.»

Cora war rasch zum Verstummen gebracht worden. Im Haushalt der Abernethies pflegte man viktorianische Umgangsformen. Am nächsten Tag war das Küchenmädchen aus dem Haus verschwunden, und nach dem diskreten Einholen von Erkundigungen war dem zweiten Gärtner befohlen worden, es zu einer ehrbaren Frau zu machen – was er, bewegt durch das Geschenk eines Cottage, auch getan hatte.

Erinnerungen aus alter Zeit – doch sie waren nicht ganz müßig…

Mr. Entwhistle dachte eingehender über sein Unbehagen nach. Was war an Coras lächerlichen Bemerkungen, das sein Unterbewusstsein einfach nicht losließ? Nach einer Weile führte er das vor allem auf zwei Sätze zurück: «Ich dachte, nach dem, was er mir sagte…» und «Sein Tod kam so plötzlich…»

Die zweite Bemerkung untersuchte Mr. Entwhistle als Erstes. Doch, Richards Tod konnte in gewisser Hinsicht durchaus als plötzlich bezeichnet werden. Mr. Entwhistle hatte über Richards Gesundheitszustand sowohl mit ihm selbst als auch mit seinem Arzt gesprochen. Dieser hatte unmissverständlich zu verstehen gegeben, dass sein Patient kein hohes Alter erreichen würde. Wenn Mr. Abernethie sich schone, könne er noch zwei oder auch drei Jahre leben. Vielleicht sogar länger – aber das sei unwahrscheinlich. Auf jeden Fall hatte der Arzt keinen baldigen Tod vorhergesehen.

Nun, der Arzt hatte sich getäuscht – aber es war Ärzten, wie sie als Erste zugaben, ja auch nicht möglich, genaue Aussagen über den individuellen Verlauf einer Krankheit zu machen. Es gab Patienten, bei denen man jede Hoffnung aufgegeben hatte und die auf wundersame Weise genasen. Und es gab Kranke, die praktisch schon über den Berg waren und dann plötzlich doch starben. Viel hing von der Lebenskraft eines Patienten ab, von seinem Lebenswillen.

Und Richard Abernethie war zwar ein kräftiger, zupackender Mann gewesen, aber ihn hatte nur noch wenig am Leben gehalten.

Denn sechs Monate zuvor war sein einziger noch lebender Sohn Mortimer an Kinderlähmung erkrankt und binnen einer Woche gestorben. Sein Tod war ein Schock gewesen, nicht zuletzt auch deswegen, weil er ein kerngesunder, lebensfroher junger Mann gewesen war, ein begeisterter Sportler, ein guter Athlet und einer der Menschen, von denen man sagt, sie seien keinen Tag ihres Lebens krank gewesen. In wenigen Wochen hatte er sich mit einem reizenden Mädchen verloben wollen. Die Hoffnungen seines Vaters hatten ganz auf diesem geliebten und überaus gut geratenen Sohn geruht.

Stattdessen hatte das Schicksal zugeschlagen. Und danach hielt die Zukunft für Richard Abernethie nur wenig bereit, das ihn interessiert hätte. Ein Sohn war im Kindesalter gestorben, der zweite ohne Nachkommen. Er hatte keine Enkel. Nach ihm gab es niemanden, der den Namen Abernethie tragen würde. Er besaß ein immenses Vermögen mit weit verzweigten Geschäftsinteressen, die er zum Teil noch selbst in der Hand hatte. Auf wen sollten dieses Vermögen und die Kontrolle dieser Geschäfte übergehen?

Diese Fragen hatten Richard sehr belastet, das wusste Entwhistle. Sein einziger noch lebender Bruder war praktisch Invalide. Es blieb nur die jüngere Generation. Richard war immer davon ausgegangen – das vermutete der Notar, obwohl sein Freund es ihm nie direkt bestätigt hatte –, dass er einen einzigen Erben einsetzen würde, auch wenn er sicher diese oder jene Person mit einem kleinen Vermächtnis bedacht hätte. Entwhistle wusste, dass Richard Abernethie in den letzten sechs Monaten vor seinem Tod nacheinander seinen Neffen George, seine Nichte Susan mit Mann, seine Nichte Rosamund mit Mann sowie seine Schwägerin Mrs. Leo Abernethie zu Besuch eingeladen hatte. Unter den drei Erstgenannten, so spekulierte Entwhistle, hatte Abernethie nach einem Erben Ausschau gehalten. Helen Abernethie war wohl aus persönlicher Zuneigung eingeladen worden und möglicherweise auch als Ratgeberin, denn Richard hatte immer große Stücke auf ihren gesunden Menschenverstand und ihr praktisches Urteilsvermögen gehalten. Mr. Entwhistle wusste auch, dass Richard irgendwann im Verlauf dieser sechs Monate seinem Bruder Timothy einen kurzen Besuch abgestattet hatte.

Als Ergebnis all dessen war das Testament entstanden, das der Notar jetzt in seiner Aktentasche bei sich trug. Eine ausgewogene Aufteilung des Vermögens. Das ließ nur den Schluss zu, dass Richard Abernethie von seinem Neffen ebenso enttäuscht gewesen war wie von seinen Nichten, oder vielleicht auch von deren Ehemännern.

Nach Mr. Entwhistles Wissen hatte er seine Schwester Cora Lansquenet nicht zu sich eingeladen – und damit kam der Notar zu dem ersten denkwürdigen Satz, den Cora so beiläufig hatte fallen lassen: «‹Aber ich dachte, nach dem, was er mir *sagte*…›»

Was hatte Richard Abernethie denn gesagt? Und wann? Wenn Cora nicht in Enderby gewesen war, dann musste Richard sie in ihrem Künstlerdorf in Berkshire besucht haben, wo sie in einem Cottage lebte. Oder war es etwas, das er in einem Brief geschrieben hatte?

Mr. Entwhistle runzelte die Stirn. Natürlich, Cora war eine überaus dumme Person. Es war gut denkbar, dass sie einen Satz falsch verstanden und seinen Sinn verdreht hatte. Aber trotzdem fragte er sich, was dieser Satz gewesen sein könnte…

Sein Unbehagen war so groß, dass er beschloss, Mrs. Lansquenet darauf anzusprechen. Aber nicht sofort. Es war besser, wenn sie nicht merkte, wie sehr ihm die Frage unter den Nägeln brannte. Aber er würde doch gerne wissen, was Richard Abernethie ihr gesagt hatte, so dass sie mit der unerhörten Frage *«Aber er ist doch ermordet worden, oder nicht?»* herausgeplatzt war.

II

In einem Abteil dritter Klasse desselben Zugs sagte zu der Zeit Gregory Banks gerade zu seiner Frau: «Deine Tante hat ja wohl nicht alle Tassen im Schrank!»

«Tante Cora?» Susan antwortete gleichmütig. «Na ja, soweit ich weiß, galt sie immer als ein bisschen einfältig.»

«Irgendjemand sollte sie wirklich zur Vernunft bringen, damit sie solche Sachen nicht einfach so herausposaunt», meinte George Crossfield, der den beiden gegenübersaß, scharf. «Das könnte die Leute noch auf komische Gedanken bringen.»

Rosamund Shane zog gerade angelegentlich den Schwung ihrer Lippen nach. «Was eine solche Schlampe sagt, darauf gibt doch sowieso niemand was», murmelte sie. «Mit den Klamotten und den kilometerlangen Jett-Ketten…»

«Man sollte ihr den Mund stopfen», sagte George.

«Also gut, Süßer», lachte Rosamund, steckte ihren Lippenstift weg und betrachtete selbstgefällig ihr Spiegelbild. «Stopf du ihr doch den Mund.»

«Ich finde, George hat Recht», warf unerwartet ihr Mann ein. «Es ist so leicht, die Gerüchteküche in Gang zu setzen.»

«Wäre das so schlimm?» Rosamund dachte über ihre Frage nach. Die geschwungenen Lippen kräuselten sich zu einem Lächeln. «Das könnte doch lustig sein.»

«Lustig?», fragten vier Stimmen unisono.

«Ein Mord in der Familie», sagte Rosamund. «Spannend!»

Gregory Banks kam der Gedanke, dass Susans Cousine, von ihrem anziehenden Äußeren einmal abgesehen, eine gewisse Ähnlichkeit mit ihrer Tante Cora besaß. Ihre nächsten Worte bestärkten diesen Eindruck noch.

«Wenn er wirklich ermordet wurde – wer könnte es gewesen sein?», fragte Rosamund.

Ihr Blick wanderte nachdenklich durchs Abteil.

«Sein Tod kommt uns doch allen sehr gelegen», fuhr sie langsam fort. «Michael und ich sind absolut pleite. Mick hat eine wirklich fantastische Rolle am Sandbourne Theatre angeboten bekommen, müsste aber noch eine Weile darauf warten. Jetzt, wo wir im Geld schwimmen, können wir's uns leisten. Wir könnten sogar selbst ein Stück produzieren, wenn wir Lust dazu haben. Ich denke da auch schon an eins, das eine wunderbare Rolle hat…»

Niemand achtete auf Rosamunds begeisterte Ausführungen.

Alle waren ganz mit ihrer eigenen unmittelbaren Zukunft beschäftigt.

«Gerade noch davongekommen», dachte George. «Jetzt kann ich das Geld zurückgeben, ohne dass jemand davon erfährt ... Aber es stand Spitz auf Knopf.»

Gregory schloss die Augen und legte den Kopf an die Rückenlehne. Der Sklaverei entkommen.

Susan brach das Schweigen mit ihrer klaren, eher spröden Stimme. «Natürlich tut es mir Leid um den armen Onkel Richard, aber schließlich war er doch schon sehr alt, und Mortimer ist tot, und er hatte nichts mehr, wofür sich noch zu leben lohnte. Und es wäre schrecklich für ihn gewesen, noch jahrelang todkrank weiterzuleben. Für ihn war's viel besser, so plötzlich abzudanken, ohne viel Aufhebens.»

Ihre harten, zuversichtlichen jungen Augen wurden weicher, als sie die versunkene Miene ihres Mannes betrachtete. Sie liebte Greg über alles. Unbewusst ahnte sie, dass sie Greg weniger bedeutete als er ihr – aber das steigerte ihre Leidenschaft nur noch. Greg gehörte ihr, für ihn würde sie alles tun. Wirklich alles...

III

Während Maude Abernethie sich zum Abendessen in Enderby umkleidete (sie würde dort übernachten), fragte sie sich, ob sie Helen hätte anbieten sollen, länger zu bleiben, um ihr mit dem Ausräumen des Hauses zu helfen. Da waren Richards persönliche Gegenstände ... vielleicht auch Briefe ... Die wichtigen Unterlagen hatte Mr. Entwhistle wahrscheinlich schon an sich genommen. Außerdem musste sie wirklich so bald wie möglich zu Timothy zurück. Es brachte ihn immer völlig aus der Fassung, wenn sie nicht da war, um ihn zu pflegen. Sie hoffte, dass er sich über das Testament freuen und nicht ärgerlich werden würde. Allerdings wusste sie, dass er erwartet hatte, den Großteil von Richards Vermögen zu erben. Schließlich war er der einzige noch lebende Abernethie. Richard hätte sich wirklich darauf verlassen können, dass er sich um die jüngere Generation kümmern würde. Doch, sie fürchtete, dass Timothy wütend sein würde … Und das war gar nicht gut für seine Verdauung. Und wenn er sich ärgerte, konnte Timothy auch sehr uneinsichtig sein. Gelegentlich verlor er alles Augenmaß … Ob sie mit Dr. Barton darüber sprechen sollte? Die Schlaftabletten – in letzter Zeit hatte Timothy viel zu viel davon genommen … und er wurde wütend, wenn sie das Fläschchen aufbewahren wollte. Aber die Tabletten waren so gefährlich … das hatte Dr. Barton auch gesagt … man wurde benommen und vergaß, dass man sie schon genommen hatte … und nahm noch mal welche. Und dann konnte alles Mögliche passieren! In dem Fläschchen waren auf jeden Fall viel weniger Tabletten, als noch da sein sollten … Timothy war mit Medikamenten wirklich sehr unvorsichtig. Aber er wollte nicht auf sie hören … Manchmal war er doch sehr schwierig.

Sie seufzte, aber dann hellte sich ihr Gesicht auf. Jetzt würde alles viel einfacher werden. Der Garten, zum Beispiel …

IV

Helen Abernethie saß im grünen Salon am Kamin und wartete, dass Maude zum Abendessen erschien.

Sie sah sich um und dachte an die alten Zeiten, die sie mit Leo und den anderen hier verbracht hatte. Es war ein glückliches Haus gewesen. Aber ein solches Haus brauchte Menschen. Es brauchte Kinder und Bedienstete und große Gesellschaften und im Winter ein loderndes Kaminfeuer in jedem Zimmer. Als nur noch ein alter Mann hier lebte, der gerade seinen Sohn verloren hatte, war es ein trauriges Haus gewesen.

Wer es wohl kaufen würde, fragte sie sich. Würde es in ein Hotel umgebaut werden, ein Institut oder vielleicht eine Herberge für junge Leute? Das war es doch, was heutzutage mit großen Herrenhäusern passierte. Niemand kaufte sie, um darin zu leben. Vielleicht würde es ganz abgerissen werden, um Platz für eine Neubausiedlung zu machen. Dieser Gedanke machte sie traurig, aber sie schob das Gefühl resolut beiseite. Es war nicht gut, der Vergangenheit nachzutrauern. Das Haus, die glücklichen Tage hier, Richard und Leo, das war alles sehr schön gewesen, aber es war vorbei. Sie hatte eigene Interessen ... Und mit dem Einkommen, das Richard ihr testamentarisch vermacht hatte, würde sie die Villa auf Zypern behalten und all die Dinge tun können, die sie sich vorgenommen hatte.

In letzter Zeit hatte sie sich viele Sorgen um Geld gemacht – die Steuern – die ganzen Investitionen, die fehlgeschlagen waren ... Aber jetzt, dank Richards Geld, waren die Zeiten vorbei ...

Der arme Richard. Es war wirklich eine große Gnade gewesen, einfach im Schlaf zu sterben ... *Unvermittelt am 22. –* wahrscheinlich hatte das Cora auf die Idee gebracht. Cora war wirklich ungeheuerlich! War es immer schon gewesen. Helen hatte sie einmal im Ausland besucht, bald nach ihrer Heirat mit Pierre Lansquenet. An dem Tag war sie besonders dumm und albern gewesen, hatte den Kopf ständig zur Seite gelegt, dogmatische Äußerungen über Malerei abgegeben, insbesondere über die Gemälde ihres Mannes, was ihm zweifellos über die Maßen peinlich gewesen war. Das konnte doch keinem Mann gefallen, wenn seine Frau sich derart lächerlich machte! Und Cora hatte sich immer lächerlich gemacht. Aber das arme Ding, sie konnte ja nichts dafür, und ihr Mann war nicht besonders nett zu ihr gewesen.

Versonnen fiel Helens Blick auf den Strauß Wachsblumen, der auf dem runden Malachittisch stand. Dort hatte Cora vor dem Aufbruch in die Kirche gesessen. Sie hatte in Erinnerungen geschwelgt und im Entzücken, dieses und jenes wiederzuerkennen, und sich offensichtlich so darüber gefreut, wieder in ihrem alten Zuhause zu sein, dass sie völlig den Anlass für dieses Familientreffen aus den Augen verloren hatte.

«Aber vielleicht war sie nur nicht so scheinheilig wie wir…», dachte Helen.

Cora hatte sich noch nie um Konventionen gekümmert. Das sah man schon an der Art, wie sie mit der Frage herausgeplatzt war: «Aber er ist doch ermordet worden, oder nicht?»

Alle Köpfe hatten sich schockiert zu ihr gedreht. Die Gesichter müssen die unterschiedlichsten Ausdrücke widergespiegelt haben…

Als Helen die Szene vor sich heraufbeschwor, runzelte sie die Stirn … In dem Bild stimmte etwas nicht…

Etwas…?

Jemand…?

War es der Gesichtsausdruck von jemandem? War es das? Etwas, das – wie sollte sie es beschreiben? – nicht dort hingehörte…?

Sie wusste es nicht … sie konnte es nicht näher benennen … aber irgendwie hatte irgendetwas nicht ganz gestimmt.

V

Im Bahnhofslokal in Swindon aß unterdessen eine Dame in wallender Trauerkleidung und mit Jett behängt glasierte Rosinenbrötchen, trank dazu Tee und freute sich auf die Zukunft. Sie hatte keine böse Vorahnung. Sie war glücklich.

Diese Zugfahrten quer durchs Land waren doch sehr anstrengend. Es wäre leichter gewesen, über London nach Lytchett St. Mary zurückzufahren – und auch nicht so sehr viel teurer. Geld spielte jetzt ja keine Rolle mehr. Aber dann hätte sie mit der Familie reisen und sich wahrscheinlich die ganze Zeit unterhalten müssen. Viel zu anstrengend.

Nein, es war schon besser, mit der Regionalbahn zu fahren. Diese süßen Brötchen schmeckten wirklich köstlich. Seltsam, wie hungrig Beerdigungen einen machten. Die Suppe in Enderby war vorzüglich gewesen, und das kalte Soufflé auch.

Wie selbstgerecht Leute doch waren – und wie scheinheilig! All die Gesichter, als sie das mit dem Mord gesagt hatte! Wie alle sie angestarrt hatten!

Aber es war richtig, dass sie es gesagt hatte. Doch. Sie nickte, zufrieden mit sich selbst. Doch, es war das Richtige gewesen.

Sie schaute zur Uhr. In fünf Minuten ging ihr Zug. Sie leerte ihre Tasse. Der Tee war nicht sehr gut. Sie verzog das Gesicht.

Einen Augenblick saß sie träumend da, malte sich die Zukunft aus, die sich vor ihr auftat … Sie lächelte glücklich wie ein Kind.

Endlich würde ihr das Leben richtig Spaß machen … Als sie zu ihrem Bummelzug ging, schmiedete sie emsig Pläne …

Viertes Kapitel

I

Mr. Entwhistle verbrachte eine sehr unruhige Nacht. Am nächsten Morgen fühlte er sich so müde und schlapp, dass er nicht aufstand.

Seine Schwester, die ihm den Haushalt führte, trug ihm das Frühstück auf einem Tablett nach oben und erklärte ihm streng, dass es absoluter Unfug gewesen sei, in seinem Alter und mit seiner anfälligen Gesundheit die Reise nach Nordengland auf sich zu nehmen.

Mr. Entwhistle begnügte sich mit der Antwort, Richard Abernethie sei ein sehr alter Freund von ihm gewesen.

«Beerdigungen!», brummelte seine Schwester entrüstet. «Für einen Mann deines Alters sind Beerdigungen tödlich! Wenn du nicht besser auf dich aufpasst, liegst du auf einmal genauso plötzlich unter der Erde wie dein heiliger Mr. Abernethie!»

Bei dem Wort «plötzlich» fuhr Mr. Entwhistle innerlich zusammen. Und es ließ ihn verstummen. Er widersprach seiner Schwester nicht.

Er wusste genau, warum er bei dem Wort «plötzlich» zusammengezuckt war.

Cora Lansquenet! Was sie gesagt hatte, war völlig außerhalb des Bereichs des Möglichen, aber trotzdem würde er gerne wissen, warum sie es gesagt hatte. Doch, er würde sie in Lytchett St. Mary besuchen. Er könnte sagen, sein Besuch habe etwas mit der Testamentsvollstreckung zu tun, er benötige ihre Unterschrift. Sie brauchte gar nicht zu merken, dass er etwas auf ihre dumme Bemerkung gab. Aber er würde sie besuchen – und zwar bald.

Er beendete sein Frühstück, dann ließ er sich wieder ins Kissen sinken und las die *Times*. Er fand die *Times* überaus beruhigend.

Um etwa Viertel vor sechs Uhr abends läutete das Telefon.

Er nahm den Hörer ab. Die Stimme am anderen Ende gehörte Mr. James Parrott, dem neuen Junior-Partner von Bollard, Entwhistle, Entwhistle and Bollard.

«Hören Sie, Entwhistle», sagte Mr. Parrott, «mich hat gerade die Polizei aus einem Dorf namens Lytchett St. Mary angerufen.»

«Aus Lytchett St. Mary?»

«Ja. Offenbar…» Mr. Parrott unterbrach sich. Er schien beklommen. «Es hat etwas mit einer gewissen Mrs. Cora Lansquenet zu tun. War sie nicht eine der Erben von Abernethies Vermögen?»

«Ja, sicher. Ich habe sie gestern bei der Beerdigung gesehen.»

«Ach, sie war bei der Beerdigung?»

«Ja. Was ist mit ihr?»

«Also…» Mr. Parrott klang, als wolle er sich jeden Moment entschuldigen. «Sie ist … es ist wirklich höchst seltsam … sie ist … ermordet worden.»

Mr. Parrott sprach die letzten beiden Wörter mit tiefster Missbilligung aus. In seinem Ton schwang die Überzeugung mit, dass ein solches Wort der Firma Bollard, Entwhistle, Entwhistle and Bollard nichts bedeuten dürfte.

«*Ermordet?*»

«Ja, ja – ich fürchte, dem ist so. Ich meine, es besteht kein Zweifel daran.»

«Wieso ist die Polizei auf uns gekommen?»

«Ihre Gesellschaftsdame oder Haushälterin oder was immer sie ist – eine gewisse Miss Gilchrist. Die Polizei fragte sie nach Mrs. Lansquenets nächsten Verwandten oder ihrem Notar. Diese Miss Gilchrist wusste mit der Verwandtschaft und deren

Anschrift nicht genau Bescheid, aber sie kannte unseren Namen. Deswegen hat die Polizei uns kontaktiert.»

«Und weswegen glaubt die Polizei, dass es ein Mord war?», fragte Mr. Entwhistle.

Mr. Parrott klang wieder entschuldigend. «Daran kann offenbar überhaupt kein Zweifel bestehen – ich meine, es war ein Beil oder so etwas … ein sehr brutaler Mord.»

«Raubmord?»

«Offenbar. Ein Fenster wurde eingeschlagen, ein paar Sachen fehlen, Schubladen wurden herausgezogen und derlei, aber offenbar glaubt die Polizei, dass da etwas – nun ja, nicht ganz mit rechten Dingen zugeht.»

«Um welche Uhrzeit ist es passiert?»

«Zwischen zwei und halb fünf heute Nachmittag.»

«Wo war die Haushälterin?»

«In der Bücherei in Reading. Sie kam gegen fünf nach Hause und fand Mrs. Lansquenet tot vor. Die Polizei will wissen, ob wir eine Ahnung haben, wer sie überfallen haben könnte. Ich sagte, eine solche Tat sei ungeheuerlich.» Mr. Parrotts Stimme überschlug sich beinahe vor Empörung.

«Ja, natürlich.»

«Es muss jemand aus dem Dorf gewesen sein, ein Verrückter, der dachte, da gäbe es etwas zu holen, und dann hat er die Nerven verloren und sie überfallen. So muss es doch gewesen sein – meinen Sie nicht, Entwhistle?»

«Doch, doch…», antwortete Mr. Entwhistle geistesabwesend. Parrott hatte Recht, sagte er sich. So musste es gewesen sein…

Aber dann hörte er in seinem Kopf Cora mit ihrer hellen Stimme sagen: «Aber er ist doch ermordet worden, oder nicht?»

Sie war einfältig, war immer schon einfältig gewesen. Wie der Elefant im Porzellanladen … platzte mit unliebsamen Wahrheiten heraus…

Wahrheiten!

Schon wieder dieses vermaledeite Wort…

II

Mr. Entwhistle und Inspector Morton taxierten einander.

Mr. Entwhistle hatte ihm auf seine knappe, präzise Art alle wesentlichen Informationen über Cora Lansquenet mitgeteilt. Ihre Kindheit und Jugend, ihre Heirat, der Tod ihres Mannes, ihre finanzielle Lage, ihre Verwandten.

«Mr. Timothy Abernethie ist ihr einziger noch lebender Bruder und ihr nächster Anverwandter, aber er ist sehr gebrechlich, lebt zurückgezogen und kann das Haus nicht verlassen. Er hat mich bevollmächtigt, in seinem Namen zu handeln und alle notwendigen Vorkehrungen zu treffen.»

Der Polizist nickte. Ihm erleichterte es die Arbeit, wenn er sich mit diesem erfahrenen alten Notar auseinander setzen musste. Außerdem hoffte er, Mr. Entwhistle könnte ihm möglicherweise ein wenig bei der Lösung dieses Problems helfen, das zunehmend einem Rätsel glich.

«Wenn ich Miss Gilchrist richtig verstanden habe», sagte er, «dann war Mrs. Lansquenet am Tag vor ihrem Tod bei der Beerdigung eines älteren Bruders?»

«In der Tat, Inspector. Ich war selbst auch dort.»

«Ist Ihnen an ihrer Art etwas Ungewöhnliches aufgefallen – etwas Seltsames – Angst vielleicht?»

Mr. Entwhistle hob in gut gespielter Überraschung die Augenbrauen.

«Ist es üblich, dass ein Mensch, der wenig später ermordet wird, ein seltsames Verhalten an den Tag legt?»

Inspector Morton lächelte kläglich.

«Ich meine damit nicht, ob sie eine Vorahnung hatte oder sich wie eine Todgeweihte verhielt. Nein, ich frage nur – nun ja, ob Ihnen etwas Ungewöhnliches an ihr aufgefallen ist.»

«Ich glaube, ich verstehe nicht ganz, was Sie meinen, Inspector», sagte Mr. Entwhistle.

«Der Fall ist auch nicht leicht zu verstehen, Mr. Entwhistle. Nehmen wir mal an, jemand sieht, wie diese Gilchrist um zwei

Uhr nachmittags das Haus verlässt und zur Bushaltestelle ins Dorf geht. Dann nimmt dieser Jemand das Beil, das neben dem Holzschuppen liegt, schlägt damit das Küchenfenster ein, steigt ins Haus, geht nach oben und überfällt Mrs. Lansquenet mit dem Beil – überfällt sie aufs Brutalste. Sechs oder acht Mal hat er zugeschlagen.» Mr. Entwhistle schauderte. «Ja, ein grausames Verbrechen. Dann reißt der Eindringling ein paar Schubladen auf, greift sich ein paar Kleinigkeiten – insgesamt keine zehn Pfund wert – und geht wieder.»

«Sie lag im Bett?»

«Ja. Offenbar war sie am Abend zuvor erst spät aus Nordengland zurückgekommen und war erschöpft und sehr aufgeregt. Wenn ich es richtig verstanden habe, hatte sie eine Erbschaft gemacht?»

«Ja.»

«Sie schlief sehr schlecht und wachte mit Kopfschmerzen auf. Sie trank mehrere Tassen Tee, dann nahm sie etwas für den Kopf und sagte Miss Gilchrist, sie solle sie bis Mittag nicht mehr stören. Aber mittags fühlte sie sich immer noch elend und beschloss, zwei Schlaftabletten zu nehmen. Miss Gilchrist schickte sie mit dem Bus nach Reading, um in der Leihbibliothek ein paar Bücher umzutauschen. Als der Mann einbrach, muss sie benommen gewesen sein, wenn sie nicht sogar schon schlief. Er hätte mitnehmen können, was er wollte, wenn er sie bedroht hätte, oder er hätte sie auch knebeln können. Ein Beil, das er absichtlich von draußen mitnahm – das kommt mir vor wie mit Kanonen auf Spatzen zu schießen.»

«Vielleicht wollte er ihr damit nur drohen», meinte Mr. Entwhistle. «Wenn sie sich wehrte...»

«Dem medizinischen Untersuchungsbericht zufolge deutet nichts auf Gegenwehr hin. Alle Anzeichen sprechen dafür, dass sie auf der Seite lag und friedlich schlief, als sie überfallen wurde.»

Mr. Entwhistle rutschte unbehaglich auf seinem Stuhl hin und her.

«Man hört ja ab und zu von derart bestialischen und sinnlosen Morden», erwiderte er.

«Aber ja, sicher, und darauf wird es letzten Endes vermutlich auch hinauslaufen. Natürlich ist ein Suchbefehl nach einem Verdächtigen ausgegeben worden. Von den Dorfbewohnern ist es wohl niemand gewesen, da sind wir ziemlich sicher. Alle haben stichfeste Alibis. Zur Tatzeit waren die meisten bei der Arbeit. Ihr Cottage liegt natürlich etwas am Rand des Dorfes an einem einsamen Sträßchen. Jeder hätte also unbemerkt ins Haus gelangen können. Rund ums Dorf gibt es ein Labyrinth von Sträßchen. Es war ein schöner Tag und es hatte seit einigen Tagen nicht geregnet, also gibt es keine eindeutigen Spuren von Autoreifen – falls jemand mit dem Auto kam.»

«Glauben Sie, dass jemand mit dem Auto kam?» Mr. Entwhistle horchte auf.

Der Inspector zuckte die Achseln. «Ich weiß es nicht. Was ich sagen will ist, dass der Fall nicht ganz schlüssig erscheint. Das, zum Beispiel …» Er schob eine Handvoll Schmuckgegenstände über seinen Schreibtisch – eine mit Perlen besetzte Brosche in der Form eines Kleeblatts, eine mit Amethysten eingelegte Brosche, eine kurze Perlenkette und ein Granat-Armband.

«Das sind die Dinge, die aus ihrem Schmuckkästchen entwendet wurden. Sie lagen in der Hecke direkt vor dem Haus.»

«Ja – das ist in der Tat eigenartig. Vielleicht war der Verbrecher einfach entsetzt über das, was er getan hatte …»

«Möglicherweise. Aber dann hätte er den Schmuck doch wahrscheinlich oben im Haus gelassen … obwohl er natürlich auch auf dem Weg von ihrem Schlafzimmer zum Gartentor Panik bekommen haben könnte.»

«Oder das Ganze wurde, wie Sie andeuten, lediglich zur Tarnung gestohlen», ergänzte Mr. Entwhistle leise.

«Ja, es gibt mehrere Möglichkeiten … Natürlich kann es auch diese Gilchrist gewesen sein. Zwei Frauen, die in einem Haus zusammenleben – was weiß man von den Streitigkeiten, den Ressentiments oder Leidenschaften, die es zwischen ihnen gegeben hat? O doch, wir ziehen auch diese Möglichkeit in Betracht. Aber es ist eher unwahrscheinlich. Soweit wir wissen, war der Umgang zwischen den beiden recht freundschaftlich.» Er zögerte, bevor er fortfuhr. «Und Sie sagen, dass niemand von Mrs. Lansquenets Tod profitieren wird?»

Der Notar rutschte wieder auf seinem Stuhl umher.

«Das habe ich nicht gesagt.»

Inspector Morton sah überrascht auf.

«Ich dachte, Sie hätten gesagt, dass Mrs. Lansquenets Einkommen aus einer jährlichen Zuwendung von ihrem Bruder bestand und dass sie, Ihres Wissens, selbst kein Vermögen oder sonstige Werte besaß.»

«Das stimmt auch. Ihr Mann starb völlig mittellos, und so, wie ich sie als Mädchen kannte, würde es mich wundern, wenn sie jemals Geld gespart oder etwas beiseite gelegt hätte.»

«Ihr Haus ist nur gemietet und gehört ihr nicht selbst», berichtete der Inspector weiter. «Und die paar Möbel sind nichts Besonderes, selbst nach heutigen Maßstäben nicht. Landhausstil in nachgemachter Eiche und ein bisschen bunt bemaltes Kunstgewerbe. Wem immer sie das vererbt hat, reich wird er damit nicht – falls sie überhaupt ein Testament gemacht hat.»

Mr. Entwhistle schüttelte den Kopf.

«Von einem Testament weiß ich nichts. Aber ich hatte sie seit vielen Jahren nicht mehr gesehen.»

«Was meinten Sie dann vorhin mit Ihrer Bemerkung? Sie hatten doch sicher etwas Bestimmtes im Sinn.»

«Ja. Ja, in der Tat. Ich wollte nur ganz genaue Angaben machen.»

«Haben Sie sich damit auf die erwähnte Erbschaft bezogen? Die von ihrem Bruder? Konnte sie denn testamentarisch darüber verfügen?»

«Nein, nicht so, wie Sie denken. Über das Kapital selbst hatte sie keine Verfügungsgewalt. Jetzt, nach ihrem Tod, wird es unter den fünf anderen Erben von Richard Abernethies Testament aufgeteilt. Das meinte ich mit meiner Bemerkung. Von ihrem Tod profitieren automatisch alle fünf.»

Der Inspector blickte enttäuscht drein.

«Ach, und ich dachte, wir würden da vielleicht auf eine Spur stoßen. Aber von der Seite hat wohl niemand ein Motiv, sie mit einem Beil zu erschlagen. Sieht so aus, als wär's ein Kerl gewesen, der nicht ganz richtig im Kopf ist – vielleicht einer von diesen kriminellen Halbstarken, von denen gibt's ja viele. Und dann hat er die Nerven verloren und den Schmuck weggeworfen und Fersengeld gegeben ... Ja, so muss es gewesen sein. Außer, es war die höchst ehrbare Miss Gilchrist, aber das ist wohl eher unwahrscheinlich.»

«Wann hat sie die Leiche entdeckt?»

«Erst gegen fünf. Sie kam mit dem 4.50-Uhr-Bus aus Reading zurück. Sie ging zum Cottage, durch die Vordertür ins Haus und gleich in die Küche, um Teewasser aufzusetzen. Von Mrs. Lansquenet hat sie nichts gehört, aber sie dachte, sie würde wohl noch schlafen. Dann erst hat sie das eingeschlagene Küchenfenster bemerkt, die Scherben lagen überall am Fußboden. Aber selbst da dachte sie noch, das wäre ein Junge mit einem Ball oder einem Katapult gewesen. Sie ging nach oben und schaute leise in Mrs. Lansquenets Zimmer, ob sie noch schlief oder vielleicht eine Tasse Tee wollte. Dann hat sie natürlich einen Schock bekommen, hat geschrien und ist zum nächsten Nachbarn gelaufen. Ihre Geschichte klingt glaubwürdig, und in ihrem Zimmer und im Bad war keine Spur von Blut, auch nicht auf ihren Kleidern. Nein, ich glaube nicht, dass Miss Gilchrist etwas damit zu tun hat. Der Arzt ist um halb sechs gekommen. Er legte die Todeszeit auf spätestens vier Uhr dreißig fest, aber wahrscheinlich eher gegen zwei. Es sieht also aus, als hätte der Täter, wer immer es war, in der Nähe gewartet, bis Miss Gilchrist das Haus verließ.»

Im Gesicht des Notars zuckte ein Muskel.

«Ich nehme an, dass Sie zu Miss Gilchrist fahren werden?», fuhr Inspector Morton fort.

«Das habe ich mir überlegt, ja.»

«Ich wäre sehr froh, wenn Sie das täten. Ich glaube, sie hat uns alles erzählt, was sie weiß, aber sicher kann man nie sein. Manchmal taucht im Gespräch der eine oder andere Hinweis auf. Sie ist ein bisschen altjüngferlich, aber eine sehr vernünftige, praktische Person – und sie ist wirklich überaus hilfsbereit gewesen.»

Nach einer Pause fügte er hinzu: «Die Leiche liegt in der Leichenhalle. Wenn Sie sie sehen möchten …»

Mr. Entwhistle willigte ein, wenn auch mit einigem Unbehagen.

Einige Minuten später stand er vor den sterblichen Überresten von Cora Lansquenet. Sie war brutal überfallen worden, ihre mit Henna gefärbten Ponyfransen waren blutverklebt. Mr. Entwhistle presste die Lippen zusammen und sah beiseite; ihm war flau im Magen.

Die arme kleine Cora. Wie eifrig sie zwei Tage zuvor gefragt hatte, ob ihr Bruder ihr etwas hinterlassen hätte. Die Träume, die sie sich für die Zukunft ausgemalt haben musste! Mit dem Geld hätte sie jede Menge Dummheiten anstellen – und genießen – können.

Die arme Cora … Wie kurz ihre Freude gewährt hatte.

Niemand hatte durch ihren Tod etwas gewonnen – nicht einmal der Mörder, der den erbeuteten Schmuck auf der Flucht weggeworfen hatte. Fünf Menschen bekamen ein paar tausend Pfund mehr – aber mit der Summe, die sie bereits geerbt hatten, besaßen sie vermutlich schon mehr als genug. Nein, da war kein Motiv zu finden.

Seltsam, dass Cora am Tag vor ihrer Ermordung der Gedanke an Mord durch den Kopf gegangen sein sollte.

«Aber er ist doch ermordet worden, oder nicht?»

Es war Unsinn, so etwas zu behaupten. Absoluter Unsinn! Viel zu unsinnig, um Inspector Morton davon zu erzählen.

Natürlich, wenn er erst einmal mit Miss Gilchrist gesprochen hatte …

Angenommen, Miss Gilchrist könnte etwas Licht darauf werfen, was Richard zu Cora gesagt hatte … aber das war unwahrscheinlich.

«Ich dachte, nach dem, was er mir sagte …» Was hatte Richard denn gesagt?

«Ich muss sofort zu Miss Gilchrist fahren», beschloss Mr. Entwhistle.

III

Miss Gilchrist war eine magere, verwelkte Frau mit kurzen, eisengrauen Haaren. Ihr Gesicht war von der unscheinbaren Art, wie man sie bei Frauen um die fünfzig oft sieht.

Sie begrüßte Mr. Entwhistle aufs Herzlichste.

«Ich bin ja so froh, dass Sie gekommen sind, Mr. Entwhistle. Ich weiß so wenig über Mrs. Lansquenets Familie, und natürlich habe ich noch nie im Leben etwas mit einem Mord zu tun gehabt. Es ist einfach entsetzlich!»

Mr. Entwhistle glaubte gern, dass Miss Gilchrist noch nie im Leben etwas mit einem Mord zu tun gehabt hatte. Ihre Reaktion war der seines Partners ganz ähnlich.

«Natürlich liest man über solche Sachen», fuhr Miss Gilchrist fort und verwies Verbrechen damit in die Welt, in die sie gehörten. «Aber selbst das tue ich nicht gerne. Die meisten sind doch so abscheulich.»

Während Mr. Entwhistle ihr ins Wohnzimmer folgte, sah er sich um. Im Haus hing unverkennbar der Geruch von Ölfarbe. Das Cottage war überladen, weniger mit Möbeln – die ziemlich genau der Beschreibung Inspector Mortons entsprachen – als vielmehr mit Bildern. Die Wände wirkten wie tapeziert mit Gemälden, vorwiegend sehr dunklen und schmutzigen Ölbildern. Aber es gab auch Aquarellskizzen und ein oder zwei Stillleben. Auf der Fensterbank lagen Stapel kleinerer Gemälde.

«Mrs. Lansquenet hat sie auf Flohmärkten gekauft», erklärte Miss Gilchrist. «Das war ihr Steckenpferd. Die arme Seele. Sie hat alle Flohmärkte in der Umgebung abgegrast. Heutzutage sind Bilder billig zu haben, für ein Butterbrot. Sie hat nie mehr als ein Pfund bezahlt, manchmal nur ein paar Shilling, und sie meinte immer, vielleicht würde sie einmal was wirklich Wertvolles finden. Bei dem hier sagte sie, es wäre ein italienischer Primitiver, der sehr viel wert sein könnte.»

Skeptisch betrachtete Mr. Entwhistle den italienischen Primitiven, den Miss Gilchrist ihm zeigte. Im Grunde hatte Cora von Malerei überhaupt nichts verstanden, dachte er sich. Er würde einen Besen fressen, wenn irgendeine dieser Klecksereien mehr als fünf Pfund wert wäre!

«Ich persönlich kenne mich damit nicht aus», plauderte Miss Gilchrist weiter. Sie hatte seinen zweifelnden Gesichtsausdruck bemerkt. «Obwohl mein Vater Maler war – kein sehr erfolgreicher, wie ich leider sagen muss. Aber als junges Mädchen habe ich selbst Aquarelle gemalt, und ich habe viele Leute über Malerei reden hören. Für Mrs. Lansquenet war es schön, jemanden zu haben, mit dem sie sich über Kunst unterhalten konnte und der etwas davon verstand. Die Arme, sie hat sich für alles interessiert, was mit Kunst zusammenhing.»

«Sie mochten sie gerne?»

Eine dumme Frage, schalt er sich. Undenkbar, dass sie mit Nein antworten würde! Es war sicher nicht leicht gewesen, mit Cora zusammenzuleben.

«Aber ja», beteuerte Miss Gilchrist. «Wir haben uns großartig verstanden. Wissen Sie, in mancher Hinsicht war Mrs. Lansquenet wie ein Kind. Sie sagte alles, was ihr in den Kopf kam. Ihr Urteil war vielleicht nicht immer das sicherste…»

Man sagt nicht von einer Toten: «Sie war eine durch und durch törichte Frau.» Mr. Entwhistle begnügte sich mit: «Sie war bestimmt keine Intellektuelle.»

«Nein, vielleicht nicht. Aber sie war sehr schlau, Mr. Entwhistle. Wirklich sehr schlau. Manchmal hat sie mich regelrecht überrascht – wie sie oft den Nagel auf den Kopf getroffen hat.»

Mr. Entwhistle betrachtete Miss Gilchrist aufmerksam. Sie war auch nicht auf den Kopf gefallen, dachte er sich.

«Sie waren schon seit einigen Jahren bei Mrs. Lansquenet, nicht wahr?»

«Dreieinhalb Jahre.»

«Sie … äh … Sie waren ihre Hausdame und haben sich auch … äh … um den Haushalt gekümmert?»

Es war unverkennbar, dass er damit ein heikles Thema angesprochen hatte. Miss Gilchrist errötete ein wenig.

«Aber ja. Ich habe meistens gekocht – ich koche sehr gerne –, gelegentlich Staub gewischt und leichte Hausarbeiten gemacht. Nichts Grobes, verstehen Sie.» Miss Gilchrists Tonfall war zu entnehmen, dass es ihr dabei um ein Prinzip ging. Mr. Entwhistle wusste zwar nicht, was sie mit «Grobem» meinte, murmelte aber begütigend.

«Dafür ist Mrs. Panter aus dem Dorf gekommen, regelmäßig zweimal die Woche. Wissen Sie, Mr. Entwhistle, ich hätte mir nie vorstellen können, eine Dienststelle anzunehmen. Als ich meinen kleinen Teesalon aufgeben musste … das war eine Katastrophe. Der Krieg, wissen Sie. Ein reizender Salon. Er hieß *Willow Tree,* so habe ich ihn genannt, und das ganze Geschirr hatte ein blaues Weiden-Muster – wirklich entzückend –, und die Kuchen waren einfach köstlich. Kuchen backen, das konnte ich immer schon gut. Doch, der Salon lief sehr gut, aber dann ist der Krieg gekommen, die Lebensmittel wurden knapp und der Salon ging Bankrott – ein Kriegsopfer, sage ich immer und versuche auch, es als Kriegsopfer zu sehen. Ich hatte das bisschen Geld, die Erbschaft von meinem Vater, in den Salon gesteckt, und das war dann natürlich alles weg, und so musste ich mich nach etwas anderem umsehen. Ich habe keine Ausbildung bekommen. Also bin ich zu einer Dame ins Haus gegangen, aber das sagte mir überhaupt nicht zu – sie war ausgesprochen unhöflich und anmaßend –, und dann habe ich eine Zeit lang im Büro gearbeitet, aber das gefiel mir nicht. Und dann bin ich zu Mrs. Lansquenet gekommen, und wir haben uns auf Anhieb verstanden – ihr Mann war ja auch Maler gewesen.» Miss Gilchrist brach atemlos ab und fügte dann traurig hinzu: «Aber mein schöner kleiner Tee-salon, ach, ich habe ihn geliebt. Und die Gäste waren immer so fein!»

Während Mr. Entwhistle Miss Gilchrist betrachtete, sah er plötzlich eine ganze Welt vor sich auferstehen – eine Welt von Hunderten damenhafter Gestalten, die ihn in unzähligen Tee-salons mit Namen wie *Bay Tree, Ginger Cat, Blue Parrot, Willow Tree* und *Cosy Corner* bedienten, alle adrett in blaue, rosa- oder orangefarbene Kittel gekleidet, und Bestellungen für ein Kännchen grünen Tee und Gebäck entgegennahmen. Miss Gilchrist hatte ein spirituelles Zuhause gehabt – einen damen-haften Teesalon mit altmodischem Charme und entsprechend kultivierten Gästen. Es musste in England eine große Zahl von Miss Gilchrists geben, überlegte er, die sich alle ähnlich sahen, mit geduldigem, langmütigem Gesicht, unbeugsamer Oberlip-pe und etwas dünnem grauem Haar.

«Aber ich sollte nicht so viel über mich reden», fuhr Miss Gilchrist fort. «Die Polizei ist sehr freundlich und rücksichts-voll gewesen. Wirklich sehr freundlich. Ein Inspector Morton vom Hauptrevier war hier und war überaus verständnisvoll. Er wollte sogar, dass ich die Nacht bei Mrs. Lake hier in der Straße verbringe, aber das habe ich abgelehnt. Ich empfand es als mei-ne Pflicht, hier im Haus zu bleiben, bei all den hübschen Sa-chen von Mrs. Lansquenet. Sie haben die … die…», Miss Gil-christ schluckte ein wenig, «die Leiche weggeholt und das Zimmer versiegelt, und der Inspector sagte mir, dass ein Poli-zeibeamter die ganze Nacht in der Küche Wache stehen würde – wegen des eingeschlagenen Fensters … heute Morgen ist es ersetzt worden, Gott sei Dank! … Wo war ich stehen geblieben? Ach ja, also sagte ich, ich wäre in meinem Zimmer gut auf-gehoben, obwohl ich gestehen muss, ich habe die Kommode vor die Tür geschoben und einen großen Krug Wasser aufs Fensterbrett gestellt. Man weiß ja nie … und wenn es wirklich ein Verrückter war … man hört ja immer wieder von solchen Sachen …»

Hier erlahmte Miss Gilchrists Redeschwall.

Mr. Entwhistle nutzte die Gunst des Moments. «Alle wesentlichen Tatsachen habe ich bereits von Inspector Morton erfahren. Aber wenn es Sie nicht zu sehr belastet, wäre ich Ihnen dankbar, wenn Sie mir alles selbst noch einmal berichten könnten …»

«Aber natürlich, Mr. Entwhistle. Ich weiß genau, was Sie meinen. Die Polizei ist immer so unpersönlich, nicht? Und natürlich zu Recht.»

«Am Abend zuvor war Mrs. Lansquenet also von der Beerdigung nach Hause gekommen.» Mr. Entwhistle gab ihr das Stichwort.

«Ja, der Zug kam erst sehr spät. Ich hatte ihr ein Taxi bestellt, das sie am Bahnhof abholte; darum hatte sie mich gebeten. Sie war sehr müde, die Arme – kein Wunder –, aber sonst war sie guter Dinge.»

«Ja, ja. Hat sie etwas von der Beerdigung erzählt?»

«Nur kurz. Ich habe ihr einen Becher heiße Milch gemacht – sonst wollte sie nichts –, und sie erzählte mir, dass die Kirche sehr voll gewesen war und lauter Blumen überall. Ach ja, und sie sagte, es täte ihr sehr Leid, dass sie ihren anderen Bruder nicht gesehen hatte – Timothy heißt er, nicht?»

«Ja, Timothy.»

«Sie sagte, sie hätte ihn seit zwanzig Jahren nicht mehr gesehen und hätte gehofft, dass er kommen würde; aber dann hat sie verstanden, dass es für ihn unter den Umständen viel besser war, nicht zu kommen, aber dass seine Frau da gewesen war und dass sie Maude nie hatte leiden können – ach du meine Güte, bitte verzeihen Sie, Mr. Entwhistle … das ist mir so herausgerutscht – ich wollte nicht …»

«Das macht gar nichts», beschwichtigte Mr. Entwhistle. «Ich

gehöre nicht zur Familie. Und soweit ich weiß, haben Cora und ihre Schwägerin sich nie besonders gut verstanden.»

«Das hat sie in etwa auch gesagt. ‹Ich hab immer gewusst, dass Maude zu einem herrschsüchtigen Drachen werden würde›, hat sie gesagt. Und dann wurde sie sehr müde und wollte gleich ins Bett – ich hatte ihr schon eine Wärmflasche gemacht … und dann ist sie nach oben gegangen.»

«Sonst hat sie, soweit Sie sich erinnern, nichts Besonderes gesagt?»

«Sie hatte keine Vorahnung, wenn Sie das meinen, Mr. Entwhistle. Da bin ich mir sicher. Sie war bester Laune – von ihrer Müdigkeit einmal abgesehen, und von – nun ja, dem traurigen Anlass. Sie fragte mich, ob ich Lust hätte, nach Capri zu fahren. Nach Capri! Ich sagte natürlich, das wäre wunderbar – das hätte ich mir nie träumen lassen, eine solche Reise zu machen –, und sie sagte: ‹Dann fahren wir!› Einfach so. Ich habe vermutet – obwohl sie es nicht ausdrücklich sagte –, dass ihr Bruder ihr eine Leibrente oder so vermacht hat.»

Mr. Entwhistle nickte.

«Die Arme. Aber zumindest hat sie sich noch freuen und Pläne machen können…» Miss Gilchrist seufzte. «Jetzt werde ich wohl nie nach Capri kommen…», murmelte sie wehmütig.

«Und am nächsten Morgen?», fragte Mr. Entwhistle weiter, ohne auf Miss Gilchrists Enttäuschung einzugehen.

«Am nächsten Morgen fühlte Mrs. Lansquenet sich gar nicht wohl. Sie sah auch schrecklich aus. Sie sagte, sie hätte kaum ein Auge zugetan. Alpträume. ‹Das kommt davon, weil Sie gestern übermüdet waren›, sagte ich ihr, und sie meinte, ich könnte Recht haben. Sie wollte im Bett frühstücken und ist gar nicht aufgestanden, und mittags sagte sie mir, sie habe immer noch nicht schlafen können. ‹Ich bin so unruhig›, sagte sie mir. ‹Mir gehen ständig lauter Sachen durch den Kopf.› Und dann meinte sie, sie würde ein paar Schlaftabletten nehmen und versuchen, am Nachmittag zu schlafen. Sie bat mich, mit dem Bus nach Reading zu fahren, ihre zwei Bücher in der Bücherei abzugeben und zwei neue zu holen, weil sie die beiden auf der Zugfahrt ausgelesen hatte und nichts mehr hatte. Normalerweise reichten ihr zwei Bücher für eine Woche. Also bin ich kurz nach zwei aus dem Haus und das ... das ... das war das letzte Mal ...»

Miss Gilchrist schniefte dezent. «Wissen Sie, sie muss geschlafen haben. Sie wird nichts gehört haben, und der Inspector hat mir versichert, dass sie nicht gelitten hat ... Er glaubt, dass schon der erste Schlag tödlich war. Ach, mir wird ganz anders, wenn ich nur daran denke!»

«Bitte, beruhigen Sie sich. Es liegt mir fern, Sie mit der Bitte um weitere Einzelheiten zu behelligen. Ich wollte nur hören, was für einen Eindruck Sie von Mrs. Lansquenet hatten, bevor die Tragödie passierte.»

«Das kann ich verstehen. Sagen Sie ihrer Familie doch bitte, dass sie abgesehen von der schlimmen Nacht sehr glücklich war und sich auf die Zukunft freute.»

Bevor Mr. Entwhistle weitersprach, zögerte er ein wenig. Er wollte der Zeugin keine Suggestivfrage stellen.

«Sie hat keinen ihrer Verwandten besonders erwähnt?»

«Nein, nicht, dass ich wüsste», antwortete Miss Gilchrist langsam. «Außer, dass sie sagte, es täte ihr Lleid, ihren Bruder Timothy nicht gesehen zu haben.»

«Über den Tod ihres Bruders hat sie nichts gesagt? Über ... äh ... die Todesursache? Etwas in der Richtung?»

«Nein.»

Auf Miss Gilchrists Gesicht war kein Aufblitzen zu sehen, was sicher der Fall gewesen wäre, wenn Cora ihr von ihrer Mordtheorie erzählt hätte, dachte Mr. Entwhistle.

«Soweit ich weiß, war er schon einige Zeit krank», fuhr Miss Gilchrist fort. «Obwohl ich überrascht war, das zu hören. Er sah völlig gesund aus.»

«Wann haben Sie ihn gesehen?», fragte Mr. Entwhistle rasch.

«Als er Mrs. Lansquenet besuchen kam.»

«Wann war das?»

«Vor ungefähr drei Wochen.»

«Hat er hier übernachtet?»

«Aber nein, er ist nur zum Mittagessen gekommen. Ganz überraschend. Mrs. Lansquenet hatte ihn gar nicht erwartet. Soweit ich weiß, hatte es in der Familie Streit gegeben. Sie sagte mir, sie hätte ihn seit Jahren nicht gesehen.»

«Ja, das stimmt.»

«Es hat sie sehr aufgewühlt – ihn zu sehen, meine ich ... und wahrscheinlich zu sehen, wie krank er war...»

«Wusste sie, dass er krank war?»

«Oh ja, daran erinnere ich mich genau. Weil ich mich fragte – nur im Stillen, verstehen Sie mich recht –, ob Mr. Abernethie vielleicht an Gehirnerweichung litt. Eine Tante von mir...»

Geschickt lenkte Mr. Entwhistle von der Tante ab.

«Etwas, das Mrs. Lansquenet sagte, ließ Sie also denken, dass er an Gehirnerweichung litt?»

«Ja. Mrs. Lansquenet sagte etwas wie: ‹Der arme Richard. Mortimers Tod muss ihm sehr zugesetzt haben. Er klingt, als wäre er senil. Er hat die fixe Idee, dass er verfolgt wird und jemand ihn vergiften will. Aber das passiert bei alten Leuten oft.› Und ich weiß, das stimmt wirklich. Die Tante, von der ich Ihnen erzählt habe – sie war überzeugt, die Dienstboten würden ihr Gift ins Essen tun, und zum Schluss hat sie nur noch gekochte Eier gegessen – weil man Eier nicht vergiften kann, meinte sie. Wir haben mitgespielt, obwohl ich nicht weiß, was wir heute tun würden, wo doch Eier so knapp sind und fast alle aus dem Ausland kommen. Deswegen sind weiche Eier höchst bedenklich.»

Mr. Entwhistle ließ die Saga von Miss Gilchrists Tante über sich ergehen, ohne weiter darauf zu achten. Dafür war er zu aufgewühlt.

Schließlich erstarb Miss Gilchrists Erzählstrom.

«Aber ich nehme an, Mrs. Lansquenet hat das alles nicht ernst genommen, oder?», fragte der Notar.

«Überhaupt nicht, Mr. Entwhistle, sie hat ihn gut verstanden.»

Auch diese Bemerkung gab Mr. Entwhistle zu denken, wenn auch nicht ganz in dem Sinn, wie Miss Gilchrist sie gemeint hatte.

Hatte Cora Lansquenet ihn wirklich verstanden? Vielleicht damals nicht, aber später. Hatte sie ihn nur allzu gut verstanden?

Mr. Entwhistle wusste, dass Richard Abernethie keineswegs senil gewesen war, sondern ganz im Gegenteil im Vollbesitz seiner geistigen Kräfte. Und er war kein Mensch, der unter Verfolgungswahn litt. Er war, was er immer gewesen war – ein nüchterner Geschäftsmann –, und daran hatte auch seine Krankheit nichts geändert.

Seltsam, dass er seiner Schwester so etwas gesagt haben sollte. Aber vielleicht hatte Cora mit ihrem kindlichen Vorwitz zwischen den Zeilen gelesen und sich einen eigenen Reim gemacht auf das, was ihr Bruder tatsächlich gesagt hatte.

Im Großen und Ganzen, dachte Mr. Entwhistle, war Cora sehr dumm und einfältig gewesen. Sie war labil gewesen, ohne jedes Urteilsvermögen, und hatte vieles vom simplen Standpunkt eines Kindes aus betrachtet, aber wie ein Kind hatte sie auch die frappante Fähigkeit besessen, manchmal den Nagel auf den Kopf zu treffen.

Dabei ließ Mr. Entwhistle es bewenden. Er war überzeugt, dass Miss Gilchrist ihm alles erzählt hatte, was sie wusste. Auf seine Frage, ob Cora Lansquenet womöglich ein Testament hinterlassen habe, erklärte Miss Gilchrist ohne Umschweife, das Testament liege bei der Bank.

Nachdem Mr. Entwhistle noch einige Vorkehrungen getroffen hatte, wollte er sich von Miss Gilchrist verabschieden. Er bestand darauf, ihr etwas Bargeld zu geben, um ihre laufenden Unkosten zu decken, und sagte ihr, er werde sich bald wieder bei ihr melden. Er würde sich freuen, wenn sie im Cottage wohnen bleiben würde, während sie sich nach einer neuen Stellung umsah. Das wäre ihr eine große Hilfe, meinte Miss Gilchrist, und sie habe auch überhaupt keine Angst.

Doch er entkam Miss Gilchrist nicht, ohne mit ihr noch einen Rundgang durch das kleine Haus zu machen und eine Anzahl von Bildern des verstorbenen Pierre Lansquenet zu betrachten, die alle im kleinen Esszimmer hingen. Ihn schauderte, als er sie sah – es waren vorwiegend Akte, gemalt von einem ebenso untalentierten wie detailversessenen Künstler. Außerdem musste der Notar mehrere kleine Ölbilder von hübschen Fischerdörfern bewundern, die Cora selbst angefertigt hatte.

«Polperro», sagte Miss Gilchrist stolz. «Da waren wir im letzten Jahr. Mrs. Lansquenet war entzückt, weil das Dorf so malerisch ist.»

Mr. Entwhistle betrachtete Ansichten von Polperro aus dem Südwesten, dem Nordwesten und vermutlich aus allen anderen Himmelsrichtungen. Mrs. Lansquenet sei zweifellos hingerissen gewesen, pflichtete er bei.

«Mrs. Lansquenet hatte versprochen, mir ihre Bilder zu vermachen», meinte Miss Gilchrist wehmütig. «Ich habe sie so bewundert. Auf diesem hier zum Beispiel kann man doch richtig sehen, wie die Wellen sich brechen, finden Sie nicht? Selbst wenn sie es vergessen hat – glauben Sie, ich könnte wenigstens eines zur Erinnerung behalten?»

«Das lässt sich bestimmt arrangieren», antwortete Mr. Entwhistle wohlwollend.

Dann konnte er sich verabschieden und ging zu einem Gespräch mit dem Bankmanager, auf das eine Unterredung mit Inspector Morton folgte.

FÜNFTES KAPITEL

I

«Du hast dich völlig verausgabt», sagte Miss Entwhistle in dem entrüsteten und herrischen Ton, den liebevolle Schwestern ihren Brüdern angedeihen lassen, deren Haushalt sie führen. «In deinem Alter solltest du solche Sachen nicht mehr machen. Was geht dich das alles überhaupt an, möchte ich wissen? Du bist doch pensioniert, oder nicht?»

Mr. Entwhistle erklärte versöhnlich, Richard Abernethie sei einer seiner ältesten Freunde gewesen.

«Das mag schon sein, aber Richard Abernethie ist tot. Also verstehe ich nicht, warum du dich noch in Sachen einmischen musst, die dich nichts angehen. Den Tod wirst du dir noch holen auf den grässlichen zugigen Bahnhöfen. Noch dazu ein Mord! Ich weiß überhaupt nicht, wieso sie ausgerechnet dich angerufen haben.»

«Sie haben sich an mich gewendet, weil sie in Coras Haus einen Brief mit meiner Unterschrift gefunden haben, in dem die Einzelheiten über die Beerdigung stehen.»

«Beerdigung! Nichts als Beerdigungen. Da fällt mir ein, vorhin hat noch einer von deinen hochverehrten Abernethies angerufen – ich glaube, er sagte Timothy. Von irgendwo in Yorkshire – es geht wieder um eine Beerdigung! Er sagte, er würde es später noch mal versuchen.»

Am Abend kam ein Anruf für Mr. Entwhistle. Als er den Hörer abnahm, hörte er am anderen Ende die Stimme Maude Abernethies.

«Gott sei Dank erreiche ich Sie endlich! Timothy ist in einem erbärmlichen Zustand. Die Sache mit Cora hat ihn völlig aus der Fassung gebracht.»

«Verständlicherweise», sagte Mr. Entwhistle.

«Wie bitte?»

«Ich sagte, das sei verständlich.»

«Wahrscheinlich.» Maude klang zweifelnd. «Wollen Sie damit sagen, dass es wirklich ein Mord war?»

(«*Er ist doch ermordet worden, oder nicht?*», hatte Cora gefragt. Aber hier war die Antwort eindeutig.)

«Ja, es war Mord», bestätigte Mr. Entwhistle.

«Mit einem Beil, heißt es in der Zeitung.»

«Ja.»

«Es ist absolut unglaublich», erklärte Maude, «dass Timothys Schwester – seine eigene Schwester – mit einem Beil ermordet worden sein soll!»

Mr. Entwhistle fand es nicht minder unglaublich. Die Welt, in der Timothy lebte, war jeglicher Gewalt so weit entrückt, dass man sich verleitet fühlte zu glauben, auch seine Verwandtschaft müsse davon verschont bleiben.

«Ich fürchte, man muss den Tatsachen ins Auge sehen.» Mr. Entwhistle blieb nachsichtig.

«Ich mache mir große Sorgen um Timothy. Das tut ihm alles gar nicht gut! Jetzt habe ich ihn ins Bett geschickt, aber er will unbedingt, dass ich Sie dazu überrede, nach Yorkshire zu kommen und ihn zu besuchen. Er hat Hunderte von Fragen – ob es eine gerichtliche Untersuchung geben wird, wer daran teilnehmen muss, wie bald die Beerdigung stattfinden kann und wo, wieviel Vermögen da ist, ob Cora eine Feuerbestattung wollte oder was und ob sie ein Testament hinterlassen hat…»

Bevor die Liste zu lang wurde, unterbrach Mr. Entwhistle die Anruferin.

«Ja, sie hat ein Testament aufgesetzt. Sie hat Timothy zu ihrem Testamentsvollstrecker ernannt.»

«Ach du meine Güte, Timothy wird aber gar nichts tun können…»

«Die Kanzlei wird sich um alles Notwendige kümmern. Das Testament ist sehr einfach. Sie hat ihre Bilder und eine Amethystbrosche ihrer Hausdame, Miss Gilchrist, hinterlassen und alles andere Susan.»

«Susan? Warum denn Susan? Soweit ich weiß, hat sie Susan doch gar nicht gekannt – nur als Baby hat sie sie einmal gesehen.»

«Ich glaube, der Grund war, weil Susan angeblich eine Ehe einging, die der Familie nicht ganz standesgemäß erschien.»

Maude lachte verächtlich.

«Dabei ist Gregory noch um einiges besser als Pierre Lansquenet! Natürlich, zu meiner Zeit wäre es nie in Frage gekommen, einen Mann zu heiraten, der in einem Geschäft hinter der Theke steht – aber eine Apotheke ist immerhin was anderes als ein Kurzwarenladen – und zumindest wirkt Gregory ganz manierlich.» Nach einer kurzen Pause fügte sie hinzu: «Heißt das auch, dass Susan das Geld bekommt, das Richard Cora vermacht hat?»

«Nein. Das Kapital wird gemäß der Verfügung in Richards Testament aufgeteilt. Nein, die arme Cora besaß nur ein paar hundert Pfund und die Möbel in ihrem Cottage. Wenn alle Schulden beglichen und die Möbel verkauft sind, werden meines Erachtens kaum mehr als höchstens fünfhundert Pfund bleiben.» Er fuhr fort: «Es wird natürlich eine gerichtliche Untersuchung geben, um die genaue Todesursache festzustellen. Der Termin ist für kommenden Donnerstag angesetzt. Wenn es Timothy recht ist, schicken wir den jungen Lloyd zu der Verhandlung, um sie im Namen der Familie zu verfolgen. Ich fürchte, der Fall könnte einiges Aufsehen erregen wegen der … äh … Umstände», fügte er entschuldigend hinzu.

«Wie unangenehm! Haben sie den Kerl schon gefasst?»

«Noch nicht.»

«Wahrscheinlich einer von diesen entsetzlichen unausgegorenen jungen Männern, die durchs Land streunen und nach Lust und Laune Leute ermorden. Die Polizei ist wirklich ausgesprochen unfähig.»

«Keineswegs», widersprach Mr. Entwhistle. «Die Polizei ist alles andere als unfähig. Das dürfen Sie keinen Moment denken.»

«Nun ja, auf jeden Fall übersteigt das alles mein Fassungsvermögen. Und es tut Timothy überhaupt nicht gut. Es wäre wohl zu viel verlangt, dass Sie herkommen, Mr. Entwhistle? Ich wäre Ihnen so dankbar. Ich glaube, es würde Timothy sehr beruhigen, wenn Sie ihm alles erklären könnten.»

Mr. Entwhistle schwieg einen Moment. Die Einladung kam ihm nicht ungelegen.

«Sie haben vielleicht nicht Unrecht», räumte er ein. «Und außerdem brauche ich bei einigen Unterlagen Timothys Unterschrift. Doch, ich denke, das ließe sich machen.»

«Wunderbar. Ich bin sehr erleichtert. Morgen? Und Sie bleiben über Nacht? Die beste Verbindung ist der Zug, der um 11.20 Uhr von St. Pancras geht.»

«Ich fürchte, ich werde einen späteren nehmen müssen», sagte Mr. Entwhistle. «Am Vormittag muss ich mich um etwas anderes kümmern …»

II

George Crossfield begrüsste Mr. Entwhistle herzlich, aber doch ein wenig überrascht.

Zur Erklärung meinte Mr. Entwhistle, obwohl er damit eigentlich nichts erklärte: «Ich komme gerade aus Lytchett St. Mary.»

«Dann war es also wirklich Tante Cora? Ich habe in der Zeitung davon gelesen und konnte es einfach nicht glauben. Ich dachte, es müsste jemand sein, der zufällig genauso heißt.»

«Lansquenet ist nicht gerade ein landläufiger Name.»

«Nein, natürlich nicht. Wahrscheinlich will man sich einfach nicht vorstellen, dass jemand aus der eigenen Familie ermordet werden kann. Die Sache klingt ja ganz ähnlich wie der Fall letzten Monat im Dartmoor.»

«Wirklich?»

«Ja. Dieselben Umstände. Ein abgelegenes Cottage, zwei ältere Frauen. Und das bisschen Bargeld, was mitgenommen wurde, war wirklich lächerlich wenig, nicht der Mühe wert, würde man denken.»

«Der Wert von Geld ist immer relativ», gab Mr. Entwhistle zu bedenken. «Es kommt doch ganz darauf an, wie viel man braucht.»

«Tja, wahrscheinlich haben Sie Recht.»

«Wenn Sie dringend zehn Pfund brauchen, sind fünfzehn Pfund mehr als genug. Und umgekehrt – wer hundert Pfund braucht, gibt sich mit fünfundvierzig erst gar nicht ab. Und wenn Sie Tausende von Pfund brauchen, genügen selbst Hunderte nicht.»

Als George antwortete, flackerten seine Augen kurz auf. «Ich denke, dieser Tage kommt jede Summe gelegen. Alle sind doch knapp bei Kasse.»

«Aber niemand ist verzweifelt», widersprach Mr. Entwhistle. «Es kommt auf den Grad der Verzweiflung an.»

«Wollen Sie damit etwas Bestimmtes sagen?»

«Nein, ganz und gar nicht.» Nach einer kurzen Pause fuhr er fort: «Es wird eine Weile dauern, bis der Nachlass geregelt ist. Hätten Sie gerne einen Vorschuss?»

«Ich hatte das Thema anschneiden wollen, aber ich war heute Morgen auf der Bank und habe den Manager an Sie verwiesen, und da war es kein Problem, einen Kredit zu bekommen.»

Wieder flackerten Georges Augen auf. Mr. Entwhistle kannte das Zeichen aus langjähriger Erfahrung als Notar. Er war überzeugt, dass George dringend, wenn nicht gar verzweifelt Geld gebraucht hatte. In dem Moment wusste er, was er die ganze Zeit untergründig geahnt hatte – dass er George in Gelddingen nicht vertrauen würde. Er fragte sich, ob es Richard Abernethie, der ebenfalls über große Menschenkenntnis verfügt hatte, ähnlich ergangen war. Mr. Entwhistle war ziemlich sicher, dass Richard nach Mortimers Tod geplant hatte, George als seinen Erben und Nachfolger einzusetzen. George war zwar kein Abernethie, aber er war der einzige männliche Nachkomme in der jüngeren Generation. Er war praktisch dazu prädestiniert, an Mortimers Stelle zu treten. Richard Abernethie hatte George mehrere Tage lang zu Besuch nach Enderby gebeten. Wahrscheinlich hatte er ihn gewogen und für zu leicht befunden. Hatte er instinktiv, wie auch Mr. Entwhistle, das Gefühl gehabt, dass George nicht ganz zu trauen war? Nach Familienmeinung hatte Laura mit Georges Vater eine schlechte Wahl getroffen – ein Börsenmakler, der nebenbei etwas dubiose Geschäfte betrieb. George schlug mehr nach seinem Vater als nach den Abernethies.

Möglicherweise missdeutete George das Schweigen des alten Notars, denn er lachte verlegen. «Um ehrlich zu sein, habe ich in letzter Zeit mit meinen Investitionen nicht sehr viel Glück gehabt», sagte er. «Ich habe etwas gemacht, das ein bisschen riskant war, und hab Pech gehabt. Hat mich mehr oder minder das letzte Hemd gekostet. Aber jetzt kann ich die Scharte wieder auswetzen, alles was fehlt, ist ein bisschen Kapital. Ardens Consolidated liegen gut im Rennen, meinen Sie nicht auch?»

Mr. Entwhistle äußerte sich weder positiv noch negativ. Er fragte sich gerade, ob George möglicherweise mit Geld spekuliert hatte, das nicht ihm, sondern Kunden gehörte. Wenn George eine Anklage ins Haus gestanden hatte…

«Ich habe versucht, Sie am Tag nach der Beerdigung anzurufen, aber offenbar waren Sie nicht in Ihrem Büro», sagte er.

«Ach wirklich? Das wurde mir nie ausgerichtet. Es stimmt, ich dachte, ich hätte mir einen freien Tag verdient, nach der guten Nachricht.»

«Der guten Nachricht?»

George errötete.

«Ach, nein, ich meine natürlich nicht Onkel Richards Tod. Aber zu wissen, dass man Geld geerbt hat, ist ein großartiges Gefühl. Das muss man doch ein bisschen feiern. Ich bin in Hurst Park gewesen. Hab auf zwei Sieger gesetzt. Ein Glück kommt selten allein! Wenn man eine Glückssträhne hat, klappt einfach alles. Es waren zwar nur fünfzig Pfund, aber immerhin.»

«Natürlich», meinte Mr. Entwhistle. «Immerhin. Und durch den Tod Ihrer Tante Cora bekommen Sie noch mehr Geld.»

George blickte bekümmert.

«Die arme Seele», sagte er. «Es war doch wirklich Pech für sie, nicht? Wo sie sich die Zukunft bestimmt gerade in rosigsten Farben ausgemalt hat.»

«Hoffen wir, dass die Polizei die Person findet, die ihren Tod auf dem Gewissen hat», erwiderte der Notar.

«Bestimmt. Unsere Polizei ist sehr gut. Sie werden alle zweifelhaften Subjekte im Umkreis genau unter die Lupe nehmen und eingehend verhören, was sie zur fraglichen Zeit gemacht haben.»

«Wenn etwas Zeit vergangen ist, wird das gar nicht so einfach sein.» Mr. Entwhistle lächelte sarkastisch, um anzudeuten, dass er gleich einen Scherz machen würde. «Ich selbst war am fraglichen Tag um halb vier bei Hatchard's im Buchladen. Aber würde ich das noch wissen, wenn die Polizei mich zehn Tage später danach fragen sollte? Das bezweifle ich stark. Und Sie, George, Sie waren in Hurst Park. Würden Sie, sagen wir, in einem Monat noch wissen, an welchem Tag Sie auf der Rennbahn waren?»

«Na ja, das würde ich wissen, weil's der Tag nach der Beerdigung war.»

«Stimmt, natürlich. Und außerdem haben Sie auf zwei Sieger gesetzt. Auch eine Gedächtnisstütze. Man vergisst ja selten den Namen eines Pferdes, mit dem man Geld gewonnen hat. Wie hießen sie noch?»

«Warten Sie mal – Gaymarck und Frogg II. Doch, das werde ich nicht so schnell vergessen.»

Mr. Entwhistle lachte trocken und verabschiedete sich.

III

«Es ist ja schön, Sie zu sehen», sagte Rosamund ohne große Begeisterung. «Aber es ist noch schrecklich früh.»

Sie gähnte herzhaft.

«Es ist elf Uhr», stellte Mr. Entwhistle fest.

Rosamund gähnte wieder. «Wir haben gestern Abend kräftig gefeiert», meinte sie dann entschuldigend. «Viel zu viel zu trinken. Michael ist grausam verkatert.»

In dem Augenblick erschien Michael, ebenfalls gähnend. Er trug einen eleganten Morgenrock und hatte eine Tasse schwarzen Kaffee in der Hand. Mit seinen hohlen Wangen sah er attraktiv aus, und sein Lächeln war charmant wie immer. Rosamund trug einen schwarzen Rock, einen schmuddeligen gelben Pullover und sonst nichts, soweit Mr. Entwhistle das beurteilen konnte.

Der akkurate Notar, der stets wie aus dem Ei gepellt war, konnte die Lebensweise der jungen Shanes nicht gutheißen. Eine schäbige Wohnung im ersten Stock eines Hauses in Chelsea, überall Flaschen, Gläser und Zigarettenstummel, abgestandene Luft, Staub und generelle Unordnung.

Inmitten dieser etwas verwahrlosten Umgebung wirkten Rosamund und Michael mit ihrer Schönheit wie das blühende Leben. Sie waren eindeutig ein attraktives Paar und, wie Mr. Entwhistle meinte, einander wirklich zugetan. Auf jeden Fall liebte Rosamund ihren Mann hingebungsvoll.

«Liebling», sagte sie, «was hältst du von einem klitzekleinen Schluck Champagner? Nur, um uns auszunüchtern und auf die Zukunft anzustoßen. Ach, Mr. Entwhistle, wir sind wirklich Glückspilze, dass Onkel Richard uns gerade jetzt das ganze Geld hinterlassen hat…»

Mr. Entwhistle entging nicht, dass Michael missbilligend das Gesicht verzog, aber Rosamund redete unbekümmert weiter. «Wir haben nämlich Aussicht auf ein wunderbares Stück. Michael hat eine Option darauf. Es wäre eine fantastische Rolle für ihn und sogar eine kleine für mich. Es geht um einen kriminellen Jugendlichen, wissen Sie, der in Wirklichkeit fast ein Heiliger ist – die ganzen modernen Ideen.»

«Den Anschein hat es in der Tat», sagte Mr. Entwhistle steif.

«Er ist ein Dieb, wissen Sie, und ein Mörder, und er wird von der Polizei gejagt, und von der ganzen Gesellschaft – und dann, am Ende, vollbringt er ein Wunder.»

Mr. Entwhistle schwieg empört. Verderbter Unsinn, was dieses junge Volk daherredete. *Und* schrieb!

Michael Shane redete allerdings wenig. Auf seinem Gesicht lag noch immer ein etwas düsterer Ausdruck.

«Mr. Entwhistle ist nicht gekommen, um uns über die Zukunft schwärmen zu hören, Rosamund», sagte er. «Halt mal eine Weile den Mund und lass ihn erzählen, warum er gekommen ist.»

«Es gibt nur ein oder zwei Dinge, die noch geregelt werden müssen», begann der Notar. «Ich bin gerade aus Lytchett St. Mary zurückgekommen.»

«Dann war es also wirklich Tante Cora, die umgebracht worden ist? Wir haben's in der Zeitung gelesen. Und ich sagte, es muss meine Tante sein, weil der Name eher ausgefallen ist. Die arme Tante Cora. Bei Onkel Richards Beerdigung habe ich sie angeschaut und mir gedacht, wenn man eine so alte Schachtel ist wie sie, könnte man genauso gut gleich tot sein – und jetzt ist sie wirklich tot. Gestern Abend wollte mir keiner glauben, dass der Mordfall mit dem Beil, der in der Zeitung stand, meine Tante ist! Sie haben nur gelacht, stimmt's, Michael?»

Michael Shane schwieg. «Zwei Morde nacheinander», fuhr Rosamund mit wachsender Begeisterung fort. «Das ist fast zu viel des Guten, nicht?»

«Red keinen Unsinn, Rosamund. Dein Onkel Richard ist nicht ermordet worden.»

«Cora war anderer Meinung.»

Mr. Entwhistle unterbrach das Gespräch. «Sie sind nach der Beerdigung nach London zurückgefahren, nicht wahr?»

«Ja, mit demselben Zug wie Sie.»

«Ach ja, natürlich … natürlich. Ich frage nur, weil ich Sie am nächsten Tag anzurufen versuchte …» Er warf einen Blick aufs Telefon. «Mehrfach sogar, aber es hat nie jemand abgehoben.»

«Oh, das tut mir Leid. Was haben wir denn an dem Tag gemacht? Vorgestern. Bis etwa zwölf Uhr waren wir hier, oder? Und dann bist du los, um zu sehen, ob du Rosenheim erwischst, und bist hinterher mit Oscar Essen gewesen und ich bin einkaufen gegangen. Ich wollte Nylonstrümpfe besorgen und ein paar andere Sachen. Eigentlich war ich mit Jane verabredet, aber wir haben uns verpasst. Stimmt, ich habe einen wunderschönen Einkaufsbummel gemacht an dem Nachmittag, und abends haben wir im *Castile* gegessen. So um zehn Uhr waren wir wieder hier.»

«Etwa um zehn», stimmte Michael zu. Er betrachtete Mr. Entwhistle nachdenklich. «Weswegen wollten Sie uns anrufen, Sir?»

«Ach, es ging nur um ein paar Kleinigkeiten in Zusammenhang mit Richard Abernethies Testament – eine Unterschrift auf ein paar Dokumenten – derlei Dinge.»

«Bekommen wir das Geld sofort oder müssen wir noch Ewigkeiten darauf warten?», fragte Rosamund.

«Ich fürchte, die Mühlen des Gesetzes mahlen langsam», antwortete Mr. Entwhistle.

Rosamund sah erschrocken auf. «Aber wir können doch einen Vorschuss bekommen, oder nicht? Michael sagte, das ginge. Es ist nämlich sehr wichtig. Wegen des Stücks.»

«Ach, eigentlich eilt es nicht. Es ist nur die Frage, ob wir die Option wahrnehmen oder nicht», widersprach Michael zuvorkommend.

«Es ist gar kein Problem, Ihnen einen Vorschuss zu geben», erklärte Mr. Entwhistle. «So viel Sie brauchen.»

«Dann ist es ja gut.» Rosamund seufzte erleichtert auf. «Hat Tante Cora Geld hinterlassen?», erkundigte sie sich beiläufig.

«Ein bisschen. Sie hat es Ihrer Cousine Susan vermacht.»

«Susan – warum denn ihr? Ist es viel?»

«Ein paar hundert Pfund und einige Möbel.»

«Schöne Möbel?»

«Nein», antwortete Mr. Entwhistle.

Rosamund verlor das Interesse. «Es ist wirklich seltsam, nicht?», sagte sie. «Nach der Beerdigung platzt Cora heraus mit ihrem ‹Er ist doch ermordet worden!›, und keine vierundzwanzig Stunden später wird sie selbst umgebracht. Das ist doch wirklich seltsam, oder nicht?»

Einen Augenblick herrschte unbehagliche Stille. Dann sagte Mr. Entwhistle leise: «Doch, es ist in der Tat sehr seltsam …»

IV

Mr. Entwhistle musterte Susan Banks, die sich über den Tisch vorbeugte und auf ihre angeregte Art sprach.

Sie hatte nichts von Rosamunds Liebreiz, aber ihr Gesicht war attraktiv, und seine Attraktivität lag in seiner Lebendigkeit, wie Mr. Entwhistle feststellte. Ihre Lippen waren voll und rund – der Mund einer Frau, und ihr Körper war sehr weiblich – ausgesprochen weiblich. Doch in vieler Hinsicht erinnerte Susan ihn an ihren Onkel Richard Abernethie. Ihre Kopfform, ihr Kinn, die tief liegenden, nachdenklichen Augen. Sie hatte dieselbe dominante Persönlichkeit wie Richard, dieselbe unermüdliche Antriebskraft, denselben Weitblick und klaren Verstand. Von den drei Mitgliedern der jüngeren Generation schien nur sie aus dem Holz geschnitzt, aus dem das riesige Vermögen der Abernethies erwachsen war. Hatte Richard in dieser Nichte eine Seelenverwandte gesehen? Zweifellos, glaubte Mr. Entwhistle. Sein Freund war immer ein guter Menschenkenner gewesen. Susan besaß eindeutig die Qualitäten, nach denen er gesucht hatte. Und trotzdem hatte er sein Testament nicht zu ihren Gunsten abgefasst. George hatte er wohl misstraut, vermutete Mr. Entwhistle, die bildhübsche Törin Rosamund hatte er gar nicht erst in Betracht gezogen – aber hätte nicht Susan seinen Erwartungen entsprechen können – eine Erbin seines Schlages?

Wenn nicht, dann musste ihr Mann der Grund sein, das folgte zwingend.

Mr. Entwhistles Blick schweifte unauffällig über Susans Schulter zu Gregory Banks, der unbeteiligt daneben stand und angelegentlich einen Bleistift spitzte.

Er war ein magerer, blasser, unscheinbarer junger Mann mit rötlich blonden Haaren. Er stand derart im Schatten von Susans temperamentvoller Persönlichkeit, dass man ihn selbst kaum fassen konnte. An dem jungen Mann war nichts, das einen neugierig machte – ganz nett, beflissen, ein «Jasager», wie man so schön sagte, und doch schienen diese Ausdrücke ihn nicht hinlänglich zu beschreiben. Gregory Banks' unauffällige Art hatte etwas, das einem Unbehagen bereitete. Er war eine unpassende Partie gewesen, aber Susan hatte darauf bestanden, ihn zu heiraten, gegen alle Widerstände. Warum? Was hatte sie in ihm gesehen?

Und jetzt, sechs Monate nach der Hochzeit – «Sie ist verrückt nach dem Kerl», dachte Mr. Entwhistle. Ihm waren die Anzeichen nicht fremd. In der Kanzlei Bollard, Entwhistle, Entwhistle and Bollard hatten sich Frauen mit Eheproblemen die Klinke in die Hand gedrückt. Frauen, die unzuverlässige oder scheinbar völlig belanglose Ehemänner anbeteten, Frauen, die gut aussehende und charakterfeste Männer verachteten und sich mit ihnen langweilten. Was eine Frau in einem gegebenen Mann sah, ging über den Verstand eines Mannes durchschnittlicher Intelligenz hinaus. So war es eben. Eine Frau, die in allen anderen Dingen die personifizierte Vernunft war, konnte dumm wie Bohnenstroh sein, wenn es um einen bestimmten Mann ging.

Susan war eine von diesen Frauen, sagte Mr. Entwhistle sich. Ihre Welt drehte sich um Greg. Das barg vielfältige Gefahren.

Susan sprach gerade nachdrücklich und voller Entrüstung.

«… es ist einfach eine Schande. Erinnern Sie sich noch an die Frau, die letztes Jahr in Yorkshire umgebracht wurde? Die Polizei hat nie jemanden verhaftet. Und die alte Frau in dem Süsswarenladen, die mit einem Stemmeisen erschlagen wurde. Sie haben einen Mann verhaftet und dann wieder laufen lassen!»

«Es muss eindeutige Beweise geben», warf Mr. Entwhistle ein.

Susan achtete nicht auf ihn.

«Oder der andere Fall – die Krankenschwester – das war mit einem Beil oder einer Axt – wie bei Tante Cora.»

«Das klingt ja ganz so, als hätten Sie sich ausführlich mit diesen Verbrechen befasst, Susan», meinte der Notar freundlich.

«Natürlich fallen einem solche Sachen wieder ein, vor allem, wenn jemand aus der eigenen Familie ermordet wird – noch dazu auf ganz ähnliche Art. Das beweist doch nur, dass es mengenweise Leute gibt, die durchs Land ziehen, in Häuser einbrechen und allein lebende Frauen überfallen – und die Polizei kümmert sich einen feuchten Kehricht darum!»

Mr. Entwhistle schüttelte den Kopf.

«Schmähen Sie die Polizei nicht so sehr, Susan. Das sind kluge und geduldige Leute – und hartnäckig. Nur, weil über einen Fall nichts mehr in der Zeitung steht, heißt das noch nicht, dass er geschlossen ist. Ganz im Gegenteil.»

«Aber jedes Jahr gibt es Hunderte von Verbrechen, die nie aufgeklärt werden.»

«Hunderte?», fragte Mr. Entwhistle zweifelnd. «Eine gewisse Anzahl wird nie aufgeklärt, das ist wahr. Aber oft kommt es auch vor, dass die Polizei genau weiß, wer das Verbrechen begangen hat, aber nicht genügend Beweise hat, um eine Anklage zu erheben.»

«Das glaube ich nicht», sagte Susan. «Wenn man genau

weiß, wer ein Verbrechen begangen hat, findet man immer Beweise dafür.»

«Da bin ich mir nicht sicher.» Mr. Entwhistle klang nachdenklich. «Da bin ich mir gar nicht sicher.»

«Gibt es denn nicht einmal eine Vermutung, wer es gewesen sein könnte – bei Tante Cora, meine ich?»

«Das kann ich nicht sagen. Meines Wissens nicht. Aber mich würde die Polizei kaum ins Vertrauen ziehen – und es ist auch noch zu früh – vergessen Sie nicht, der Mord ist erst vorgestern passiert.»

«Es muss ein ganz bestimmter Typ Mensch gewesen sein», meinte Susan. «Ein brutaler Mensch, vielleicht nicht ganz richtig im Kopf – ein entlassener Soldat oder ein Häftling. Ich meine, mit einem Beil zuzuschlagen!»

Verwundert hob Mr. Entwhistle die Augenbrauen und rezitierte:

> «Mit der Axt kam Lizzie Borden,
> Ihren Vater zu ermorden.
> Als sie sah, was sie getan,
> War auch ihre Mutter dran.»

«Ach.» Susan errötete vor Empörung. «Cora hat ja nicht mit ihrer Familie zusammengelebt – außer, Sie denken an ihre Hausdame. Und außerdem wurde Lizzie Borden freigesprochen. Es wurde ihr nie nachgewiesen, dass sie ihren Vater und ihre Stiefmutter getötet hatte.»

«Der Vers ist zweifellos eine Verleumdung», pflichtete Mr. Entwhistle bei.

«Sie meinen, es war doch die Hausdame? Hat Cora ihr etwas hinterlassen?»

«Eine relativ wertlose Amethystbrosche und ein paar Bilder von Fischerdörfern, die nur Erinnerungswert besitzen.»

«Man muss doch ein Motiv haben, um jemanden umzubringen – es sei denn, man ist nicht recht bei Verstand.»

«Soweit ich es sehe, hatte nur ein Mensch ein Motiv – nämlich Sie, Susan», sagte Mr. Entwhistle mit einem leisen Lachen.

«Wie bitte?» Plötzlich trat Greg nach vorne. Es war, als würde ein Schlafwandler erwachen. Seine Augen blitzten bedrohlich auf. Mit einem Schlag war er keine belanglose Gestalt im Hintergrund mehr. «Was hat Sue damit zu tun? Was meinen Sie damit?»

«Sei still, Greg», fuhr Susan scharf dazwischen. «Mr. Entwhistle meint gar nichts…»

«Nur ein kleiner Scherz», sagte der Notar entschuldigend. «Und ein schlechter obendrein. Cora hat alles, was sie besaß – wenig genug –, Ihnen vererbt, Susan. Aber für eine junge Frau, die gerade in den Besitz mehrerer Hunderttausend Pfund gekommen ist, kann ein Erbe, das bestenfalls aus einigen Hundert Pfund besteht, kaum als Mordmotiv gelten.»

«Sie hat ihr Geld mir hinterlassen?» Susan klang überrascht. «Das wundert mich. Sie hat mich doch gar nicht gekannt! Weswegen hat sie das getan? Haben Sie eine Ahnung?»

«Ich glaube, sie hatte gerüchteweise gehört, dass es anlässlich Ihrer Hochzeit gewisse … äh … Schwierigkeiten gab.» Greg, der wieder seinen Bleistift spitzte, schnitt eine Grimasse. «Und da ihre eigene Heirat von der Familie nicht gerade wohlwollend aufgenommen worden war, glaube ich, dass sie in Ihnen eine verwandte Seele sah.»

Susans Interesse erwachte. «War sie nicht mit einem Maler verheiratet, den die Familie nicht leiden konnte?», fragte sie. «War er ein guter Maler?»

Mr. Entwhistle schüttelte entschieden den Kopf.

«Hängen Bilder von ihm im Cottage?»

«Ja.»

«Dann kann ich mir ja selbst ein Urteil bilden.»

Mr. Entwhistle musste lächeln, als er Susans resolut vorgeschobenes Kinn bemerkte.

«Nun gut. Sicher bin ich ein Ewiggestriger und hoffnungslos altmodisch, was Kunst betrifft, aber ich glaube wirklich nicht, dass Sie meinem Urteil widersprechen werden.»

«Auf jeden Fall sollte ich wohl mal hinfahren und die Sachen durchsehen. Ist jetzt jemand im Haus?»

«Ich habe mit Miss Gilchrist vereinbart, dass sie bis auf weiteres dort wohnen kann.»

«Die muss ja Nerven wie Drahtseile haben», meinte Greg. «In einem Haus wohnen zu bleiben, in dem ein Mord begangen wurde.»

«Miss Gilchrist ist eine sehr vernünftige Person. Außerdem, wenn ich recht informiert bin, wüsste sie gar nicht, wohin sie gehen könnte, bis sie eine neue Stellung gefunden hat», fügte der Notar trocken hinzu.

«Also sitzt sie seit Tante Coras Tod auf dem Trockenen? War sie … waren sie und Tante Cora … intim befreundet …?»

Mr. Entwhistle betrachtete sie neugierig und fragte sich, was sie damit wohl genau meinte.

«Soweit ich weiß, haben die beiden sich sehr gut verstanden», antwortete er. «Sie hat Miss Gilchrist nie als Bedienstete behandelt.»

«Sondern sehr viel schlechter, nehme ich mal an», sagte Susan. «Diese sogenannten ‹Hausdamen› werden heutzutage regelrecht ausgebeutet. Ich werde versuchen, ihr eine anständige Stelle zu finden. Das sollte nicht allzu schwer sein. Jeder, der bereit ist, ein bisschen Hausarbeit zu machen und zu kochen, kann sich mit Gold aufwiegen lassen – sie kann doch kochen, oder?»

«O doch. Wenn ich sie richtig verstanden habe, lehnt sie es nur ab, das – äh, das Grobe zu machen. Ich fürchte, ich weiß nicht genau, was sie damit meinte.»

Susan fand diese Bemerkung offenbar erheiternd.

«Ihre Tante hat Timothy zum Testamentsvollstrecker ernannt», fuhr Mr. Entwhistle mit einem Blick auf seine Armbanduhr fort.

«Timothy.» Susans Stimme klang abschätzig. «Onkel

Timothy ist praktisch ein Mythos. Den hat doch seit Jahren niemand mehr gesehen.»

«Das stimmt.» Mr. Entwhistle schaute wieder auf seine Uhr. «Aber ich fahre heute Nachmittag zu ihm. Ich werde ihm von Ihrer Entscheidung berichten, nach Lytchett St. Mary zu fahren.»

«Mehr als ein oder zwei Tage wird es nicht dauern, denke ich. Ich möchte nicht zu lange aus London wegbleiben. Ich habe einiges zu erledigen – ich will ein Geschäft eröffnen.»

Mr. Entwhistle sah sich in dem beengten Wohnzimmer der winzigen Wohnung um. Es war unverkennbar, dass Greg und Susan sehr wenig Geld besaßen. Er wusste, dass ihr Vater den Großteil seines Geldes durchgebracht und seiner Tochter nichts hinterlassen hatte.

«Darf ich fragen, welche Zukunftspläne Sie haben?»

«Ich habe ein Haus in der Cardigan Street im Auge. Ich nehme an, Sie könnten mir notfalls vorab etwas Geld geben? Möglicherweise muss ich eine Anzahlung leisten.»

«Das ließe sich einrichten», meinte Mr. Entwhistle. «Ich habe Sie am Tag nach der Beerdigung mehrmals angerufen, aber es war nie jemand da. Ich dachte mir schon, dass Sie vielleicht einen Vorschuss haben möchten. Ich habe angenommen, dass Sie weggefahren waren.»

«Aber nein.» Susans Antwort kam rasch. «Wir waren den ganzen Tag zu Hause. Beide. Wir haben die Wohnung überhaupt nicht verlassen.»

«Weißt du, Susan, ich glaube, unser Telefon war an dem Tag kaputt», sagte Greg leise. «Erinnerst du dich, ich bin am Nachmittag nicht zu Hard and Company durchgekommen. Ich wollte es bei der Störungsstelle melden, aber am nächsten Tag hat es wieder funktioniert.»

«Telefone können manchmal sehr unzuverlässig sein», meinte Mr. Entwhistle.

«Woher hatte Tante Cora denn von unserer Heirat erfahren?», fragte Susan unvermittelt. «Wir haben nur standesamtlich geheiratet und den Leuten erst hinterher davon erzählt!»

«Ich könnte mir vorstellen, dass Richard es ihr gesagt hat. Sie hat ihr Testament vor etwa drei Wochen umgeschrieben – zuvor wollte sie alles der Theosophischen Gesellschaft vermachen. Ungefähr zu der Zeit hat er sie besucht.»

Susan schaute überrascht drein.

«Onkel Richard hat sie besucht? Das wusste ich gar nicht!»

«Ich wusste es selbst nicht», erklärte Mr. Entwhistle.

«Da hat also…»

«Also was?»

«Nichts», sagte Susan.

Sechstes Kapitel

I

«Sehr freundlich von Ihnen, dass Sie gekommen sind», sagte Maude mit ihrer rauen Stimme, als sie Mr. Entwhistle auf dem Bahnsteig in Bayham Compton begrüßte. «Ich versichere Ihnen, Timothy und auch ich sind Ihnen sehr dankbar. Sie dürfen nicht vergessen, Richards Tod war für Timothy das Schlimmste, was passieren konnte.»

Bislang hatte Mr. Entwhistle den Tod seines Freundes noch nicht von dieser Warte aus betrachtet, aber für Mrs. Timothy Abernethie war das die einzige Warte, von der aus sie ihn sehen konnte. Das wurde ihm nun klar.

Während sie zum Ausgang schritten, vertiefte Maude das Thema.

«Anfangs war es nur ein entsetzlicher Schock – Timothy hat sehr an Richard gehangen, wissen Sie. Aber dann hat Timothy leider angefangen, ganz allgemein über den Tod nachzudenken. Gebrechlich, wie er ist, macht er sich doch ziemlich Sorgen um seine Gesundheit. Ihm ist klar geworden, dass er als Einziger von den Brüdern noch am Leben ist – und dann fing er an davon zu reden, dass er als Nächster abtreten würde … dass es nicht mehr lange dauern würde – alles sehr morbid. Das habe ich ihm auch gesagt.»

Sie verließen den Bahnhof, und Maude führte den Notar zu einem klapprigen Wagen, der fast schon musealen Wert besaß.

«Entschuldigen Sie die alte Schrottkiste», meinte sie. «Wir wollen uns seit Jahren ein neues Auto kaufen, aber bis jetzt konnten wir es uns einfach nicht leisten. Wir haben schon zweimal einen neuen Motor einbauen lassen müssen – alte Autos brauchen wirklich viele Reparaturen. Ich hoffe, er springt an», fügte sie hinzu. «Manchmal muss man ihn ankurbeln.»

Sie betätigte mehrmals den Anlasser, der aber nur träge surrte. Mr. Entwhistle hatte in seinem ganzen Leben noch nie einen Wagen angekurbelt und ihm wurde etwas bänglich. Aber Maude stieg beherzt aus, steckte die Kurbel in die vorgesehene Öffnung, und mit zwei heftigen Umdrehungen erwachte der Motor zum Leben. Ein Glück, dachte Mr. Entwhistle, dass Maude so kräftig gebaut war.

«Das wäre geschafft», sagte sie. «Die alte Rostlaube hat in letzter Zeit viel Scherereien gemacht. Auf dem Heimweg von der Beerdigung hat sie mich sogar ganz im Stich gelassen. Ich musste drei Kilometer zur nächsten Werkstatt gehen, und die Mechaniker dort waren nicht gerade Könner ihres Fachs – eine einfache Dorfwerkstatt eben. Ich musste im Gasthaus übernachten, während sie daran herumgebastelt haben. Das hat Timothy natürlich noch zusätzlich aufgeregt. Ich habe ihn angerufen und ihm gesagt, dass ich erst am nächsten Tag heimkommen würde. Da war er völlig aus dem Häuschen. Man versucht ja, so viel wie möglich von ihm fern zu halten, aber bei manchen Dingen geht es nicht – der Mord an Cora, zum Beispiel. Ich musste Dr. Barton holen, damit er ihm ein Beruhigungsmittel gibt. Sachen wie ein Mord sind einfach zu viel für jemanden, der so krank ist wie Timothy. Aber Cora war ja wohl immer schon ziemlich dumm.»

Diese Bemerkungen nahm Mr. Entwhistle schweigend zur Kenntnis. Ihm war nicht ganz klar, was Maude damit sagen wollte.

«Ich glaube, ich hatte Cora seit unserer Hochzeit nicht mehr gesehen», fuhr Maude fort. «Damals wollte ich Timothy nicht direkt sagen, dass ich seine jüngste Schwester für verrückt hielt, aber gedacht habe ich es mir. Sie hat schon damals die ungeheuerlichsten Sachen gesagt! Man wusste nie, ob man sich nun darüber aufregen oder lachen sollte. Wahrscheinlich hat sie ihr Leben lang in einem Wolkenkuckucksheim gelebt – eine Welt voller Melodramen und wirrer Fantasieträume. Und jetzt hat sie den Preis dafür bezahlen müssen, die arme Seele. Hat sie Protegés gehabt?»

«Protegés? Was meinen Sie damit?»

«Nur ein Gedanke. Einen jungen Maler oder Musiker, den sie ausgehalten hat – etwas in der Art. Jemand, den sie an dem Tag ins Haus gelassen und der sie dann ermordet hat, um an ihr Bargeld zu kommen. Ein Halbstarker vielleicht – in dem Alter sind sie manchmal etwas überdreht, vor allem, wenn sie zum neurotischen Künstlertyp gehören. Ich meine, es ist doch sehr merkwürdig, dass jemand am helllichten Nachmittag bei ihr einbricht und sie umbringt. Wenn man schon in ein Haus einbricht, tut man das doch nachts.»

«Nachts wären zwei Frauen im Haus gewesen.»

«Ach ja, natürlich, die Hausdame. Aber ich kann mir nicht vorstellen, dass jemand eigens wartet, bis sie aus dem Haus ist, und dann einbricht und Cora überfällt. Welchen Sinn sollte das haben? Wer immer es war, kann doch nicht davon ausgegangen sein, dass sie viel Bargeld hatte oder sonst was Wertvolles, und es muss doch auch Gelegenheiten gegeben haben, wenn beide Frauen außer Haus waren. Dann wäre es viel einfacher gewesen. Es ist doch dumm, einen Mord zu begehen, wenn es nicht unbedingt nötig ist.»

«Ihrer Ansicht nach war der Mord an Cora unnötig?»

«Er kommt mir einfach sinnlos vor.»

Sollte ein Mord sinnvoll sein, fragte Mr. Entwhistle sich. Rein logisch gesehen lautete die Antwort: Ja. Aber viele Morde waren sinnlos. Wahrscheinlich, überlegte Mr. Entwhistle, hing es vom Wesen des Mörders ab.

Was wusste er überhaupt von Mördern und ihren Gedankengängen? Sehr wenig. Seine Kanzlei hatte keine Gewaltverbrechen übernommen, und er selbst hatte sich nie mit Kriminologie befasst. Soweit er es beurteilen konnte, wurden die

72

unterschiedlichsten Typen von Menschen zum Mörder. Einige aus reiner Eitelkeit, andere aus Machtgier. Manche, wie Seddon, waren Geizhälse gewesen und wieder andere fühlten sich unwiderstehlich zu Frauen hingezogen, wie Smith und Rowse. Und einige, Armstrong zum Beispiel, waren ausgesprochen angenehme Zeitgenossen gewesen. Edith Thompson hatte in einer Welt gewalttätiger Fantasie gelebt, Schwester Waddington hatte ihre betagten Patienten mit geschäftsmäßiger Nonchalance ins Jenseits befördert.

Maudes Stimme unterbrach seinen Gedankengang.

«Wenn ich nur die Zeitung vor Timothy verstecken könnte! Aber er besteht darauf, sie zu lesen, und dann regt er sich natürlich über alles auf. Ihnen ist doch klar, Mr. Entwhistle – es kommt nicht in Frage, dass Timothy zur gerichtlichen Untersuchung fährt. Wenn nötig, kann Dr. Barton ihm ein Attest ausstellen.»

«Darüber brauchen Sie sich keine Sorgen zu machen.»

«Gott sei Dank!»

Sie bogen durch das Tor von Stansfield Grange und fuhren eine verwahrloste Auffahrt hinauf. Früher einmal war das Anwesen recht hübsch gewesen, aber jetzt machte es einen ungepflegten und trostlosen Eindruck.

«Während des Kriegs ist alles verkommen», sagte Maude seufzend. «Beide Gärtner wurden einberufen. Und jetzt haben wir nur einen alten Mann, der nicht allzu viel taugt. Die Löhne sind explodiert. Ich muss sagen, es ist eine Erleichterung zu wissen, dass wir jetzt ein bisschen Geld haben. Wir lieben das Haus und den Garten. Ich hatte schon befürchtet, wir würden es verkaufen müssen … Das habe ich Timothy natürlich nicht gesagt, das hätte ihn nur wieder aufgeregt – schrecklich aufgeregt.»

Vor dem Portikus eines alten Hauses im georgianischen Stil, das dringend einen Anstrich brauchte, kam der Wagen zum Stehen.

«Kein Personal.» Maudes Ton klang bitter, als sie dem Notar

zur Haustür vorausging. «Nur zwei Frauen, die ab und zu kommen. Bis vor einem Monat hatten wir eine, die im Haus wohnte – ein bisschen bucklig war sie und schrecklich kurzatmig und nicht gerade die Schlaueste, aber es war einfach gut zu wissen, dass jemand da war – und ein einfaches Essen konnte sie auch recht ordentlich kochen. Und stellen Sie sich vor, sie hat gekündigt und ist zu einer Frau gegangen, die sechs Pekinesen hat – das Haus ist größer als unseres und macht mehr Arbeit –, weil sie Wauwaus so liebt, sagte sie. Wauwaus, ich bitte Sie! Machen nichts als Dreck und hinterlassen überall ihre Häufchen. Dienstmädchen sind einfach schwachsinnig! Ja, und wenn ich jetzt nachmittags außer Haus gehen muss, ist Timothy ganz allein, und wer soll ihm zu Hilfe kommen, wenn ihm etwas passiert? Ich muss immer das Telefon in seine Reichweite stellen, neben seinen Sessel, damit er Dr. Barton anrufen kann, sobald ihm unwohl ist.»

Maude führte ihn ins Wohnzimmer, wo vor dem Kamin der Tisch für den Nachmittagstee gedeckt war. Nachdem sie Mr. Entwhistle dort hatte Platz nehmen lassen, verschwand sie im hinteren Teil des Hauses. Einige Minuten später kehrte sie mit einer Teekanne und einem silbernen Wasserkessel zurück und machte sich daran, Mr. Entwhistles Bedürfnisse zu befriedigen. Zum Tee gab es einen frisch gebackenen Kuchen und süße Brötchen.

«Was ist mit Timothy?», erkundigte sich Mr. Entwhistle.

Maude erklärte forsch, sie habe ihm seinen Tee auf dem Zimmer serviert, bevor sie zum Bahnhof gefahren sei.

«Mittlerweile wird er von seinem Nachmittagsschlaf aufgewacht sein», fuhr sie fort. «Jetzt müsste er Sie empfangen können. Aber bitte achten Sie darauf, ihn nicht allzu sehr aufzuregen.»

Mr. Entwhistle versicherte ihr, er werde größte Vorsicht walten lassen.

Als er seine Gastgeberin im flackernden Licht der Flammen betrachtete, empfand er unvermittelt Mitleid mit ihr. Diese

74

kräftige, tüchtige, nüchterne Frau war voller Lebenskraft und gesundem Menschenverstand, und doch war sie in einer Hinsicht so verletzlich, dass sie fast erbarmenswert wirkte. Die Liebe, die sie für ihren Mann empfand, war Mutterliebe, ging Mr. Entwhistle auf. Maude Abernethie hatte keine Kinder bekommen, und doch war sie eine Frau, die für die Mutterschaft wie gemacht schien. Ihr gebrechlicher Ehemann war zu ihrem Kind geworden, das sie beschützen, umsorgen, hegen und pflegen musste. Und da sie die Stärkere der beiden war, hatte sie ihn unbewusst vielleicht gebrechlicher gemacht, als es sonst der Fall gewesen wäre.

«Arme Mrs. Tim», dachte Mr. Entwhistle.

II

«Schön, dass Sie gekommen sind, Entwhistle.»

Timothy streckte ihm die Hand entgegen und erhob sich halb aus seinem Sessel. Er war ein stämmiger, groß gewachsener Mann, der seinem Bruder Richard verblüffend ähnlich sah. Nur von dessen Kraft besaß er nichts – sein Mund war unentschlossen, das Kinn leicht fliehend, die Augen ein wenig vorstehend. Über seine Stirn zogen sich Falten, wie man sie bei kleinlichen, ständig gereizten Menschen sieht.

Als Zeichen seiner Gebrechlichkeit lag über Timothys Knien eine Decke, und auf dem Tisch zu seiner Rechten war eine ganze Batterie von Fläschchen und Döschen aufgereiht.

«Ich muss mich schonen», sagte er warnend. «Der Arzt hat mir verboten, mich zu überanstrengen. Sagt mir ständig, ich soll mir keine Sorgen machen! Der Mann hat gut reden. Wenn in seiner Familie jemand ermordet worden wäre, würde er sich auch Sorgen machen! Es ist einfach zu viel – zuerst Richards Tod – dann die ganze Sache mit seiner Beerdigung und dem Testament – und was für ein Testament! –, und dann wird auch noch die arme Cora mit einem Beil erschlagen. Mit einem Beil, ich bitte Sie! England ist heute voller Gesindel – Gangster und Verbrecher – der Bodensatz des Krieges. Herumtreiber, die einfach wehrlose Frauen umbringen. Und niemand hat den Mut, dem ein Ende zu setzen und mit eiserner Hand durchzugreifen. Ich frage mich wirklich, wo das noch alles hinführen soll in diesem Land.»

Mr. Entwhistle war dieses Szenario allzu vertraut. Seit zwanzig Jahren stellte praktisch jeder seiner Klienten früher oder später diese Frage, und er hatte seine routinierte Antwort parat. Die nichtssagenden Worte, die er äußerte, waren wenig mehr als ein begütigendes Murmeln.

«Und angefangen hat das alles mit der verdammten Labour-Regierung», ereiferte Timothy sich. «Die hat ganz England auf den Kopf gestellt! Und die Regierung, die wir jetzt haben, ist um keinen Deut besser. Saft- und kraftlose Leisetreter, diese Sozis! Sehen Sie sich doch nur an, wie wir hier leben müssen! Kein anständiger Gärtner ist zu bekommen, kein Personal – die arme Maude muss sich in der Küche abrackern – übrigens, meine Liebe…» – er sprach zu seiner Frau –, «wie wäre es mit etwas Vanillepudding nach der Seezunge heute Abend? Und vorher vielleicht eine Consommé? … Ich muss bei Kräften bleiben … das sagt auf jeden Fall Doktor Barton … wo war ich stehen geblieben? Ach ja, Cora. Es ist ein Schock, sage ich Ihnen, erfahren zu müssen, dass die Schwester – die eigene, leibliche Schwester – ermordet worden ist! Ich hatte mindestens zwanzig Minuten lang Herzflimmern! Sie werden sich um alles an meiner statt kümmern müssen, Entwhistle. Ich kann auf keinen Fall zur gerichtlichen Untersuchung fahren und will mich auch um nichts kümmern müssen, das mit Coras Hinterlassenschaft zu tun hat. Ich will das Ganze nur so schnell wie möglich vergessen. Was passiert übrigens mit Coras Anteil an Richards Vermögen? Wahrscheinlich geht doch alles an mich?»

Maude murmelte etwas von Wegräumen der Teesachen und verließ den Raum.

Timothy machte es sich in seinem Sessel bequem. «Gut»,

sagte er. «Ohne Frauen lässt sich viel besser reden. Jetzt können wir uns ganz aufs Geschäftliche konzentrieren, ohne ständig von dummen Fragen unterbrochen zu werden.»

«Die Summe, die Cora treuhänderisch vermacht wurde, geht zu gleichen Teilen an Sie und Ihre Nichten und den Neffen», erklärte Mr. Entwhistle.

«Hören Sie mal!» Vor Empörung nahmen Timothys Wangen Farbe an. «Ich bin ihr nächster Angehöriger, der einzige noch lebende Bruder!»

Ausführlich erörterte Mr. Entwhistle die Vorkehrungen, die Richard Abernethie in seinem Testament getroffen hatte, und erinnerte Timothy mit freundlichen Worten daran, dass er ihm eine Kopie davon geschickt habe.

«Sie erwarten doch nicht im Ernst von mir, dass ich das Juristen-Kauderwelsch verstehe?», brauste Timothy auf. «Ihr Anwälte! Ich konnte es gar nicht glauben, als Maude nach Hause kam und mir erzählte, was in dem Testament drinsteht. Ich dachte, sie hätte es nicht richtig verstanden. Frauen haben einfach keinen Kopf für solche Sachen. Sie ist ja die beste Frau der Welt, aber von Finanzen verstehen Frauen einfach nichts. Ich glaube, Maude war sich nicht einmal bewusst, dass wir dieses Haus wahrscheinlich hätten aufgeben müssen, wenn Richard nicht gestorben wäre. Ohne Frage!»

«Aber wenn Sie Richard um Hilfe gebeten hätten, hätte er Ihnen doch sicher…»

Timothy lachte sarkastisch auf.

«Das ist nicht meine Art. Unser Vater hatte uns allen einen durchaus angemessenen Teil seines Vermögens hinterlassen – das heißt, wenn wir nicht ins Familienunternehmen einsteigen wollten. Was bei mir nicht der Fall war. Ich bin zu Höherem berufen als zu Hühneraugenpflastern, Entwhistle! Das hat Richard nicht gefallen. Na, und mit den Steuern, dem Wertverlust des Geldes und allem – es ist nicht leicht gewesen, alles aufrechtzuerhalten. Ich musste das Kapital kräftig angreifen. Das ist das Beste, was man heutzutage tun kann. Einmal habe ich Richard gegenüber eine Andeutung fallen gelassen, dass es etwas schwierig wäre, das Haus in Schuss zu halten. Da meinte er, es wäre viel besser für uns, in einem kleineren Haus zu leben. Das wäre einfacher für Maude, sagte er, eine Arbeitserleichterung – Arbeitserleichterung! Ein Unwort! O nein, ich hätte Richard nie um Hilfe gebeten. Aber ich kann Ihnen sagen, Entwhistle, die Sorgen waren gar nicht gut für meine Gesundheit. Ein Mann in meinem Zustand sollte sich keine Sorgen machen müssen. Dann ist Richard gestorben, und obwohl mich das natürlich getroffen hat – schließlich war er ja mein Bruder und alles –, war ich doch erleichtert im Hinblick auf die Zukunft, verstehen Sie. Ja, jetzt wird alles viel besser – das ist eine große Erleichterung. Wir können das Haus streichen lassen, zwei wirklich fähige Leute für den Garten anstellen – für gutes Geld kann man sie noch bekommen. Können den Rosengarten neu anlegen. Und ... wo war ich stehen geblieben...?»

«Bei Ihren Plänen für die Zukunft.»

«Ach ja – aber damit will ich Sie nicht weiter langweilen. Was mir wehgetan hat – grausam wehgetan –, war Richards Testament.»

«Wirklich?» Mr. Entwhistle sah Timothy fragend an. «Entsprach es nicht ganz Ihren ... Erwartungen?»

«Was denken Sie denn! Natürlich war ich davon ausgegangen, dass Richard nach Mortimers Tod alles mir hinterlassen würde.»

«Äh ... hat er Ihnen das je angedeutet?»

«Er hat es nie gesagt – nie ausdrücklich gesagt. Richard war ja sehr zurückhaltend. Aber er hat sich von uns einladen lassen – bald nach Mortimers Tod. Wollte über Familienangelegenheiten im Allgemeinen reden. Wir haben über den jungen George gesprochen – und über die Mädels und ihre Männer. Er wollte meine Meinung hören – nicht, dass ich ihm viel sagen konnte. Gebrechlich, wie ich bin, komme ich nicht viel raus, und Maude und ich leben sehr zurückgezogen. Aber die beiden haben verdammt dumme Partien gemacht, wirklich verdammt dumme, wenn Sie mich fragen. Na, natürlich bin ich davon ausgegangen, dass er mich als Familienvorstand, der ich nach seinem Tod ja sein würde, um Rat fragte, und natürlich bin ich davon ausgegangen, dass er mir die Handhabe über das Vermögen geben würde. Er hätte sich doch darauf verlassen können, dass ich das junge Volk nicht übergehen und mich auch um die arme Cora kümmern würde. Verdammt noch eins, Entwhistle, ich bin ein Abernethie – der letzte Abernethie. Von Rechts wegen hätte die ganze Kontrolle in meine Hände gehört.»

In seiner Entrüstung hatte Timothy die Decke zurückgeschlagen und sich im Sessel aufgerichtet. Jetzt hatte er gar nichts Schwaches oder Gebrechliches mehr an sich. In Mr. Entwhistles Augen sah er aus wie ein kerngesunder, wenn auch leicht erregbarer Mensch. Da wurde dem Notar klar, dass Timothy Abernethie insgeheim auf seinen Bruder Richard immer neidisch gewesen war. Auf Grund ihrer Ähnlichkeit hatte Timothy dem älteren Bruder seinen starken Charakter und seine Rolle als Vorstand des Familienunternehmens verübelt. Bei Richards Tod hatte er sich Wunschträumen hingegeben, wenigstens jetzt im Alter noch die Macht zu bekommen, über das Leben anderer zu bestimmen.

Aber Richard Abernethie hatte ihm diese Macht nicht gegeben. Hatte er die Möglichkeit erwogen und verworfen?

Ein plötzliches Aufjaulen von Katzen draußen im Garten ließ Timothy aus dem Sessel aufspringen. Er rannte zum Fenster, schob es mit einem Ruck hoch und schrie: «Ruhe da unten!» Dann griff er nach einem dicken Buch und schleuderte es hinaus.

«Verdammte Katzen», murrte er, als er zu seinem Gast zurückkehrte. «Machen die Blumenbeete kaputt, und ich kann das Jaulen nicht ertragen.»

Er sank wieder in seinen Sessel. «Was zu trinken, Entwhistle?», fragte er.

79

«Nicht so früh am Tag. Maude hat mir gerade einen wunderbaren Tee gemacht.»

Timothy brummte. «Fähige Frau. Aber sie macht zu viel. Kümmert sich sogar um die Eingeweide von unserem alten Auto – ein richtiger Mechaniker ist sie geworden.»

«Sie hat mir erzählt, dass sie auf dem Rückweg von der Beerdigung eine Panne hatte.»

«Ja. Der Wagen hat den Geist aufgegeben. Sie war klug genug hier anzurufen für den Fall, dass ich mir Sorgen mache, aber diese dumme Pute von Zugehfrau hat die Nachricht völlig unsinnig aufgeschrieben. Ich war draußen, um etwas frische Luft zu schnappen – der Arzt hat mir geraten, mich zu bewegen, wann immer mir danach ist –, und als ich von meinem Spaziergang zurückkam, stand da hingeschmiert auf einem Zettel: ‹Die gnä' Frau entschuldigt Auto kaputt ist Nacht weg.› Natürlich hab ich gedacht, sie wäre noch in Enderby. Hab dort angerufen und gehört, dass Maude am Morgen losgefahren war. Die Panne konnte sie weiß der Teufel wo gehabt haben! Schöne Bescherung. Und die dumme Frau hat mir nur einen lumpigen Makkaroni-Auflauf mit Käse zum Abendessen dagelassen. Ich musste in die Küche gehen und ihn mir selbst aufwärmen – und mir selbst eine Tasse Tee machen –, ganz zu schweigen davon, dass ich mich auch noch um die Heizung kümmern musste. Ich hätte einen Schlaganfall bekommen können – aber die Sorte Frau schert sich nicht um so etwas. So eine doch nicht! Wenn sie etwas Anstand besessen hätte, wäre sie abends wieder hergekommen und hätte mich anständig versorgt. Aber die niederen Stände kennen heutzutage ja kein Pflichtgefühl mehr…»

Bekümmert hing er diesem Gedanken nach.

«Ich weiß nicht, was Maude Ihnen von der Beerdigung und den Verwandten erzählt hat», sagte Mr. Entwhistle. «Cora hat für etwas Betretenheit gesorgt. Sagte munter, dass Richard möglicherweise ermordet worden sei. Vielleicht hat Maude Ihnen davon erzählt?»

Timothy lachte kurz auf.

«Ja, davon habe ich gehört. Alle haben betreten vor sich hin gestarrt und getan, als wären sie schockiert. Typisch Cora! Erinnern Sie sich noch, wie sie als junges Mädchen immer ins Fettnäpfchen getreten ist, Entwhistle? Bei unserer Hochzeit hat sie etwas gesagt, worüber Maude sich schrecklich aufregte, das weiß ich noch. Maude hatte nie viel für sie übrig. Ja, Maude hat mich abends nach der Beerdigung angerufen, um zu hören, ob es mir einigermaßen geht und ob Mrs. Jones gekommen war, um mir das Abendessen zu machen, und dann erzählte sie mir, dass alles sehr gut gelaufen war. Ich fragte sie: ‹Was ist mit dem Testament?›, und sie hat sich ein bisschen gewunden, aber natürlich habe ich die Wahrheit aus ihr rausbekommen. Ich konnte meinen Ohren nicht trauen und war sicher, dass sie sich getäuscht haben musste, aber sie blieb dabei. Das hat mich verletzt, Entwhistle – das hat mich zutiefst gekränkt, wenn Sie wissen, was ich meine. Wenn Sie mich fragen, hat Richard das aus reinem Trotz gemacht. Ich weiß, *de mortuis nihil nisi bene,* aber wirklich…»

Über dieses Thema breitete Timothy sich noch eine ganze Weile aus.

Schließlich kam Maude ins Zimmer. «Liebling, ich glaube, Mr. Entwhistle war jetzt lange genug bei dir», sagte sie bestimmt. «Du musst dich ein bisschen ausruhen. Wenn ihr alles besprochen habt…»

«Aber ja, wir haben alles besprochen. Ich überlasse alles Ihnen, Entwhistle. Lassen Sie mich wissen, wenn sie den Kerl zu fassen kriegen – wenn überhaupt. Ich halte nicht mehr viel von der Polizei heutzutage – die Polizeipräsidenten sind allesamt falsch besetzt. Und Sie kümmern sich um die … äh … Beisetzung, nicht wahr? Ich fürchte, wir werden nicht kommen können. Aber bestellen Sie einen teuren Kranz – und später muss natürlich ein richtiger Grabstein gesetzt werden – sie wird doch dort unten beerdigt, nehme ich an? Es wäre ja unsinnig, sie hier nach Yorkshire zu holen, und ich habe keine Ahnung, wo Lans-

81

quenet begraben liegt, wahrscheinlich irgendwo in Frankreich. Ich weiß ja nicht, was man auf einen Stein schreibt, wenn jemand ermordet wurde ... Man kann wohl schlecht ‹In die Ruhe überführt› oder so was sagen. Für die Inschrift wird man sich noch etwas überlegen müssen – etwas Passendes. R.I.P.? Nein, das schreibt man nur bei Katholiken.»

«Du siehst, Herr, wie mir Unrecht geschieht; hilf mir zu meinem Recht!», murmelte Mr. Entwhistle.

Bei dem erschrockenen Blick, den Timothy ihm zuwarf, musste Mr. Entwhistle beinahe lächeln.

«Aus den Klageliedern Jeremias», erklärte er. «Die Stelle wäre passend, wenn auch ein wenig melodramatisch. Allerdings wird es noch eine Weile dauern, bis sich die Frage nach der Inschrift für den Grabstein stellt. Die ... äh ... die Aufregung muss sich erst noch legen, verstehen Sie. Kein Grund, sich jetzt schon Gedanken darüber zu machen. Wir kümmern uns um alles und halten Sie auf dem Laufenden.»

Früh am nächsten Morgen fuhr Mr. Entwhistle mit dem Zug nach London zurück.

Bei der Heimkunft rief er nach kurzem Zögern einen Freund an.

Siebtes Kapitel

«Ich kann Ihnen gar nicht sagen, wie sehr ich Ihnen für Ihre Einladung danke.»

Mr. Entwhistle drückte seinem Gastgeber fest die Hand.

Hercule Poirot deutete gastlich auf einen Sessel am Feuer.

Seufzend nahm Mr. Entwhistle Platz.

Auf der anderen Seite des Zimmers war ein Tisch für zwei Personen gedeckt.

«Ich bin heute Morgen von einer Landpartie zurückgekommen», begann er.

«Und Sie haben ein Problem, bei dem Sie mich um Rat fragen möchten?»

«Ja. Ich fürchte, es ist eine lange und umständliche Geschichte.»

«Dann hören wir sie erst nach dem Essen. Georges?»

Eilfertig erschien Georges mit zwei Scheiben *pâté de foie gras* und dazu heißem, in eine Serviette gewickeltem Toast.

«Unser *pâté* nehmen wir hier am Kamin», beschied Poirot. «Anschließend schreiten wir zu Tisch.»

Eineinhalb Stunden später reckte Mr. Entwhistle sich behaglich in seinem Stuhl und stöhnte zufrieden.

«Sie wissen zweifellos, wie man es sich gut gehen lässt, Poirot. Wie von einem Franzosen wohl nicht anders zu erwarten.»

«Ich bin Belgier. Aber sonst trifft Ihre Bemerkung zu. In meinem Alter besteht das Hauptvergnügen, wenn nicht das einzige noch verbliebene Vergnügen, in der Gaumenfreude. Zum Glück habe ich einen ausgezeichneten Magen.»

«Ah», murmelte Mr. Entwhistle.

Sie hatten Seezunge *véronique* gegessen, danach eine *escalope de veau milanaise* und schließlich *poire flambée* mit Eis. Dazu hatten sie zuerst einen Pouilly-Fuissé getrunken, dann einen Corton, und jetzt stand vor Mr. Entwhistle ein ausgezeichneter Port. Poirot, der sich aus Dessertwein nichts machte, trank eine Crème de Cacao.

«Ich weiß nicht, wie Sie es schaffen, eine so gute *escalope* zu bekommen!», seufzte Mr. Entwhistle, in Gedanken noch beim Essen verweilend. «Sie ist auf der Zunge zergangen!»

«Ich habe einen Bekannten, der ein Fleischer vom Kontinent ist. Ich habe ihm bei einem kleinen familiären Problem geholfen. Er war mir sehr dankbar – und seitdem ist er überaus verständnisvoll, wenn es um meinen Magen geht.»

«Ein familiäres Problem», stöhnte Mr. Entwhistle. «Ich wünschte, Sie hätten mich nicht daran erinnert ... Es ist gerade ein so wunderbarer Moment...»

«Verlängern Sie ihn noch ein wenig, mein Freund. In Kürze wird uns eine *demi-tasse* serviert und der Brandy, und dann, wenn die Verdauung einsetzt, dann werden Sie mir sagen, weshalb Sie mich um Rat ersuchen.»

Die Standuhr schlug halb zehn, als sich Mr. Entwhistle schließlich in seinem Stuhl aufsetzte. Der psychologisch richtige Moment war gekommen. Jetzt widerstrebte es ihm nicht mehr, seine Gedanken und Zweifel zur Sprache zu bringen – im Gegenteil, er konnte es kaum noch erwarten.

«Ich weiß nicht, vielleicht gebe ich mir die unverzeihlichste Blöße», begann er. «Und auf jeden Fall sehe ich nicht, dass man irgendetwas unternehmen kann. Aber ich würde gerne die Tatsachen vor Ihnen ausbreiten und hören, was Sie dazu zu sagen haben.»

Er machte eine kurze Pause, dann schilderte er auf seine trockene, präzise Art das bisher Vorgefallene. Juristisch geschult, wie er war, legte er die Tatsachen klar dar, ohne etwas auszulassen oder Überflüssiges hinzuzufügen. Es war eine kurze, knappe Darstellung und wurde als solche von dem kleinen, ältlichen Herrn mit dem eiförmigen Kopf schweigend und mit Wohlwollen aufgenommen.

Als Mr. Entwhistle geendet hatte, herrschte zunächst Stille. Der Notar hatte mit einigen Fragen gerechnet, doch Hercule Poirot schwieg. Er dachte nach.

«Das klingt alles sehr schlüssig», meinte er schließlich. «Sie haben den Verdacht, dass Ihr Freund Richard Abernethie ermordet worden sein könnte. Dieser Verdacht, oder diese Vermutung, beruht nur auf einem – *auf den Worten, die Cora Lansquenet bei Richard Abernethies Beerdigung sagte.* Nehmen Sie diese Worte weg, und es bleibt nichts. Die Tatsache, dass sie selbst am folgenden Tag ermordet wurde, könnte reiner Zufall sein. Zweifellos, Richard Abernethie ist sehr plötzlich gestorben, aber er wurde von einem angesehenen Arzt betreut, der ihn gut kannte, und dieser Arzt wurde nicht misstrauisch, sondern stellte den Totenschein aus. Wurde Richard beerdigt oder verbrannt?»

«Verbrannt – auf eigenen Wunsch hin.»

«Ja, das ist das Gesetz. Und das heißt, dass ein zweiter Arzt die Urkunde bestätigen musste – aber das würde keine Schwierigkeiten bereiten. So kommen wir zum Ausschlaggebenden zurück – zu dem, *was Cora Lansquenet sagte.* Sie waren dabei und haben sie gehört. Sie sagte: ‹Aber er ist doch ermordet worden, oder nicht?›»

«Ja.»

«Das Wesentliche ist – Sie glauben, dass sie die Wahrheit sagte.»

«Ja, das stimmt.»

«Warum?»

«Warum?» Mr. Entwhistle wiederholte das Wort etwas verwundert.

«Aber ja – warum? War es, weil Sie im tiefsten Innern bereits Zweifel an der Ursache für Richards Tod hatten?»

Der Notar schüttelte den Kopf. «Nein, nein, nicht im Mindesten.»

«Dann ist es wegen ihr – wegen Cora. Sie kannten sie gut?»

«Ich hatte sie seit … sagen wir mal, zwanzig Jahren nicht mehr gesehen.»

«Hätten Sie sie erkannt, wenn Sie ihr auf der Straße begegnet wären?»

Mr. Entwhistle überlegte.

«Auf der Straße wäre ich vielleicht an ihr vorbeigegangen, ohne sie zu erkennen. Als Mädchen – und als das hatte ich sie das letzte Mal gesehen – war sie ein dünnes Ding gewesen, und jetzt war sie zu einer fülligen, etwas ungepflegten Frau mittleren Alters geworden. Aber ich glaube, ich hätte sie wiedererkannt, sobald ich direkt mit ihr gesprochen hätte. Sie trug die Haare noch wie früher, ein ganz gerade geschnittener Pony, und sie hatte die Eigenart, einen durch die Ponyfransen hindurch anzublicken wie ein scheues Reh. Und sie hatte eine sehr charakteristische, abrupte Art zu reden und dabei den Kopf zur Seite zu legen, ehe sie etwas ganz Unerhörtes sagte. Sie hatte Charakter, verstehen Sie, und Charakter ist immer sehr individuell.»

«Sie war also noch dieselbe Cora, die Sie vor Jahren gekannt hatten. Und sie sagte noch immer unerhörte Sachen! Die Sachen, diese unerhörten, die sie in der Vergangenheit gesagt hatte – waren sie meist … gerechtfertigt?»

«Das war ja gerade das Unbequeme an Cora. Immer, wenn die Wahrheit besser ungesagt geblieben wäre, hat sie sie ausgesprochen.»

«Und diese Eigenart hatte sie beibehalten. Richard Abernethie wurde ermordet – und deswegen sagte Cora es auch.»

Mr. Entwhistle rutschte auf seinem Stuhl umher. «Sie glauben, dass er wirklich ermordet wurde?»

«O nein, mein Freund, so voreilig dürfen wir nicht sein. Wir halten fest – Cora *glaubte,* dass er ermordet worden war. Sie war davon überzeugt, dass er ermordet worden war. Es war für sie eher eine Feststellung als eine Vermutung. Und das führt uns zum Nächsten – *sie muss einen Grund für ihre Überzeugung gehabt haben.* Nach dem, was Sie von ihr wissen, gehen wir davon aus, dass sie nicht nur ein wenig Aufruhr stiften wollte. Sagen Sie mir – nachdem sie gesagt hatte, was sie sagte, erhob sich sofort ein Sturm des Protests – ist das korrekt?»

«Absolut.»

«Und dann wurde sie verwirrt, beschämt und nahm ihre Worte zurück – und sagte – soweit Sie sich erinnern – etwas wie: ‹Aber ich dachte, nach dem, was er mir sagte…›»

Der Notar nickte.

«Ich wünschte, ich könnte mich genau erinnern. Aber ich bin mir ziemlich sicher. Sie verwendete die Worte ‹was er mir sagte› oder ‹was er mir erzählte…›»

«Und die Sache wurde dann rasch überspielt und alle sprachen von anderen Dingen. Sie erinnern sich rückblickend nicht an einen besonderen Gesichtsausdruck bei jemandem? Irgendetwas, das Sie als – sagen wir … ungewöhnlich speicherten?»

«Nein.»

«Und am Tag darauf wird Cora ermordet – und Sie fragen sich: ‹Kann das eine mit dem anderen in Zusammenhang stehen?›»

Der Notar wand sich wieder unbehaglich.

«Ihnen kommt das wahrscheinlich etwas weit hergeholt vor?»

«Keineswegs», antwortete Poirot. «Unter der Voraussetzung, dass die erste Annahme der Wahrheit entspricht, ist dieser Verdacht nur logisch. Der perfekte Mord, der Mord an Richard Abernethie, ist begangen worden, alles ist glatt abgelaufen – und plötzlich stellt sich heraus, dass eine Person die Wahrheit kennt! Selbstverständlich muss diese Person so schnell wie möglich zum Verstummen gebracht werden.»

«Dann glauben Sie doch, dass es … Mord war?»

Poirot sprach mit getragener Stimme. «*Mon cher,* ich denke wie Sie – es gibt Grund zu ermitteln. Haben Sie schon irgendwelche Schritte unternommen? Sie haben mit der Polizei über diese Dinge gesprochen?»

«Nein.» Mr. Entwhistle schüttelte den Kopf. «Ich hatte nicht das Gefühl, dass ich damit irgendetwas erreichen würde. Meine Rolle ist, die Familie zu vertreten. Wenn Richard Abernethie ermordet wurde, dann kann das nur auf eine einzige Art geschehen sein.»

«Gift?»

«Genau. Und die Leiche wurde verbrannt. Es ist unmöglich, jetzt noch einen Beweis zu finden. Aber ich bin zu dem Ergebnis gekommen, dass ich selbst in dieser Frage Gewissheit haben muss. Das ist auch der Grund, weshalb ich mich an Sie gewendet habe, Poirot.»

«Wer war bei seinem Tod im Haus?»

«Ein betagter Butler, der seit Jahren für ihn arbeitete, eine Köchin und ein Dienstmädchen. Es scheint wohl, als müsste es einer von ihnen gewesen sein…»

«Ah! Versuchen Sie nicht, mir Sand in die Augen zu streuen. Diese Cora, sie weiß, dass Richard Abernethie ermordet wurde, aber sie willigt ein, die Tatsache zu vertuschen. Sie sagt: ‹Ich glaube, ihr habt völlig Recht›. Deswegen muss der Betreffende zur Familie gehören, jemand, den das Opfer selbst wohl lieber nicht öffentlich angeklagt sehen möchte. Denn sonst wäre Cora, die ihren Bruder liebte, nicht bereit, den schlafenden Mörder nicht zu wecken. Sie stimmen mir zu, ja?»

«Das war mein Gedankengang, ja», gab Mr. Entwhistle zu. «Aber wie jemand aus der Familie überhaupt –»

Poirot unterbrach ihn.

«Wenn Gift im Spiel ist, gibt es viele Möglichkeiten. Da er im Schlaf gestorben ist und niemand verdächtige Anzeichen feststellte, muss es wohl ein Narkotikum gewesen sein. Möglicherweise nahm er bereits ein Narkotikum.»

«Nun ja», meinte Mr. Entwhistle, «das *Wie* ist relativ gleichgültig. Wir werden nie etwas beweisen können.»

«Im Fall von Richard Abernethie – nein. Aber beim Mord an Cora Lansquenet, da verhält es sich anders. Wenn wir Antwort auf das *Wer?* haben, sollten sich Beweise finden lassen.» Mit einem scharfen Blick auf den Notar fügte er hinzu: «Sie haben vielleicht schon etwas unternommen?»

«Sehr wenig. Ich glaube, es ging mir vor allem um Elimination. Es ist ein übler Gedanke, jemand von den Abernethies könnte ein Mörder sein. Die Idee will mir immer noch nicht ganz in den Kopf. Ich hatte gehofft, mit ein paar scheinbar belanglosen Fragen bestimmte Familienmitglieder eindeutig ausschließen zu können. Vielleicht sogar alle. In dem Fall hätte Cora mit ihrer Vermutung Unrecht gehabt, und ihr eigener Tod wäre auf einen Taugenichts zurückzuführen, der in das Haus eingebrochen ist. Die Fragestellung war einfach genug: Wo waren die Mitglieder der Familie Abernethie an dem Nachmittag, an dem Cora Lansquenet starb?»

«Eh bien», sagte Poirot. «Wo waren sie?»

«George Crossfield war beim Pferderennen in Hurst Park. Rosamund Shane war in London beim Einkaufen. Ihr Mann – denn man darf die Ehemänner nicht vergessen …»

«Exakt.»

«Ihr Mann hatte eine Verabredung, um die Option auf ein Theaterstück zu besprechen. Susan und Gregory Banks waren den ganzen Tag zu Hause. Timothy Abernethie, der gebrechlich ist, war zu Hause in Yorkshire, und seine Frau befand sich auf der Rückfahrt von Enderby.»

Er verstummte.

Hercule Poirot sah ihn an und nickte verständnisvoll.

«Ja, das sagen sie. Aber sagen sie die Wahrheit?»

«Das weiß ich einfach nicht, Poirot. Bei einigen Aussagen wäre es relativ leicht zu überprüfen, ob sie stimmen – aber es wäre ziemlich schwierig, das unter der Hand zu tun, ohne sich zu verraten. Und wenn es herauskäme, würde es auf eine Anschuldigung hinauslaufen. Ich erzähle Ihnen nur die wenigen Dinge, die ich herausgefunden habe. Es ist möglich, dass George wirklich beim Rennen in Hurst Park war, aber ich glaube es nicht. Er hat damit geprahlt, dass er auf zwei Sieger gesetzt hatte. Meiner Erfahrung nach graben sich viele Gesetzesbrecher ihr eigenes Grab, indem sie zu viel sagen. Ich fragte ihn nach dem Namen der Sieger, und er nannte ohne zu zögern zwei. Wie ich herausfand, waren beide am fraglichen Tag große Favoriten gewesen und eines hat tatsächlich auch gewonnen. Das andere Pferd galt zwar als sehr aussichtsreich, hat aber unerklärlicherweise nicht einmal den dritten Platz gemacht.»

«Interessant. War dieser George in Geldnöten, als sein Onkel starb?»

«Meinem Eindruck nach war er in großen Geldnöten. Ich habe keinen Beweis dafür, aber ich vermute stark, dass er mit Geldern von Klienten spekuliert hatte und dass ihm eine Anklage ins Haus stand. Das ist zwar nur eine Vermutung meinerseits, aber ich habe einige Erfahrung in diesen Dingen. Leider muss ich gestehen, dass unlautere Notare nicht unbekannt sind. Ich kann Ihnen nur sagen, dass ich mein Vermögen George nicht anvertrauen würde, und ich habe den Verdacht, dass Richard Abernethie, der ein großer Menschenkenner war, von seinem Neffen enttäuscht war und ihm nicht vertraute.

Seine Mutter», fuhr der Notar fort, «war ein gut aussehendes, aber etwas dummes Mädchen, und sie heiratete einen Mann von eher zweifelhaftem Charakter.» Er seufzte. «Die weiblichen Abernethies haben selten eine gute Wahl getroffen.»

Er machte eine Pause. «Was Rosamund betrifft – sie ist bildhübsch, aber dumm», griff er seinen Bericht wieder auf. «Ich kann mir nicht vorstellen, dass sie Cora mit einem Beil den Kopf einschlägt! Ihr Mann, Michael Shane, ist ein unbeschriebenes Blatt – er ist ehrgeizig, denke ich, und eitel wie ein Pfau. Aber ich weiß sehr wenig über ihn. Ich habe keinen Grund, ihn eines brutalen Mords zu verdächtigen, oder auch eines sorgfältig geplanten Giftmords, aber bis ich weiß, dass er am fraglichen Tag wirklich getan hat, was er sagte, kann ich ihn nicht ausschließen.»

«Aber bei der Frau sind Sie sich sicher?»

«Nein, nein – sie wirkt oft völlig gleichgültig, beinahe erschreckend gleichgültig ... aber nein, mit einem Beil kann ich mir sie einfach nicht vorstellen. Sie sieht sehr zerbrechlich aus.»

«Und bildschön!», ergänzte Poirot mit einem etwas zynischen Lächeln. «Und die andere Nichte?»

«Susan? Sie ist ein völlig anderer Typ als Rosamund – sehr zupackend, muss ich sagen. Sie und ihr Mann waren an dem Tag zu Hause. Ich sagte – nicht ganz aufrichtig –, ich hätte versucht, sie an dem bewussten Nachmittag anzurufen. Greg erklärte sofort, an dem Tag müsse das Telefon kaputt gewesen sein. Er hätte versucht, jemanden anzurufen, sei aber nicht durchgekommen.»

«Also wieder keine Eindeutigkeit. Sie können niemanden eliminieren, wie Sie es gehofft hatten ... Wie ist der Mann?»

«Er ist schwer einzuschätzen. Er hat etwas Unangenehmes, obwohl ich nicht sagen kann, woran es genau liegt. Und was Susan betrifft...»

«Ja?»

«Susan erinnert mich an ihren Onkel. Sie hat dieselbe Tatkraft, dieselbe Energie und denselben Verstand wie Richard Abernethie. Möglicherweise fehlt ihr ein wenig seine Herzlichkeit und Wärme, aber das könnte ich mir auch nur einbilden.»

«Frauen sind nie herzlich», warf Poirot ein. «Obwohl sie gelegentlich liebevoll sein können. Liebt sie ihren Mann?»

«Abgöttisch, würde ich sagen. Aber wirklich, Poirot, ich kann mir nicht vorstellen – ich will mir nicht vorstellen, dass Susan...»

«George wäre Ihnen lieber?», fragte Poirot. «Das ist nachvollziehbar! Ich meinerseits bin nicht so sentimental, wenn es um hübsche junge Damen geht. Jetzt erzählen Sie mir von Ihrer Visite bei der älteren Generation.»

Mr. Entwhistle schilderte seinem Freund ausführlich den Besuch bei Timothy und Maude. Poirot fasste den Bericht zusammen.

«Also, Mrs. Abernethie ist in mechanischen Dingen geschickt. Sie kennt sich mit dem Innenleben eines Autos aus.

Und Mr. Abernethie ist nicht so gebrechlich, wie er gerne glauben möchte. Er geht spazieren und ist, Ihren Worten zufolge, durchaus zu körperlichen Leistungen fähig. Außerdem ist er in gewisser Weise egoman und neidete seinem Bruder den Erfolg und den besseren Charakter.»

«Er hat sehr freundlich über Cora gesprochen.»

«Und sich über ihre dumme Bemerkung nach der Beerdigung lustig gemacht. Was ist mit dem sechsten Erben?»

«Mit Helen? Mrs. Leo? Sie ist für mich über jeden Verdacht erhaben. Außerdem wird ihre Unschuld leicht nachzuweisen sein. Sie war in Enderby, mit drei Dienstboten im Haus.»

«Eh bien, mein Freund», sagte Poirot. «Werden wir konkret. Was soll ich tun?»

«Ich will die Wahrheit wissen, Poirot.»

«Ja. Mir würde es an Ihrer Stelle ebenso ergehen.»

«Und Sie sind genau der Richtige, um die Wahrheit für mich herauszufinden. Ich weiß, dass Sie keine Fälle mehr übernehmen, aber ich bitte Sie, hier eine Ausnahme zu machen. Es ist natürlich ein bezahlter Auftrag. Ich bin für Ihr Honorar zuständig. Jetzt kommen Sie, Geld kann jeder brauchen.»

Poirot grinste.

«Aber nicht, wenn alles ans Finanzamt geht! Doch ich gebe zu, Ihr Problem interessiert mich. Weil es nicht einfach ist … alles ist sehr nebulös … Eine Sache, mein Freund, sollten allerdings Sie noch tun. Danach bin ich für alles zuständig. Aber ich glaube, es ist besser, wenn Sie den Arzt aufsuchen, der Mr. Richard Abernethie behandelte. Kennen Sie ihn?»

«Ein wenig.»

«Was für ein Mann ist er?»

«Ein Hausarzt mittleren Alters. Recht fähig. Er verstand sich gut mit Richard. Ein durch und durch guter Kerl.»

«Dann suchen Sie ihn auf. Mit Ihnen wird er offener reden als mit mir. Fragen Sie ihn nach Mr. Abernethies Krankheit. Finden Sie heraus, welche Medikamente er nahm, zum Zeitpunkt seines Todes und in den Wochen und Monaten zuvor.

Finden Sie heraus, ob Richard Abernethie seinem Arzt gegenüber je erwähnte, dass er glaubte, vergiftet zu werden. Übrigens – diese Miss Gilchrist ist sicher, dass er den Ausdruck *vergiftet* verwendete, als er sich mit seiner Schwester unterhielt?»

Mr. Entwhistle überlegte.

«Doch, das Wort hat sie gebraucht – allerdings gehört sie zu der Art von Zeugen, die die tatsächlich gesagten Worte oft verändern, aber davon überzeugt sind, dass sie den Sinn nicht verdrehen. Wenn Richard sagte, dass er glaube, jemand wolle ihn töten, hätte Miss Gilchrist möglicherweise sofort an Gift gedacht, weil sie seine Befürchtung mit der ihrer Tante in Verbindung brachte, die glaubte, man würde ihr Gift ins Essen tun. Ich könnte noch mal mit ihr darüber reden.»

«Ja. Oder ich.» Poirot verstummte, bevor er in weniger nüchternem Tonfall fortfuhr. «Haben Sie sich schon überlegt, dass Ihre Miss Gilchrist selbst auch in Gefahr sein könnte, mein Freund?»

Mr. Entwhistle schaute überrascht auf.

«Eigentlich nicht.»

«Aber ja. Cora hat am Tag der Beerdigung ihren Verdacht geäußert. Die Frage, die sich der Mörder stellt, wird lauten – hat sie ihren Verdacht auch jemand anders gegenüber geäußert, gleich als sie von Richards Tod erfuhr? Und am wahrscheinlichsten ist, dass sie mit Miss Gilchrist darüber sprach. Ich glaube, *mon cher,* sie sollte nicht allein in dem Cottage bleiben.»

«Soweit ich weiß, will Susan nach Lytchett St. Mary fahren.»

«Ach, Mrs. Banks fährt hin?»

«Sie möchte Coras Sachen sichten.»

«Ah ja … ah ja … Nun, mein Freund, tun Sie, was ich Ihnen gesagt habe. Sie können auch Mrs. Abernethie – Mrs. Leo Abernethie – darauf vorbereiten, dass ich sie möglicherweise aufsuchen werde. Wir werden sehen. Von nun an bin ich für alles zuständig.»

Und energisch zwirbelte Poirot seinen Schnurrbart.

ACHTES KAPITEL

I

Mr. Entwhistle betrachtete Dr. Larraby nachdenklich.

Er besaß große Erfahrung im Einschätzen von Menschen und hatte oft schwierige Situationen handhaben oder heikle Themen ansprechen müssen. Mittlerweile war er ein Meister in der Kunst, den richtigen Anfang zu finden. Wie sollte er bei Dr. Larraby beginnen, wo es sich um ein sehr diffiziles Thema handelte und noch dazu um eines, das der Arzt möglicherweise als Angriff auf seine Berufsehre verstehen könnte?

Offenheit, entschied Mr. Entwhistle, oder zumindest ein gewisses Maß an Offenheit. Zu sagen, dass ein Verdacht aufgekommen war, weil eine törichte Frau eine Vermutung in den Raum gestellt hatte, wäre nicht empfehlenswert. Dr. Larraby hatte Cora nicht gekannt.

Mr. Entwhistle räusperte sich und begann beherzt.

«Ich möchte Sie in einer sehr heiklen Angelegenheit um Ihre Meinung bitten», sagte er. «Möglicherweise fühlen Sie sich angegriffen, obwohl ich das unter allen Umständen vermeiden möchte. Sie sind ein Mann der Vernunft und stimmen zweifellos mit mir überein, dass der beste Umgang mit einer ... hm ... absurden Behauptung darin besteht, eine vernünftige Erklärung dafür zu finden und sie nicht rundweg von der Hand zu weisen. Es geht um einen meiner Klienten, den kürzlich verstorbenen Mr. Abernethie. Ich stelle Ihnen meine Frage ganz unverblümt: Sind Sie sicher, absolut sicher, dass er eines natürlichen Todes – wie man so sagt – gestorben ist?»

Dr. Larrabys freundliches, rosiges Gesicht wandte sich dem Notar überrascht zu.

«Was in aller Welt … Natürlich. Ich habe doch den Totenschein ausgestellt. Wenn ich nicht der Meinung gewesen wäre…»

«Natürlich, selbstverständlich», warf Mr. Entwhistle beschwichtigend ein. «Ich versichere Ihnen, es liegt mir fern, Ihnen etwas Gegenteiliges zu unterstellen. Aber ich wäre Ihnen sehr dankbar, wenn Sie mir das zweifelsfrei bestätigen könnten – angesichts der … nun ja, Gerüchte, die aufgekommen sind.»

«Gerüchte? Welche Gerüchte denn?»

«Man weiß nie, wie diese Dinge genau entstehen», erklärte Mr. Entwhistle nicht ganz wahrheitsgemäß. «Aber meiner Ansicht nach sollten sie sofort aus der Welt geschafft werden – und zwar ein für alle Mal.»

«Abernethie war ein kranker Mann. Er litt an einer Krankheit, an der er spätestens in zwei Jahren gestorben wäre, würde ich sagen. Möglicherweise auch sehr viel früher. Der Tod seines Sohnes hatte ihm den Lebenswillen genommen und auch seine Widerstandskraft. Zugegeben, ich hatte seinen Tod nicht so bald erwartet, und auch nicht so plötzlich, aber man hat ja schon die ungewöhnlichsten Fälle erlebt. Jeder Mediziner, der eine Aussage darüber macht, wann genau ein Patient sterben wird, wie lange er noch zu leben hat, macht sich unglaubwürdig. Der menschliche Faktor ist unberechenbar. Schwache Menschen besitzen oft unerwartete Reserven, während starke Naturen gelegentlich völlig überraschend sterben.»

«All dessen bin ich mir bewusst. Ich möchte Ihre Diagnose nicht in Zweifel ziehen. Um es etwas melodramatisch auszudrücken – Mr. Abernethies Leben hing an einem seidenen Faden. Meine Frage zielt vielmehr auf Folgendes ab: Ist es denkbar, dass ein Mensch, der weiß oder ahnt, dass er dem Tode geweiht ist, die noch verbleibende Lebensspanne aus eigenem Antrieb verkürzt? Oder dass eine andere Person das für ihn tut?»

Dr. Larraby runzelte die Stirn.

«Sie meinen Selbstmord? Abernethie war kein Mensch, der Selbstmord begeht.»

«Ich verstehe. Sie können mir also aus medizinischer Sicht versichern, dass eine solche Annahme ausgeschlossen ist.»

Der Doktor zögerte.

«Ich würde nicht das Wort ausgeschlossen verwenden. Nach dem Tod seines Sohnes hatte Abernethie nur noch wenig Interesse am Leben. Ich persönlich glaube nicht, dass ein Selbstmord wahrscheinlich war – aber völlig ausschließen kann ich das nicht.»

«Sie sprechen aus psychologischer Sicht. Als ich medizinisch sagte, meinte ich eigentlich – schließen die Umstände seines Todes eine solche Vermutung aus?»

«Nein. Nein, das könnte ich nicht sagen. Er ist im Schlaf gestorben, wie es ja oft der Fall ist. Es gab keinen Grund, Selbstmord zu vermuten; an seinem Geisteszustand deutete nichts darauf hin. Wenn man jedes Mal eine Autopsie machen müsste, wenn ein Schwerkranker im Schlaf stirbt ...»

Das Gesicht des Arztes hatte eine beängstigend rote Farbe angenommen. Rasch versuchte Mr. Entwhistle, ihn zu beschwichtigen.

«Natürlich, ich verstehe. Aber wenn etwas darauf hindeutete – etwas, von dem Sie selbst gar nichts wissen konnten? Wenn er zum Beispiel jemand anderem gegenüber eine Bemerkung fallen ließ ...»

«Dahin gehend, dass er an Selbstmord dachte? Hat er das denn getan? Ich muss sagen, das überrascht mich.»

«Aber wenn dem so wäre – und ich sage das rein hypothetisch –, könnten Sie die Möglichkeit dann ausschließen?»

Gedehnt antwortete Dr. Larraby: «Nein – ausschließen kann ich das nicht. Aber ich wiederhole, es würde mich sehr überraschen.»

Mr. Entwhistle griff die zögerliche Antwort des Arztes sofort auf.

«Wenn wir also davon ausgehen, dass sein Tod *nicht* natürlich war – und ich frage das rein hypothetisch –, was könnte ihn verursacht haben? Ich meine, welche Art von Droge?»

«Mehrere. Ein Beruhigungsmittel wäre indiziert. Für eine Zyanose gab es keine Anzeichen, er sah sehr entspannt aus.»

«Hat er regelmäßig ein Schlafmittel genommen?»

«Ja, ich hatte ihm Slumberyl verschrieben – ein sehr sicheres und zuverlässiges Schlafmittel. Er hat es nicht jeden Abend genommen. Und ich habe ihm auch immer nur kleine Packungen verschrieben. Selbst das Drei- oder auch Vierfache der verschriebenen Dosis wäre nicht tödlich gewesen. Ich weiß sogar noch, ich habe das Döschen nach seinem Tod am Waschbecken stehen gesehen, und es war noch fast voll.»

«Hatten Sie ihm noch andere Medikamente verordnet?»

«Mehrere – eines, das eine kleine Dosis Morphium enthielt und das er nehmen sollte, wenn er unter starken Schmerzen litt. Vitaminkapseln. Ein Mittel zur Anregung der Verdauung.»

Mr. Entwhistle unterbrach den Arzt.

«Vitaminkapseln? Ich glaube, ich habe einmal etwas Ähnliches bekommen. Kleine runde Gelatinekapseln.»

«Genau. Sie enthalten Adexolin.»

«Wäre es möglich, den Inhalt der Kapseln durch etwas anderes zu ersetzen?»

«Durch etwas Tödliches, meinen Sie?» Die Miene des Doktors wurde mit jedem Augenblick erstaunter. «Aber es würde doch niemand je … hören Sie, Entwhistle, worauf wollen Sie hinaus? Mein Gott, wollen Sie vielleicht andeuten, dass es Mord war?»

«Ich weiß nicht genau, was ich andeuten will … Ich möchte nur wissen, ob es möglich wäre.»

«Aber was wissen Sie, um das auch nur in Erwägung zu ziehen?»

«Ich weiß gar nichts», erwiderte Mr. Entwhistle matt. «Mr. Abernethie ist tot – und die Person, mit der er sprach, ist ebenfalls tot. Das Ganze ist ein Gerücht – ein vages, unerfreuliches

Gerücht, und ich möchte es, wenn irgend möglich, ein für alle Mal aus der Welt schaffen. Wenn Sie mir sagen können, dass Abernethie unmöglich ermordet worden sein kann, dann wäre ich überglücklich! Sie würden mir eine große Last von der Seele nehmen, das können Sie mir glauben.»

Dr. Larraby erhob sich und schritt im Zimmer auf und ab.

«Leider kann ich Ihnen das, was Sie von mir hören möchten, nicht sagen», antwortete er schließlich. «Ich wünschte, es wäre anders. Natürlich ist es möglich. Jeder hätte das Öl aus der Kapsel saugen und es durch – sagen wir, reines Nikotin ersetzen können, oder durch ein halbes Dutzend anderer Mittel. Oder jemand hätte ihm etwas ins Essen oder den Tee tun können. Wäre das nicht wahrscheinlicher?»

«Vielleicht. Aber sehen Sie, als er starb, waren nur die Dienstboten im Haus – und ich glaube nicht, dass es einer von ihnen war … da bin ich mir sogar absolut sicher. Also suche ich nach einem Mittel, das mit Verzögerung wirkt. Gibt es keine Droge, an der man erst Wochen später stirbt?»

«Das wäre praktisch – aber leider nicht machbar.» Der Ton des Doktors war trocken. «Ich weiß, Sie sind ein vernunftbegabter Mann, Entwhistle, aber *wer* hat dieses Gerücht in die Welt gesetzt? In meinen Ohren klingt das alles sehr weit hergeholt.»

«Hat Abernethie Ihnen gegenüber nie etwas erwähnt? Nie angedeutet, dass einer seiner Verwandten ihn aus dem Weg räumen möchte?»

Der Arzt sah ihn neugierig an.

«Nein, zu mir hat er nichts dergleichen gesagt. Entwhistle, sind Sie sicher, dass niemand nur … nun, sagen wir, etwas Unfrieden stiften wollte? Es gibt hysterische Menschen, die nach außen hin ganz vernünftig und normal wirken, wissen Sie.»

«Ich hoffe, dass das die Antwort ist. Es ist gut möglich.»

«Dass ich Sie richtig verstehe – jemand behauptet, dass Abernethie ihr – es war eine Frau, vermute ich?»

«Ja, es war eine Frau.»

«Dass Abernethie ihr sagte, jemand wolle ihn töten?»

Derart in die Enge getrieben, fühlte Mr. Entwhistle sich gezwungen, den Hergang von Coras Bemerkung bei der Beerdigung zu schildern. Dr. Larrabys Miene hellte sich auf.

«Mein Lieber, darauf würde ich an Ihrer Stelle nun gar nichts geben! Die Erklärung ist ganz einfach – die Frau macht gerade eine gewisse Phase des Lebens durch – sie will Aufsehen erregen, ist instabil, unzuverlässig – sie sagt das Nächstbeste, das ihr in den Kopf kommt. Das passiert sehr oft, müssen Sie wissen.»

Mr. Entwhistle verdross die undifferenzierte Anmaßung des Arztes. Er selbst hatte nur allzu oft mit sensationslüsternen, hysterischen Frauen zu tun gehabt.

«Vielleicht haben Sie Recht», sagte er. Er erhob sich. «Leider können wir sie nicht näher dazu befragen. Sie ist selbst ermordet worden.»

«Was sagen Sie da? Ermordet?» Dr. Larraby machte den Eindruck, als zweifle er nun an Mr. Entwhistles Geisteszustand.

«Vermutlich haben Sie in der Zeitung darüber gelesen. Mrs. Lansquenet aus Lytchett St. Mary in Berkshire.»

«Natürlich! Aber ich hatte keine Ahnung, dass sie mit Richard Abernethie verwandt war.» Dr. Larraby war sichtlich erschüttert.

Mit dem Gefühl, sich für die professionelle Überheblichkeit des Arztes revanchiert zu haben, und mit großem Unbehagen, weil sein Verdacht durch diesen Besuch keineswegs ausgeräumt worden war, verabschiedete Mr. Entwhistle sich.

II

Sobald Mr. Entwhistle nach Enderby zurückkam, wollte er mit Lanscombe reden.

Als Erstes fragte er den alten Butler nach seinen Plänen für die Zukunft.

«Mrs. Leo hat mich gebeten hier zu bleiben, bis das Haus verkauft ist, Sir, und natürlich erfülle ich ihr diesen Wunsch mit Freuden. Wir mögen Mrs. Leo alle sehr gern.» Er seufzte. «Es betrübt mich, dass das Haus verkauft werden muss, wenn ich so frei sein darf das zu sagen, Sir. Ich habe viele, viele Jahre hier verbracht und all die jungen Herrschaften hier aufwachsen gesehen. Ich dachte immer, Mr. Mortimer würde nach seinem Vater hier wohnen und vielleicht eine eigene Familie gründen. Es war vorgesehen, dass ich ins Pförtnerhaus ziehen sollte, wenn ich nicht mehr im Haus arbeitete. Das Pförtnerhaus ist ein hübsches kleines Häuschen ... und ich hatte mich darauf gefreut, es mir schön dort zu machen. Aber damit ist es jetzt wohl vorbei.»

«Ich fürchte, dem ist leider so, Lanscombe. Das Haus muss mit dem Grundstück als Ganzes verkauft werden. Aber mit dem Vermächtnis ...»

«Oh, ich will mich nicht beklagen, Sir; und ich bin mir bewusst, wie großzügig Mr. Abernethie war. Ich werde ein gutes Auskommen haben. Aber heutzutage ist es nicht so einfach, ein Häuschen zum Kaufen zu finden. Meine Nichte, sie ist verheiratet, hat mir vorgeschlagen, bei ihnen zu wohnen, aber das ist natürlich nicht dasselbe wie hier in Enderby.»

«Ich weiß», sagte Mr. Entwhistle. «Für uns alte Knochen ist es nicht leicht, sich mit der neuen Welt zurechtzufinden. Ich wünschte, ich hätte meinen Freund vor seinem Tod öfter gesehen. Wie kam er denn Ihnen vor in den letzten Monaten seines Lebens?»

«Er war nicht mehr derselbe, Sir, seit Mr. Mortimers Tod schon nicht mehr.»

«Ja, das hat ihn gebrochen. Und dann war er krank – und Kranke haben ja manchmal seltsame Ideen. Ich könnte mir vorstellen, dass es bei Mr. Abernethie in den letzten Tagen ähnlich war. Manchmal sprach er von Feinden, dass jemand ihm etwas antun wollte – ist das möglich? Vielleicht dachte er sogar, ihm würde etwas ins Essen getan?»

Der alte Lanscombe sah überrascht aus – überrascht und gekränkt.

«Ich kann mich an nichts dergleichen erinnern, Sir.»

Entwhistle betrachtete ihn aufmerksam.

«Sie waren ihm ein treuer Butler, Lanscombe, das weiß ich. Aber wenn Mr. Abernethie solche Gedanken gehabt hätte, wäre das … äh … völlig bedeutungslos gewesen, ein natürliches Symptom … bei einigen Krankheiten ist das so.»

«Tatsächlich, Sir? Ich kann nur sagen, dass Mr. Abernethie mir gegenüber nie dergleichen erwähnte, oder auch nur in meiner Hörweite.»

Diplomatisch ging Mr. Entwhistle zu einem anderen Thema über.

«Vor seinem Tod hat er doch einige seiner Verwandten nach Enderby eingeladen, nicht? Seinen Neffen und seine beiden Nichten mit ihren Männern?»

«Ja, Sir, das stimmt.»

«Freute er sich über die Besuche? Oder war er eher enttäuscht?»

Lanscombes Augen nahmen einen distanzierten Ausdruck an, sein steifer Rücken wurde noch steifer.

«Dazu kann ich Ihnen nichts sagen, Sir.»

«Ich glaube schon, dass Sie das könnten.» Mr. Entwhistles Ton war verständnisvoll. «Was Sie eigentlich sagen wollen, ist doch, dass es Ihnen nicht zusteht, etwas darüber zu sagen. Aber es gibt Zeiten, da muss man seinem Gefühl für Anstand ein wenig Gewalt antun. Ich war einer der ältesten Freunde Ihres gnädigen Herrn. Er stand mir sehr nahe. Sie ihm auch. Deswegen frage ich Sie nach Ihrer Meinung als Mensch, nicht als Butler.»

Lanscombe schwieg einen Moment, dann fragte er in neutraler Stimme: «Geht etwas … nicht mit rechten Dingen zu, Sir?»

«Ich weiß es nicht», antwortete Mr. Entwhistle aufrichtig. «Ich hoffe nicht. Aber ich möchte gerne Gewissheit haben. Ha-

ben Sie selbst auch das Gefühl gehabt, dass etwas nicht ganz …
mit rechten Dingen zuging?»

«Erst seit der Beerdigung, Sir. Und ich kann Ihnen nicht sagen, was es genau ist. Aber Mrs. Leo und Mrs. Timothy waren auch nicht ganz sie selbst an dem Abend, nachdem die anderen abgefahren waren.»

«Sie kennen die Verfügungen des Testaments?»

«Ja, Sir. Mrs. Leo hat sie mir mitgeteilt; sie dachte, ich würde das vielleicht gerne wissen. Wenn ich mir die Bemerkung erlauben darf, Sir, in meinen Augen ist das Testament sehr gerecht.»

«Doch, es ist ein gerechtes Testament. Alle Erben werden gleichmäßig bedacht. Aber ich glaube, es ist nicht das Testament, das Mr. Abernethie gleich nach dem Tod seines Sohnes zu machen gedachte. Können Sie mir jetzt die Frage beantworten, die ich Ihnen vorhin stellte?»

«Nach meiner persönlichen Meinung…»

«Das versteht sich von selbst.»

«Nach dem Besuch von Mr. George war Mr. Abernethie sehr enttäuscht, Sir … Ich glaube, er hatte gehofft, dass Mr. George vielleicht Mr. Mortimer ähnlich wäre. Wenn ich das so sagen darf, Sir, Mr. George genügte nicht seinen Anforderungen. Miss Lauras Ehemann hatte nie den Erwartungen entsprochen, und ich fürchte, Mr. George ist ihm nachgeschlagen.» Lanscombe machte eine kurze Pause, ehe er fortfuhr. «Dann kamen die jungen Damen mit ihren Ehemännern. Miss Susan hat ihn sofort beeindruckt – sie ist eine sehr lebhafte und attraktive junge Dame, aber meiner Ansicht nach konnte er ihren Mann nicht leiden. Heutzutage treffen junge Damen oft eine ungewöhnliche Wahl, Sir.»

«Und das andere Paar?»

«Darüber kann ich nicht viel sagen. Ein sehr freundliches und gut aussehendes junges Paar. Ich glaube, der gnädige Herr hat sich über ihren Besuch sehr gefreut – aber ich glaube nicht…» Der alte Mann zögerte.

«Ja, Lanscombe?»

«Nun ja, der gnädige Herr hatte nie viel vom Theater gehalten. Eines Tages sagte er zu mir: ‹Ich kann nicht verstehen, wie jemand theaterbesessen sein kann. Es ist doch ein verrücktes Leben. Es bringt die Leute um das letzte bisschen Verstand, das sie vielleicht besitzen. Und für die Moral ist es auch nicht gut. Man verliert doch jeden Sinn für Verhältnismäßigkeit.› Natürlich bezog er sich nicht direkt auf…»

«Nein, natürlich nicht. Und nach diesen Besuchen ist Mr. Abernethie selbst weggefahren – zuerst zu seinem Bruder und dann zu seiner Schwester, Mrs. Lansquenet.»

«Davon wusste ich nichts, Sir. Ich meine, er erzählte mir, dass er zu Mr. Timothy fahren würde und dann nach Irgendwas St. Mary.»

«Richtig. Erinnern Sie sich, ob er nach seiner Rückkehr von der Reise etwas über seinen Besuch sagte?»

Lanscombe überlegte.

«Ich weiß es nicht … nicht direkt. Er war sehr froh, wieder hier zu sein. Es hat ihn sehr angestrengt zu reisen und in fremden Häusern zu übernachten – das weiß ich noch, dass er das sagte.»

«Und sonst nichts? Nichts über seine Geschwister?»

Lanscombe runzelte die Stirn.

«Der gnädige Herr hatte die Angewohnheit … nun, er hat gemurmelt, wenn Sie wissen, was ich meine – er hat mit mir geredet, aber eigentlich mehr zu sich selbst – und hat kaum gemerkt, dass ich überhaupt da war – weil er mich so gut kannte.»

«Weil er Sie kannte und Ihnen vertraute.»

«Ich erinnere mich nicht genau, was er sagte – etwas in der Art, er könne sich gar nicht vorstellen, was er mit seinem Geld gemacht hatte – damit meinte er Mr. Timothy, glaube ich. Und dann sagte er etwas wie: ‹Frauen können neunundneunzig Mal sehr dumm sein und beim hundertsten Mal ausgesprochen klug.› Ach ja, und dann sagte er noch: ‹Was man wirklich denkt, darüber kann man doch nur mit jemandem aus der eigenen Generation reden. Die denken nicht, dass man sich nur etwas einbildet, wie die jüngeren.› Und später sagte er noch – aber ich weiß nicht, in welchem Zusammenhang: ‹Es ist nicht gerade schön, jemandem eine Falle stellen zu müssen, aber ich weiß nicht, was ich sonst tun könnte.› Aber ich vermute, dass er dabei an den zweiten Gärtner dachte, Sir – es waren Pfirsiche abhanden gekommen.»

Doch Mr. Entwhistle glaubte nicht, dass Richard Abernethie dabei an den zweiten Gärtner gedacht hatte. Nach einigen weiteren Fragen dankte er Lanscombe und ging davon. Dabei ließ er sich durch den Kopf gehen, was er alles erfahren hatte. Eigentlich nichts – das heißt nichts, das er nicht vorher schon vermutet hatte. Doch es gab einige Hinweise. Richard hatte nicht an seine Schwägerin Maude gedacht, als er sagte, Frauen könnten dumm und gleichzeitig klug sein, sondern an seine Schwester Cora. Und ihr gegenüber hatte er seine «Einbildungen» erwähnt. Und er hatte davon gesprochen, jemandem eine Falle stellen zu müssen. Aber wem?

III

Mr. Entwhistle hatte lange darüber gegrübelt, wie viel er Helen erzählen sollte. Schließlich kam er zu dem Ergebnis, dass er sie ganz ins Vertrauen ziehen konnte.

Zuerst dankte er ihr, dass sie Richards persönliche Gegenstände gesichtet und verschiedene Vorkehrungen bezüglich des Haushalts getroffen hatte. Das Haus wurde mittlerweile schon zum Verkauf angeboten und es gab ein oder zwei potentielle Käufer, die es bald besichtigen würden.

«Private Käufer?»

«Leider nein. Die Y.M.C.A. ist interessiert, ein Club für Jugendliche, und die Treuhänder des Jefferson Trust suchen nach einem geeigneten Haus für ihre Sammlung.»

«Es ist traurig, dass das Haus nicht mehr bewohnt sein wird, aber in der heutigen Zeit ist das wohl aus praktischen Gründen kaum mehr möglich. Ich wollte Sie fragen, ob Sie vielleicht hier bleiben könnten, bis das Haus tatsächlich verkauft ist – oder würde das all Ihre Pläne durchkreuzen?»

«Nein, es passt mir sogar sehr gut. Ich wollte erst im Mai nach Zypern fahren und bin viel lieber hier als in London. Wissen Sie, ich liebe dieses Haus. Leo hat es geliebt, und wir waren zusammen immer sehr glücklich hier.»

«Es gibt noch einen anderen Grund, warum ich Ihnen dankbar wäre, wenn Sie hier blieben. Ein Freund von mir, er heißt Hercule Poirot...»

«Hercule Poirot?», unterbrach Helen ihn. «Dann glauben Sie...»

«Sie haben von ihm gehört?»

«Ja. Freunde von mir ... aber ich dachte, er wäre schon lange tot.»

«Nein, er ist im Gegenteil quicklebendig. Aber natürlich nicht mehr der Jüngste.»

«Nein, der Jüngste kann er nicht mehr sein.»

Es war unverkennbar, dass ihre Gedanken nicht bei dem waren, was sie gerade sagte. Aus ihrem Gesicht war alle Farbe gewichen, und sie sah erschrocken aus.

«Dann glauben Sie ... dass Cora Recht hatte? Dass Richard ... ermordet wurde?», stieß sie hervor.

Mr. Entwhistle schüttete ihr sein Herz aus. Es war eine große Erleichterung für ihn, Helen mit ihrem klaren Verstand alles anvertrauen zu können.

Als er geendet hatte, sagte sie: «Eigentlich müsste man das Gefühl haben, dass das absolut unmöglich ist ... aber das Gefühl habe ich nicht. Maude und ich, am Abend der Beerdigung ... ich glaube, wir haben beide daran gedacht. Wir sagten uns, dass Cora eine törichte Frau war – und trotzdem war uns irgendwie nicht ganz wohl. Und dann wurde Cora ermordet – und ich sagte mir, das sei reiner Zufall – und vielleicht stimmt das ja auch – ach, wenn wir nur die Wahrheit wüssten! Es ist alles so kompliziert.»

«Ja, es ist in der Tat kompliziert. Aber Poirot ist ein origineller Denker, sein Verstand grenzt fast schon ans Geniale. Ihm ist völlig klar, was wir brauchen – eine Bestätigung, dass das Ganze reine Einbildung ist.»

«Und wenn es keine Einbildung ist?»

«Warum sagen Sie das?», fragte Mr. Entwhistle scharf.

«Ich weiß nicht. Mir ist unwohl dabei ... nicht nur wegen dem, was Cora neulich sagte – da ist noch etwas. Ich hatte das Gefühl, dass irgendetwas nicht ganz stimmte.»

«Dass etwas nicht ganz stimmte? In welcher Hinsicht?»

«Das ist es ja – ich weiß es nicht.»

«Hing es mit einer der Personen zusammen, die im Raum waren?»

«Ja, ja ... etwas in der Art. Aber ich weiß nicht, wer oder was ... Das klingt so lächerlich ...»

«Keineswegs. Es ist interessant ... sehr interessant. Sie sind nicht dumm, Helen. Wenn Ihnen etwas aufgefallen ist, dann ist es wichtig.»

«Ja, aber ich weiß einfach nicht mehr, was es war. Je mehr ich darüber nachdenke ...»

«Denken Sie nicht nach. Das ist genau das Verkehrte, wenn man sich an etwas erinnern will. Früher oder später wird es Ihnen von selbst wieder einfallen. Und wenn es so weit ist, lassen Sie es mich wissen – sofort.»

«Gut.»

Neuntes Kapitel

Miss Gilchrist setzte sich den schwarzen Hut fest auf den Kopf und steckte eine graue Haarstähne darunter. Die gerichtliche Untersuchung war für zwölf Uhr angesetzt und jetzt war es knapp zwanzig nach elf. Ihr grauer Mantel mit dem passenden Rock sah sehr adrett aus, fand sie, und sie hatte sich eine schwarze Bluse gekauft. Sie wünschte, sie hätte ganz in Schwarz gehen können, aber das hätte ihre Mittel überstiegen. Sie sah sich in dem hübschen, ordentlich aufgeräumten Schlafzimmer um und betrachtete die Bilder, die an den Wänden hingen – von Brixham Harbour, Cockington Forge, Anstey's Cove, Kyance Cove, Polflexan Harbour, Babbacombe Bay, lauter Seedörfer, die alle die markante Signatur Cora Lansquenets trugen. Besonders liebevoll schaute sie das Bild von Polflexan Harbour an. Auf der Kommode stand, sorgsam gerahmt, eine verblichene Fotografie des *Willow Tree Teashop*. Miss Gilchrist seufzte, als ihr Blick sehnsüchtig darauf zu ruhen kam.

Das Klingeln der Türglocke riss sie aus ihren Träumereien.

«Du meine Güte», murmelte sie. «Wer kann das denn sein…»

Sie verließ das Zimmer und stieg die etwas baufällige Treppe nach unten. Es klingelte wieder, dann wurde forsch an die Tür geklopft.

Aus irgendeinem Grund wurde Miss Gilchrist plötzlich ängstlich. Ihre Schritte verlangsamten sich ein wenig, aber dann ermahnte sie sich streng, nicht so dumm zu sein. Etwas unwillig ging sie zur Tür.

Vor dem Haus stand eine junge Frau, elegant in Schwarz gekleidet und mit einem kleinen Koffer in der Hand. Als sie den verschreckten Ausdruck auf Miss Gilchrists Gesicht bemerkte, sagte sie rasch: «Miss Gilchrist? Ich bin die Nichte von Mrs. Lansquenet – Susan Banks.»

«Aber ja, natürlich. Ich wusste ja nicht … Aber kommen Sie doch herein, Mrs. Banks. Passen Sie auf die Garderobe auf – sie steht etwas vor. Hier hinein, ja. Ich wusste gar nicht, dass Sie zu der gerichtlichen Untersuchung kommen wollten. Ich hätte doch etwas vorbereitet – einen Kaffee oder so etwas.»

Susan Banks unterbrach sie entschieden. «Ich möchte nichts. Es tut mir wirklich leid, wenn ich Sie erschreckt habe.»

«Ja, irgendwie haben Sie das schon. Sehr dumm von mir. Normalerweise bin ich gar nicht ängstlich. Ich sagte dem Notar sogar, ich hätte keine Angst und es würde mir nichts ausmachen allein hier zu bleiben, und eigentlich habe ich auch keine Angst. Aber – vielleicht ist es ja auch nur wegen der gerichtlichen Untersuchung und … wie die Gedanken eben so gehen, aber ich bin den ganzen Morgen schon etwas schreckhaft. Gerade vor einer halben Stunde hat es an der Tür geklingelt und ich musste mich zwingen hinzugehen – was ja wirklich sehr dumm von mir ist, es ist doch unwahrscheinlich, dass der Mörder noch mal herkommen sollte – warum auch? Und dann war es nur eine Nonne, die für ein Waisenheim Spenden sammelte – und ich war so erleichtert, dass ich ihr zwei Shilling gegeben habe, obwohl ich nicht katholisch bin und eigentlich überhaupt nichts für die katholische Kirche übrig habe und für die ganzen Mönche und Nonnen, auch wenn ich glaube, dass die Schwestern der Barmherzigkeit viel Gutes tun. Aber setzen Sie sich doch bitte, Mrs. – Mrs. …»

«Banks.»

«Natürlich, Mrs. Banks. Sind Sie mit dem Zug gekommen?»

«Nein, mit dem Auto. Aber die Straße ist so eng, dass ich ein Stück weitergefahren bin und in dem aufgelassenen Steinbruch geparkt habe.»

«Die Straße ist wirklich sehr schmal, aber es gibt auch kaum Verkehr. Sehr einsam ist es hier.»

Miss Gilchrist schauderte ein wenig, als sie das sagte.

Susan Banks sah sich im Zimmer um.

«Die arme Tante Cora», sagte sie. «Sie wissen, dass sie alles mir vererbt hat?»

«Ja, das weiß ich. Mr. Entwhistle hat es mir gesagt. Wahrscheinlich freuen Sie sich über die Möbel. Soweit ich weiß, sind Sie frisch verheiratet, und heutzutage sind Möbel ja so teuer. Mrs. Lansquenet hatte ein paar sehr schöne Sachen.»

Dieser Ansicht konnte sich Susan nicht anschließen. An Antiquitäten hatte Cora keinen Geschmack gefunden. Die Möbel bestanden aus einer Mischung aus modernistisch und kunstgewerblich.

«Von den Möbeln brauche ich nichts», antwortete sie. «Ich habe meine eigenen Sachen. Deswegen werde ich alles versteigern lassen. Es sei denn – hätten Sie denn gerne das eine oder andere Stück? Ich würde mich freuen…»

Etwas verlegen brach sie ab. Aber Miss Gilchrist war keineswegs verlegen; sie strahlte.

«Das ist wirklich sehr nett von Ihnen, Mrs. Banks, wirklich sehr nett. Und sehr hochherzig. Aber wissen Sie, ich habe meine eigenen Möbel aufgehoben; ich habe sie eingelagert für den Fall, dass ich sie – irgendwann einmal – brauchen könnte. Und die paar Bilder, die mein Vater mir hinterließ. Wissen Sie, ich hatte früher einen kleinen Teesalon, aber dann ist der Krieg gekommen … es war alles sehr traurig. Aber ich habe nicht alles verkauft, weil ich nie die Hoffnung aufgegeben habe, eines Tages vielleicht doch wieder mein eigenes kleines Heim zu haben; also habe ich die besten Stücke eingelagert, zusammen mit den Bildern meines Vaters und einigen Erinnerungen an unser altes Zuhause. Aber was ich schrecklich gerne hätte, wenn Sie wirklich nichts dagegen haben, das wäre der kleine bemalte Teetisch von Mrs. Lansquenet. Er ist so hübsch und wir haben immer unseren Tee daran getrunken.»

Mit einem leichten Schauder betrachtete Susan den kleinen grünen, mit großen lilafarbenen Clematisblüten bemalten Tisch und erwiderte rasch, sie würde sich sehr freuen, wenn Miss Gilchrist ihn nehmen würde.

«Haben Sie vielen Dank, Mrs. Banks. Ich komme mir doch ein bisschen habgierig vor. Wissen Sie, jetzt habe ich die ganzen wunderschönen Bilder von ihr bekommen und außerdem eine hübsche Amethystbrosche; aber ich finde, die sollte ich Ihnen zurückgeben.»

«Nein, gar nicht.»

«Sie möchten ihre Sachen durchsehen? Vielleicht nach der gerichtlichen Untersuchung?»

«Ich hatte mir überlegt, zwei Tage hier zu bleiben, alles zu sichten und zu ordnen.»

«Sie wollen hier schlafen?»

«Ja. Ist das ein Problem?»

«Aber nein, Mrs. Banks, natürlich nicht. Ich werde Ihnen mein Bett frisch beziehen, und ich kann hier unten auf dem Sofa schlafen.»

«Aber es gibt doch noch Tante Coras Zimmer, oder nicht? Kann ich nicht dort schlafen?»

«Das – das würde Sie nicht stören?»

«Sie meinen, weil sie dort ermordet worden ist? Aber nein, das stört mich ganz und gar nicht. Ich bin aus zähem Holz geschnitzt, Miss Gilchrist. Es ist doch … ich meine … Es ist doch wieder in Ordnung?»

Miss Gilchrist verstand die Frage sofort.

«Aber natürlich, Mrs. Banks. Alle Decken sind in der Reinigung, und Mrs. Panter und ich haben das ganze Zimmer von oben bis unten geschrubbt. Und wir haben reichlich Ersatzdecken. Aber kommen Sie doch mit nach oben und sehen Sie selbst.»

Sie ging Susan voraus die Treppe hinauf.

Das Zimmer, in dem Cora Lansquenet gestorben war, roch sauber und frisch, und die Atmosphäre hatte gar nichts Düsteres an sich. Wie im Wohnzimmer bestand die Einrichtung auch hier aus einer Mischung von modernen, praktischen Stücken und bunt bemalten Möbeln, was Coras unbedarfte, geschmacklose Persönlichkeit genau widerspiegelte. Über dem Kamin hing ein Ölbild, auf dem eine üppige junge Frau gerade ins Bad stieg.

Susan bekam fast eine Gänsehaut, als sie es betrachtete. «Das hat Mrs. Lansquenets Mann gemalt», erläuterte Miss Gilchrist. «Unten im Esszimmer hängen noch viel mehr von seinen Bildern.»

«Wie schrecklich.»

«Nun ja, mir selbst gefällt die Art Malerei auch nicht besonders – aber Mrs. Lansquenet war sehr stolz auf ihren Mann als Maler und fand, dass sein Werk völlig zu Unrecht unterschätzt wurde.»

«Wo sind Tante Coras Bilder?»

«In meinem Zimmer. Möchten Sie sie sehen?»

Stolz führte Miss Gilchrist ihre Schätze vor.

Susan meinte, ihre Tante habe offenbar eine Vorliebe für Seebäder gehabt.

«Das ist wahr. Wissen Sie, sie hat mit Mr. Lansquenet jahrelang in einem kleinen Fischerdorf in der Bretagne gelebt. Fischerboote sind einfach zu malerisch, finden Sie nicht?»

«Offensichtlich», murmelte Susan. Nach Cora Lansquenets Bildern – detailgetreue und sehr bunte Darstellungen – hätte man eine ganze Postkartensammlung produzieren können, dachte sie. In ihr stieg sogar der Verdacht auf, dass sie von Postkarten abgemalt worden waren.

Doch als sie diese Vermutung äußerte, zeigte sich Miss Gilchrist empört. Mrs. Lansquenet hatte immer nach der Natur gemalt! Einmal hatte sie sich sogar einen leichten Sonnenstich geholt, nur weil sie sich weigerte, ihren Malplatz zu verlassen, solange das Licht so schön war.

«Mrs. Lansquenet war eine richtige Künstlerin», schloss Miss Gilchrist vorwurfsvoll.

Sie warf einen Blick auf ihre Uhr.

«Ja, wir sollten uns auf den Weg machen», meinte Susan. «Ist es weit? Soll ich den Wagen holen?»

Aber Miss Gilchrist versicherte, zu Fuß seien es nur fünf Minuten. Gemeinsam verließen sie das Haus. Mr. Entwhistle, der mit dem Zug gekommen war, gesellte sich zu ihnen, und zu dritt betraten sie das Rathaus.

Eine große Zahl Fremder war gekommen. Die gerichtliche Untersuchung brachte nichts Sensationelles an den Tag. Die Identität der Toten wurde festgestellt. Ein medizinischer Gutachter erläuterte die Art der Verletzungen, an denen sie gestorben war. Nichts deute darauf, dass sie Gegenwehr geleistet habe. Die Tote habe zur Zeit des Überfalls vermutlich unter Drogen gestanden und sei völlig überrascht worden. Es sei unwahrscheinlich, dass der Tod später als vier Uhr dreißig eingetreten sei, vermutlich zwischen zwei Uhr und vier Uhr dreißig. Miss Gilchrist sagte aus, dass sie die Leiche gefunden hatte. Ein Polizist und Inspector Morton gaben ihr Zeugnis ab. Zum Schluss fasste der Untersuchungsrichter die Aussagen kurz zusammen, woraufhin die Geschworenen einstimmig auf «Mord durch einen oder mehrere Unbekannte» befanden.

Es war vorüber. Sie traten wieder ins Sonnenlicht hinaus. Ein halbes Dutzend Kameras klickte. Mr. Entwhistle führte Susan und Miss Gilchrist ins *King's Arms*, wo er vorsorglich einen Tisch in einem abgetrennten Raum hinter der Bar reserviert hatte.

«Das Essen ist nicht allzu gut», meinte er entschuldigend.

Aber das Essen war ausgezeichnet. Miss Gilchrist schniefte ein wenig und murmelte, alles sei so schrecklich, aber nachdem Mr. Entwhistle ihr ein Glas Sherry aufgedrängt hatte, besserte sich ihre Stimmung und sie aß das Irishstew mit herzhaftem Appetit.

«Ich hatte keine Ahnung, dass Sie heute herkommen wollten, Susan», sagte Mr. Entwhistle. «Wir hätten zusammen fahren können.»

«Ich weiß, dass ich gesagt hatte, ich würde nicht kommen. Aber ich hätte es ziemlich herzlos gefunden, wenn niemand von der Familie da gewesen wäre. Ich habe George angerufen, aber er sagte, er hätte zu viel zu tun und könne unmöglich kommen, Rosamund hatte irgendeinen Termin zum Vorsprechen, und Onkel Timothy ist ja ein Wrack. Also musste ich kommen.»

«Ihr Mann wollte Sie nicht begleiten?»

«Greg musste mit seinem Laden abrechnen.»

Als sie den bestürzten Ausdruck auf Miss Gilchrists Gesicht bemerkte, erklärte sie: «Mein Mann arbeitet in einer Apotheke.»

Miss Gilchrist konnte einen Ehemann, der hinter einer Ladentheke arbeitete, zwar überhaupt nicht mit Susans Weltgewandtheit in Einklang bringen, aber sie schlug sich tapfer. «Ach, genau wie Keats», meinte sie verbindlich.

«Greg ist kein Dichter», widersprach Susan und fuhr dann fort: «Wir haben große Pläne für die Zukunft – ein Unternehmen, das zweigleisig fährt. Ein Schönheitssalon und dazu ein Labor, in dem wir unsere eigene Kosmetik herstellen.»

«Sehr schön.» Es war offensichtlich, dass diese Idee Miss Gilchrists Billigung fand. «So etwas wie Elizabeth Arden, die ja eigentlich eine Gräfin ist, wie ich gehört habe – oder ist das Helena Rubenstein? Auf jeden Fall», fügte sie wohlwollend hinzu, «eine Apotheke ist ja etwas völlig anderes als ein gewöhnliches Geschäft, wo Stoffe verkauft werden oder Lebensmittel.»

«Sie sagten doch, Sie hätten einen Teesalon gehabt, nicht?»

«Ja.» Miss Gilchrist strahlte. Dass das *Willow Tree* im weiteren Sinn auch ein Geschäft gewesen war, auf die Idee wäre sie nie gekommen. Einen Teesalon zu führen war in ihren Augen der Inbegriff des vornehmen Lebenswandels. Sie begann, Susan vom *Willow Tree* zu erzählen.

Mr. Entwhistle, der das alles schon einmal gehört hatte, überließ sich seinen Gedanken. Susan musste ihn zweimal ansprechen, bevor er reagierte.

«Verzeihen Sie, meine Liebe», entschuldigte er sich. «Ich habe gerade an Ihren Onkel Timothy gedacht. Ich mache mir Sorgen.»

«Über Onkel Timothy? Das ist nicht nötig. Eigentlich glaube ich nicht, dass ihm irgendetwas fehlt. Er ist bloß ein Hypochonder.»

«Ja … ja, vielleicht haben Sie Recht. Aber ehrlich gesagt mache ich mir weniger Sorgen um ihn als vielmehr um Mrs. Timothy. Offenbar ist sie die Treppe hinuntergefallen und hat sich den Knöchel verstaucht. Sie muss die ganze Zeit liegen und Ihr Onkel ist völlig überfordert.»

«Weil er zur Abwechslung sie pflegen muss und nicht umgekehrt, wie sonst? Das wird ihm nur gut tun», antwortete Susan.

«Ja, da haben Sie wohl Recht. Aber wird Ihre Tante überhaupt gepflegt werden? Das ist die Frage. Ohne Dienstboten im Haus?»

«Für ältere Menschen ist das Leben wirklich höllisch schwer», spöttelte Susan. «Die beiden leben doch in einem alten Herrenhaus, oder?»

Mr. Entwhistle nickte.

Wachsam nach Presseleuten Ausschau haltend, verließen sie das *King's Arms,* aber die Reporter hatten sich verzogen.

Allerdings warteten zwei vor dem Cottage. Mit dem Beistand von Mr. Entwhistle gab Susan einige nichtssagende, aber notwendige Erklärungen ab, dann gingen sie und Miss Gilchrist ins Haus. Mr. Entwhistle kehrte unterdessen zum *King's Arms* zurück, wo er sich für die Nacht ein Zimmer genommen hatte. Am folgenden Tag sollte die Beerdigung stattfinden.

«Mein Wagen steht noch im Steinbruch», sagte Susan. «Das hatte ich ganz vergessen. Ich fahre ihn nachher ins Dorf.»

«Aber nicht zu spät.» Miss Gilchrist klang besorgt. «Sie werden doch nicht in der Dunkelheit rausgehen wollen?»

Susan sah sie an und lachte.

«Sie glauben doch nicht, dass sich noch ein Mörder hier herumtreibt, oder?»

«Nein ... nein, wahrscheinlich nicht.» Miss Gilchrist sah betreten drein.

Aber genau das glaubt sie, dachte Susan. Unvorstellbar!

Miss Gilchrist war in der Küche verschwunden.

«Sie werden den Tee sicher früh haben wollen. In einer halben Stunde vielleicht? Was meinen Sie, Mrs. Banks?»

Susan fand Tee um halb vier zwar etwas verfrüht, aber sie war barmherzig; eine gute Tasse Tee stellte für Miss Gilchrist wohl die beste Art dar, die Nerven zu beruhigen. Und da sie die Hausdame ihrer Tante aus bestimmten Gründen freundlich stimmen wollte, sagte sie: «Wann immer es Ihnen recht ist, Miss Gilchrist.»

In der Küche begann ein munteres Klappern von Geschirr und Töpfen. Susan setzte sich ins Wohnzimmer. Wenige Minuten später läutete es an der Tür, gefolgt von einem stakkatoartigen Klopfen.

Susan ging in den Flur, und im selben Augenblick trat Miss Gilchrist aus der Küche; sie hatte eine Schürze umgebunden und wischte sich die bemehlten Hände daran ab.

«Gottchen, wer kann das denn sein?»

«Noch ein paar Reporter, vermute ich», sagte Susan.

«Sie werden aber auch gar nicht in Ruhe gelassen, Mrs. Banks.»

«Da kann man nichts machen. Ich kümmere mich darum.»

«Ich wollte gerade zum Tee ein paar süße Brötchen backen.»

Während Susan zur Haustür ging, blieb Miss Gilchrist zögernd im Flur stehen. Susan fragte sich, ob ihre Gastgeberin wohl befürchtete, draußen könnte ein Mann mit einem Beil lauern.

Doch der Besucher erwies sich als älterer Herr, der höflich den Hut zog, als Susan ihm die Tür öffnete. Er strahlte sie beinahe verschmitzt an.

«Mrs. Banks, nehme ich an?», sagte er.

«Ja.»

«Ich heiße Guthrie, Alexander Guthrie. Ich bin ein Freund –

ein sehr alter Freund von Mrs. Lansquenet. Ich vermute, Sie sind ihre Nichte, die frühere Miss Susan Abernethie?»

«In der Tat.»

«Da wir also wissen, wer wir sind – darf ich dann eintreten?»

«Natürlich.»

Umständlich streifte Mr. Guthrie die Füße an der Matte ab, trat ins Innere, entledigte sich seines Mantels, legte ihn mitsamt dem Hut auf die kleine Eichentruhe und folgte dann Susan ins Wohnzimmer.

«Ein trauriger Anlass», sagte Mr. Guthrie, der von Natur aus kein Kind von Traurigkeit schien, sondern ganz im Gegenteil offenbar meist strahlte. «Ein sehr trauriger Anlass. Ich war zufällig gerade in der Gegend und dachte mir, das Mindeste, was ich tun könnte, wäre, zur gerichtlichen Untersuchung zu gehen – und natürlich zur Beerdigung. Die arme Cora, die arme, närrische Cora. Ich kenne sie praktisch seit ihrer Hochzeit, müssen Sie wissen, Mrs. Banks. Eine temperamentvolle junge Frau – und sie hat die Malerei sehr ernst genommen – sie hat Pierre Lansquenet sehr ernst genommen – als Maler, meine ich. Im Großen und Ganzen war er ihr kein so schlechter Ehemann. Er hat gern das Auge schweifen lassen, wenn Sie wissen, was ich meine, ja, das hat er gerne – aber Cora fand zum Glück, dass das zu seiner Künstlernatur gehörte. Er war ein Künstler und deswegen unmoralisch! Vielleicht ging sie sogar noch weiter und meinte, er sei unmoralisch und darum ein Künstler! Überhaupt keinen Kunstverstand hatte sie, die arme Cora – obwohl sie in anderer Hinsicht sehr scharfsichtig war, das muss man sagen – ungemein scharfsichtig sogar.»

«Das sagen alle», erwiderte Susan. «Ich habe sie kaum gekannt.»

«Nein, sie hatte mit der Familie gebrochen, weil niemand ihren heiß geliebten Pierre richtig zu schätzen wusste. Sie war ja keine hübsche Frau – aber sie hatte ein gewisses Etwas. Und man konnte so viel Spass mit ihr haben! Man wusste nie, was sie als Nächstes sagen würde, und man wusste auch nie, ob ihre

Naivität echt war oder nur gespielt. Wir haben immer viel mit ihr gelacht. Ein ewiges Kind – das war sie für uns immer. Und als ich sie das letzte Mal sah – ich habe sie auch nach Pierres Tod hin und wieder besucht –, da kam sie mir immer noch wie ein Kind vor.»

Susan bot Mr. Guthrie eine Zigarette an, aber der alte Herr lehnte mit einem Kopfschütteln ab.

«Danke, liebe Mrs. Banks, aber ich rauche nicht. Sicher fragen Sie sich, warum ich gekommen bin. Um ehrlich zu sein, ich habe ein schlechtes Gewissen. Ich hatte Cora vor einigen Wochen versprochen, sie zu besuchen. Meistens habe ich sie einmal im Jahr gesehen, und in letzter Zeit hatte sie ja angefangen, auf Flohmärkten Bilder zu kaufen, und sie wollte, dass ich sie mir ansehe. Ich bin von Beruf Kunstkritiker, müssen Sie wissen. Die meisten Bilder, die Cora gekauft hat, waren natürlich schauerlich, aber im Grunde ist es gar kein so schlechtes Geschäft. Auf diesen Flohmärkten kann man Bilder ja für einen Appel und ein Ei bekommen, und oft sind die Rahmen allein schon mehr wert, als man dafür bezahlt. Zu den großen Auktionen gehen natürlich immer Kunsthändler hin, und Meisterwerke findet man kaum. Aber gerade neulich wurde beim Verkauf eines Bauernhofs ein kleiner Cuyp für ein paar Pfund versteigert. Die Geschichte dahinter war sehr interessant. Eine Kinderfrau hatte das Bild von der Familie geschenkt bekommen, bei der sie jahrelang gearbeitet hatte; niemand hatte eine Ahnung, wie wertvoll es in Wirklichkeit war. Die Kinderfrau gab es einem Neffen, der Bauer war und dem das Pferd darauf so gut gefiel, aber sonst hielt er es einfach für ein etwas verdrecktes altes Bild. Doch, solche Sachen kommen manchmal wirklich vor, und Cora war überzeugt, dass sie einen Blick für Gemälde hatte. Leider stimmte das nicht. Letztes Jahr bat sie mich zu kommen, um mir einen Rembrandt anzusehen. Einen Rembrandt! Es war nicht mal eine halbwegs anständige Kopie von einem! Aber einmal hat sie einen ganz schönen Stich von Bartolozzi ergattert – leider

117

hatte er ein paar Stockflecken. Ich habe es für dreißig Pfund für sie verkauft, und das hat sie natürlich noch mehr angespornt. Als Letztes schrieb sie mir ganz euphorisch von einem italienischen Primitiven, den sie auf einem Trödelmarkt gekauft hätte, und sie hat mir das Versprchen abgenommen, dass ich ihn mir ansehe.»

«Wahrscheinlich meinte sie das da drüben», sagte Susan und deutete auf die Wand hinter sich.

Mr. Guthrie erhob sich, setzte sich die Brille auf und betrachtete den Stich.

«Die arme Cora», urteilte er nach einer Weile.

«Da sind noch viele andere», meinte Susan.

Mr. Guthrie begann eine eingehende Untersuchung der Kunstschätze, die Mrs. Lansquenet so hoffnungsvoll erworben hatte. Gelegentlich machte er ein verwundertes Geräusch, manchmal stöhnte er.

Schließlich nahm er die Brille wieder ab.

«Schmutz ist etwas Wunderbares, Mrs. Banks», erklärte er. «Es verleiht auch den schauderhaftesten Beispielen der Malerei eine romantische Patina. Ich fürchte, der Bartolozzi war reines Anfängerglück. Die arme Cora. Aber immerhin ist ihr Leben dadurch interessant geworden. Ich bin wirklich froh, dass ich ihr nicht ihre Illusionen rauben musste.»

«Im Esszimmer hängen auch ein paar Bilder», sagte Susan. «Aber ich glaube, die sind alle von ihrem Mann.»

Mr. Guthrie schauderte ein wenig und machte eine abwehrende Geste.

«Bitte zwingen Sie mich nicht, mir die noch einmal anzusehen. Aktklassen sind vieler Scheußlichkeiten Anfang! Ich habe mich aber immer bemüht, Coras Gefühle nicht zu verletzen. Sie war eine aufopferungsvolle Ehefrau – eine sehr aufopferungsvolle. Nun, meine liebe Mrs. Banks, ich darf Ihre Zeit nicht über Gebühr in Anspruch nehmen.»

«Ach, bleiben Sie doch noch zum Tee! Ich glaube, er wird bald fertig sein.»

«Das ist sehr freundlich von Ihnen.» Ohne Umschweife nahm Mr. Guthrie wieder Platz.

«Ich schaue nur kurz nach.»

In der Küche holte Miss Gilchrist gerade ein letztes Backblech mit süßen Brötchen aus dem Ofen. Das Tablett mit den Teesachen war bereits gedeckt, der Deckel des Kessels klapperte leise.

«Ein Mr. Guthrie ist gekommen und ich habe ihn eingeladen, mit uns Tee zu trinken.»

«Mr. Guthrie? Ja, er war gut mit Mrs. Lansquenet befreundet, der lieben Seele. Er ist der berühmte Kunstkritiker. Was für ein Glück – ich habe reichlich süße Brötchen gebacken, und es gibt auch noch ein bisschen selbst gemachte Erdbeermarmelade, und dann habe ich noch schnell ein paar Buttertörtchen zusammengerührt. Ich gieße nur noch den Tee auf – die Kanne ist schon vorgewärmt. Aber bitte, Mrs. Banks, tragen Sie doch nicht das schwere Tablett. Ich komme gut allein mit allem zurecht.»

Ihrem Protest zum Trotz brachte Susan das Tablett ins Wohnzimmer, Miss Gilchrist folgte mit der Teekanne und dem Kessel. Nachdem sie Mr. Guthrie begrüßt hatte, bedienten sich alle von den aufgetischten Köstlichkeiten.

«Heiße süße Brötchen, was für ein Luxus!», schwärmte Mr. Guthrie. «Und so köstliche Marmelade. Kein Vergleich zu dem Zeug, das man heute zu kaufen bekommt.»

Miss Gilchrist errötete vor Freude. Die Buttertörtchen waren exzellent, ebenso wie die süßen Brötchen, und alle griffen herzhaft zu. Der Geist des *Willow Tree* hing in der Luft. Es war nicht zu übersehen, dass Miss Gilchrist hier in ihrem Element war.

«Ach, danke, vielleicht nehme ich es doch», sagte Mr. Guthrie, als Miss Gilchrist ihm das letzte Törtchen aufdrängte. «Obwohl ich ein etwas schlechtes Gewissen habe – so eine schöne Teestunde hier zu verbringen, wo die arme Cora so grausam ermordet wurde.»

Auf diese Bemerkung reagierte Miss Gilchrist mit unerwarteter viktorianischer Fortitüde.

«Aber Mrs. Lansquenet hätte gewollt, dass Sie einen guten Tee serviert bekommen. Sie müssen sich doch stärken!»

«Ja, ja, vielleicht haben Sie Recht. Aber wissen Sie, man kann einfach nicht glauben, dass jemand, den man kannte – persönlich kannte – ermordet worden ist!»

«Das ist wahr», stimmte Susan zu. «Es kommt einem – unglaublich vor.»

«Und noch dazu von einem Landstreicher, der einfach ins Haus eingebrochen ist und sie überfallen hat. Denn wissen Sie, ich könnte mir durchaus Gründe vorstellen, weswegen Cora hätte ermordet werden können…»

«Wirklich?» Susans Neugier erwachte sofort. «Welche Gründe sind das?»

«Nun, Diskretion war nicht gerade ihre Stärke», erklärte Mr. Guthrie. «Cora war nie diskret. Und es hat ihr Spaß gemacht – wie soll ich sagen? – zu zeigen, wie schlau sie war. Wie ein Kind, das ein Geheimnis kennt. Wenn Cora von einem Geheimnis erfuhr, dann wollte sie darüber reden. Selbst wenn sie versprochen hatte, wie ein Grab zu schweigen, hat sie es trotzdem ausgeplaudert. Sie konnte einfach nicht anders.»

Susan antwortete nicht, und auch Miss Gilchrist schwieg; sie wirkte ein wenig besorgt.

«Ja, eine kleine Dosis Arsen in ihren Tee – das hätte mich nicht gewundert», fuhr Mr. Guthrie fort, «oder eine vergiftete Schachtel Konfekt, die ihr zugeschickt wurde. Aber ein grausamer Raubüberfall – das passt so gar nicht. Ich mag mich täuschen, aber ich vermute, dass sie kaum etwas besaß, was einen Dieb hätte interessieren können. Sie hatte doch nicht viel Geld im Haus, oder?»

«Sehr wenig», sagte Miss Gilchrist.

Seufzend stand Mr. Guthrie auf.

«Ach, seit dem Krieg gibt es immer mehr Verbrecher. Die Zeiten sind anders geworden.»

Dann bedankte er sich für den Tee und verabschiedete sich höflich von den beiden Frauen. Miss Gilchrist brachte ihn zur Tür und half ihm in den Mantel. Durchs Wohnzimmerfenster sah Susan ihm nach, wie er mit flotten Schritten zum Gartentor ging.

Miss Gilchrist kehrte mit einem Päckchen in der Hand ins Zimmer zurück.

«Der Postbote muss hier gewesen sein, während wir bei der gerichtlichen Untersuchung waren. Er hat es durch den Briefschlitz gesteckt und es ist in die Ecke gefallen. Ich würde ja gerne wissen … ach, das muss wohl ein Stück Hochzeitskuchen sein.»

Beglückt riss Miss Gilchrist das Papier auf, und eine weiße Schachtel mit einer silbernen Schleife kam zum Vorschein.

«Stimmt!» Sie löste das Band. In der Schachtel lag ein kleines Stück Früchtekuchen mit Marzipan und dickem weißem Zuckerguss. «Wie nett! Aber wer…?» Sie schaute auf die beiliegende Karte. *John und Mary.* Wer soll das denn sein? Wie dumm, dass sie nicht den Nachnamen hingeschrieben haben.»

Susan riss sich von ihren Gedanken los. «Manchmal ist es wirklich schwierig, wenn Leute nur mit Vornamen unterschreiben. Neulich bekam ich eine Postkarte von einer Joan. Ich habe nachgezählt und bin darauf gekommen, dass ich insgesamt acht Joans kenne. Und da man heute so viel telefoniert, kennt man von vielen Bekannten nicht einmal die Handschrift.»

Miss Gilchrist überlegte, welche Johns und Marys zu ihrem Freundeskreis zählten.

«Es könnte Dorothys Tochter sein – die heißt Mary, aber ich hatte nichts von einer Verlobung gehört, ganz zu schweigen von einer Hochzeit. Dann gibt es noch John Banfield – er ist mittlerweile wohl erwachsen und im heiratsfähigen Alter – oder das Mädchen aus Enfield – aber nein, die heißt Margaret. Kein Absender und nichts. Na ja, es wird mir schon noch einfallen…»

Sie griff nach dem Tablett und trug es in die Küche.

Susan erhob sich ebenfalls. «Und ich sollte wahrscheinlich jetzt das Auto umparken», sagte sie.

Zehntes Kapitel

Susan ging zum Steinbruch, wo sie ihren Wagen abgestellt hatte, und fuhr ihn ins Dorf. Dort gab es zwar eine Tankstelle, aber keine Garage, und deswegen wurde ihr geraten, das Auto beim *King's Arms* abzustellen. Sie parkte ihn neben einem großen Jaguar, der gerade wegfahren wollte. Am Steuer saß ein Chauffeur, auf der Rückbank ein älterer ausländisch aussehender Herr mit einem überdimensionalen Schnurrbart, der in einen schweren Mantel gehüllt war.

Der Junge, mit dem Susan wegen des Parkens sprach, starrte sie fasziniert an und schien die Hälfte dessen, was sie sagte, gar nicht zu hören.

Schließlich fragte er ehrfürchtig: «Sie sind ihre Nichte, stimmt's?»

«Wie bitte?»

«Sie sind die Nichte des Opfers, nicht?», wiederholte der Junge hingerissen.

«Ach so, ja – ja, das bin ich.»

«Ha! Hab ich mir doch gedacht, dass ich Sie schon mal gesehen habe.»

«Schreckensmensch», dachte Susan erbost, als sie zum Cottage zurückging.

«Wie gut, dass Sie heil und ganz wieder da sind», begrüßte Miss Gilchrist sie. Ihre offensichtliche Erleichterung verärgerte Susan noch mehr. Besorgt fügte Miss Gilchrist hinzu: «Sie mögen doch Spaghetti, oder? Ich dachte, heute Abend...»

«Ach, irgendwas. Ich werde nicht viel essen.»

«Auf meine Spaghetti *au gratin* bin ich nämlich sehr stolz.»

Und zu Recht, wie Susan feststellte. Miss Gilchrist war in der Tat eine exzellente Köchin. Als Susan ihr beim Abspülen zur Hand gehen wollte, zeigte Miss Gilchrist sich zwar erfreut über das Angebot, erklärte aber, es gebe nur sehr wenig zu tun.

Etwas später kam sie mit zwei Tassen Kaffee wieder ins Wohnzimmer. Der Kaffee war weniger exzellent, sondern im Gegenteil sehr schwach. Dazu bot Miss Gilchrist Susan ein Stück vom Hochzeitskuchen an. Susan lehnte dankend ab.

«Der Kuchen schmeckt aber sehr gut», drängte Miss Gilchrist sie, nachdem sie einen Bissen gegessen hatte. Nach längerem Überlegen war sie zu dem Ergebnis gekommen, dass er von «der Tochter der guten Ellen» stammte. «Ich habe gewusst, dass sie bald heiraten würde, aber ich habe ihren Namen vergessen.»

Susan ließ Miss Gilchrist weiterplaudern, bis sie allmählich von selbst verstummte. Als die beiden Frauen dann behaglich am Kamin saßen, schnitt Susan schließlich das Thema an, das sie die ganze Zeit beschäftigt hatte.

«Mein Onkel Richard ist doch vor seinem Tod hier gewesen, nicht?», fragte sie.

«Ja.»

«Wann war das genau?»

«Lassen Sie mich überlegen – das muss ein, zwei – fast drei Wochen vor seinem Tod gewesen sein.»

«Hatten Sie das Gefühl, dass er … krank war?»

«Nun, ich würde nicht sagen, dass er wirklich krank aussah. Eigentlich hatte ich eher den Eindruck, dass er gut bei Kräften war. Mrs. Lansquenet war sehr überrascht ihn zu sehen. Sie sagte: ‹Also, Richard, nach all den Jahren!›, und er sagte: ‹Ich wollte selbst kommen, um zu sehen, wie es dir geht.› Und Mrs. Lansquenet meinte: ‹Mir geht es sehr gut.› Ich glaube, sie war ein bisschen beleidigt, dass er so plötzlich und völlig unangemeldet auftauchte nach dem jahrelangen Schweigen. Auf jeden Fall meinte Mr. Abernethie: ‹Es ist doch wirklich an der Zeit, unseren Groll zu begraben. Du, ich und Timothy sind die Letzten – und mit Timothy kann man doch über nichts reden als über seine Gesundheit.› Und dann meinte er noch: ‹Pierre hat dich offenbar sehr glücklich gemacht. Ich hatte also Unrecht. Reicht dir das?› Das war sehr nett, wie er das sagte. Ein gut aussehender Mann, aber natürlich schon etwas in die Jahre gekommen.»

«Wie lang ist er geblieben?»

«Er war nur zum Mittagessen hier. Rinderrouladen habe ich gemacht. Zum Glück war an dem Tag gerade der Fleischer vorbeigekommen.»

Miss Gilchrists Gedächtnis schien sich fast ausschließlich an kulinarischen Dingen festzumachen.

«Und die beiden haben sich gut verstanden?»

«Aber ja.»

Susan zögerte ein wenig. «War Tante Cora überrascht, als er … gestorben ist?», fragte sie dann.

«O ja, es ist doch sehr plötzlich gekommen, oder nicht?»

«Ja, es war sehr plötzlich … Ich meine, sein Tod hat sie also überrascht. Er hatte ihr gegenüber wohl nicht erwähnt, dass er so krank war.»

«Nun ja …» Miss Gilchrist überlegte eine Weile. «Doch, hinterher sagte sie, dass er sehr alt geworden sei … ich glaube, sie verwendete das Wort senil.»

«Aber Ihnen kam er nicht senil vor?»

«Äußerlich auf jeden Fall nicht. Aber ich habe kaum mit ihm geredet, ich habe die beiden natürlich allein gelassen.»

Susan betrachtete Miss Gilchrist taxierend. War sie die Art Frau, die an der Tür horchte? Sie war ehrlich, da war Susan sich sicher, sie würde nie stehlen, mit dem Haushaltsgeld schummeln oder Briefe öffnen. Aber Neugier kann sich auch das Mäntelchen der Rechtschaffenheit umhängen. Miss Gilchrist hätte es für nötig befinden können, im Garten in der Nähe eines offenen Fensters zu arbeiten, im Flur Staub zu wischen … Das wäre im Rahmen des Erlaubten. Und dann hätte sie natürlich unweigerlich das Gespräch mit anhören müssen …

«Sie haben von der Unterhaltung gar nichts mitbekommen?», fragte Susan.

Das war zu direkt. Miss Gilchrist wurde vor Empörung rot.

«In der Tat nicht, Mrs. Banks. Es war noch nie meine Art, an Türen zu lauschen!»

Das heißt, dass sie genau das getan hat, dachte Susan. Sonst hätte sie einfach Nein gesagt.

«Es tut mir Leid, Miss Gilchrist», entschuldigte sie sich, «so habe ich das nicht gemeint. Aber diese Häuser sind doch so schäbig gebaut, da hört man oft unwillentlich alles mit, was im Zimmer nebenan gesprochen wird. Und jetzt, wo beide tot sind, ist der Familie sehr daran gelegen zu wissen, worüber sie sich unterhalten haben.»

Das Cottage war alles andere als schäbig gebaut; es stammte aus einer Zeit, in der noch solide gearbeitet wurde. Aber Miss Gilchrist griff die Ausrede sofort auf.

«Da haben Sie natürlich Recht, Mrs. Banks – das Haus ist wirklich sehr klein, und natürlich kann ich verstehen, dass Sie gerne wissen möchten, was zwischen den beiden geredet wurde. Aber ich fürchte, ich kann Ihnen nicht viel weiterhelfen. Soweit ich weiß, haben sie sich über Mr. Abernethies Gesundheit unterhalten und bestimmte … nun ja, Vorstellungen, die er hatte. Er sah zwar nicht krank aus, aber er muss doch sehr krank gewesen sein, und wie viele Gebrechliche schob er seine Schwäche auf einen Einfluss von außen. Ich glaube, das ist ganz normal. Meine Tante…»

Miss Gilchrist begann den Krankheitsverlauf bei ihrer Tante zu erläutern.

Susan lenkte ebenso geschickt wie Mr. Entwhistle von der alten Dame ab.

«Ja», sagte sie. «Genau das habe ich mir auch gedacht. Die Dienstboten meines Onkels waren ihm alle sehr zugetan, und natürlich sind sie betroffen, dass er dachte…» Sie brach ab.

«Natürlich! Dienstboten sind sehr empfindlich, wenn es um solche Dinge geht. Ich weiß noch, meine Tante…»

Wieder wurde sie von Susan unterbrochen.

«Es stimmt doch, dass er die Dienstboten in Verdacht hatte, oder nicht? Ich meine, dass sie ihn vergiften wollten.»

«Ich weiß nicht … ich … wirklich …»

Susan deutete ihre Verwirrung richtig.

«Also nicht die Dienstboten. Wen denn dann? War es eine bestimmte Person?»

«Ich weiß es nicht, Mrs. Banks. Ich weiß es wirklich nicht.»

Aber als sie das sagte, wich sie Susans Blick aus. Susan vermutete, dass Miss Gilchrist weitaus mehr wusste, als sie zugeben wollte.

Möglicherweise wusste sie sogar sehr viel …

Susan beschloss, das Thema für den Augenblick auf sich beruhen zu lassen. «Welche Pläne haben Sie denn für die Zukunft, Miss Gilchrist?», erkundigte sie sich.

«Ach, darüber wollte ich noch mit Ihnen reden, Mrs. Banks. Ich habe Mr. Entwhistle gesagt, dass ich bereit bin, hier wohnen zu bleiben, bis mit dem Haus alles geregelt ist.»

«Ich weiß. Dafür bin ich Ihnen sehr dankbar.»

«Und ich wollte Sie fragen, wie lange das wohl dauern wird, weil ich mich natürlich nach einer neuen Stellung umsehen muss.»

Susan überlegte.

«Allzu viel gibt es hier nicht zu tun. Eigentlich sollte ich in ein paar Tagen alles aufräumen und den Auktionator herbestellen können.»

«Sie haben also beschlossen, alles zu verkaufen?»

«Ja. Und ich vermute, dass es kein Problem sein wird, einen neuen Mieter zu finden?»

«O nein – die Leute werden sich die Klinke in die Hand drücken. Es gibt so wenige Häuser zu mieten. Normalerweise muss man immer kaufen.»

«Dann sollte ja alles sehr schnell gehen.» Susan zögerte, bevor sie fortfuhr. «Ich wollte sagen … werden Ihnen drei Monatslöhne genügen?»

«Das ist sehr freundlich von Ihnen, Mrs. Banks, wirklich. Ich weiß Ihr Angebot sehr zu schätzen. Und wären Sie vielleicht bereit ... ich meine, dürfte ich Sie bitten ... wenn es nötig wäre ... mich ... mich zu empfehlen? Zu sagen, dass ich bei einer Verwandten von Ihnen gearbeitet habe und dass ich – dass meine Arbeit zufriedenstellend war?»

«Aber natürlich.»

«Und ... ich weiß nicht, ob ich Sie das fragen soll.» Miss Gilchrists Hände begannen zu zittern, und sie musste sich bemühen, mit fester Stimme zu sprechen. «Aber wäre es vielleicht möglich, dass Sie ... die Umstände nicht erwähnen ... nicht einmal den Namen?»

Susan starrte sie an.

«Ich verstehe Sie nicht.»

«Sie haben eben nicht darüber nachgedacht, Mrs. Banks. Es war ein Mord. Ein Mord, der in allen Zeitungen stand und von dem jeder gelesen hat. Verstehen Sie? Die Leute denken vielleicht: ‹Zwei Frauen leben zusammen – eine von ihnen wird umgebracht – womöglich war es die Hausdame.› Verstehen Sie, Mrs. Banks? Wenn ich nach jemandem suchen würde, dann würde ich ... nun, ich würde es mir zweimal überlegen, ob ich mich selbst anstellen würde – wenn Sie verstehen, was ich meine. Man kann doch nie wissen! Darüber habe ich mir große Sorgen gemacht, Mrs. Banks. Ich bin nachts oft wach gelegen und habe mir gedacht, dass ich vielleicht keine andere Stelle finde – keine Stelle als Hausdame. Und was soll ich denn sonst tun?»

Die Frage wurde mit unwillentlichem Pathos gestellt. Susan schämte sich ein wenig, denn erst jetzt wurde ihr die Verzweiflung dieser durch und durch redlichen Frau bewusst, deren Existenz von den Launen und Grillen ihrer Arbeitgeber abhing. Außerdem hatte Miss Gilchrist mit ihrer Befürchtung keineswegs Unrecht. Wenn man es vermeiden konnte, würde man keine Hausdame anstellen, die – wenn auch völlig schuldlos – in einen Mordfall verstrickt war.

«Aber wenn sie den Täter finden …», sagte Susan.

«Dann ist es natürlich kein Problem. Aber werden sie ihn wirklich finden? Ich glaube, die Polizei tappt völlig im Dunkeln. Und wenn sie ihn nicht finden … dann bin ich – vielleicht nicht gerade die Person, die am meisten in Betracht kommt, aber doch immerhin in Betracht.»

Susan nickte nachdenklich. Es stimmte zwar, dass Miss Gilchrist aus Cora Lansquenets Tod keinen Vorteil zog – aber wer sollte das schon wissen? Außerdem hörte man so viele Geschichten – hässliche Geschichten – über die Ranküne zwischen Frauen, die zusammen lebten – Ranküne, die in einem plötzlichen Gewaltausbruch mündete. Jemand, der die beiden nicht gekannt hatte, könnte glauben, dass es bei Cora Lansquenet und Miss Gilchrist ähnlich gewesen war…

Susan sprach mit ihrer üblichen Entschlossenheit.

«Machen Sie sich keine Sorgen, Miss Gilchrist», sagte sie aufmunternd. «Ich werde Ihnen eine Stelle in meinem Bekanntenkreis finden. Das wird kein Problem sein.»

«Ich fürchte, dass ich keine wirklich grobe Arbeit machen kann.» Miss Gilchrist hatte sich rasch wieder gefasst. «Nur ein bisschen kochen und leichte Hausarbeit …»

Das Telefon klingelte. Miss Gilchrist fuhr zusammen.

«Wer kann das denn sein?»

«Wahrscheinlich mein Mann.» Susan sprang auf. «Er sagte, er würde mich am Abend anrufen.»

Sie nahm den Hörer ab.

«Hallo? – Ja, Mrs. Banks am Apparat…» Es entstand eine Pause, dann sprach sie wieder, aber mit einer völlig anderen Stimme, die sanft und warm klang. «Hallo, mein Schatz … ja, ich bin's … Ach, sehr gut … Mord durch Unbekannt … das Übliche … Nur Mr. Entwhistle … Was? … schwer zu sagen, aber ich glaube schon … Ja, wie wir gedacht hatten … Genau nach Plan … Ich verkaufe die Sachen. Es ist nichts dabei, das wir haben wollen … Ein oder zwei Tage … Einfach schrecklich … Mach dir keine Sorgen. Ich weiß, was ich tue … Greg, das

128

hast du nicht … Du hast doch aufgepasst, dass … Nein, nichts. Gar nichts. Gute Nacht, Liebling.»

Sie legte auf. Die Anwesenheit von Miss Gilchrist hatte sie ein wenig gehemmt. Vermutlich konnte ihre Gastgeberin, auch wenn sie sich taktvoll in die Küche zurückgezogen hatte, jedes Wort verstehen, das sie sagte. Eigentlich hatte sie Greg einiges fragen wollen, aber dann hatte sie doch lieber darauf verzichtet.

Nachdenklich verzog sie das Gesicht. Dann kam ihr plötzlich eine Idee.

«Natürlich», murmelte sie. «Genau die Richtige.»

Sie nahm den Hörer wieder ab und ließ sich mit der Vermittlung für Ferngespräche verbinden.

Eine Viertelstunde später sagte eine Stimme am anderen Ende der Leitung verdrossen: «Ich fürchte, es hebt niemand ab.»

«Bitte lassen Sie es weiterklingeln.»

Susan sprach mit Nachdruck. Sie hörte dem Läuten des Telefons in der Ferne zu. Plötzlich brach es ab und eine griesgrämige, leicht empörte Männerstimme erklang. «Ja? Wer ist da?»

«Onkel Timothy?»

«Was ist? Ich kann Sie nicht hören.»

«Onkel Timothy? Hier ist Susan Banks.»

«Susan wer?»

«Banks, Susan Banks. Frühere Abernethie. Deine Nichte Susan.»

«Ach, du bist Susan, ja? Was ist denn los? Weswegen rufst du zu dieser nachtschlafenden Zeit an?»

«Es ist doch noch sehr früh.»

«Ist es nicht. Ich war schon im Bett.»

«Dann gehst du aber ziemlich früh zu Bett. Wie geht es Tante Maude?»

«Ist das der einzige Grund, warum du anrufst? Deine Tante hat große Schmerzen und kann nichts tun. Gar nichts. Sie ist völlig hilflos. Hier geht es drunter und drüber, das kann ich dir sagen. Der Arzt, dieser Dämlack, behauptet, er könnte nicht mal eine Pflegeschwester auftreiben. Er wollte Maude ins Krankenhaus einliefern. Dem habe ich aber kräftig die Meinung gegeigt. Jetzt versucht er, jemanden für uns zu finden. *Ich kann jedenfalls nichts tun* – ich kann ja nicht mal den kleinen Finger heben. Eine dumme Suse aus dem Dorf bleibt die Nacht über bei uns, aber sie sagt ständig, dass sie zu ihrem Mann nach Hause müsste. Ich weiß wirklich nicht, was wir tun sollen.»

«Deswegen rufe ich ja an. Würdet ihr Miss Gilchrist nehmen?»

«Noch nie gehört. Wer soll das sein?»

«Die Hausdame von Tante Cora. Sie ist sehr nett und tüchtig.»

«Kann sie kochen?»

«Ja, sie kocht sehr gut, und sie könnte sich um Tante Maude kümmern.»

«Das ist ja gut und recht und schön, aber wann könnte sie denn kommen? Ich bin hier ganz auf mich allein angewiesen, und diese dummen Puten aus dem Dorf schauen nur ab und zu herein und das ist sehr schlecht für mich. Mein Herz spielt schon verrückt.»

«Ich werde zusehen, dass sie so bald wie möglich zu euch fährt. Wie wär's mit übermorgen?»

«Ja, also, vielen Dank.» Timothy Abernethies Stimme klang widerwillig. «Du bist ein gutes Mädel, Susan ... äh ... danke.»

Susan legte auf und ging in die Küche.

«Wären Sie bereit, nach Yorkshire zu fahren und meine Tante zu pflegen? Sie ist gestürzt, hat sich einen Knöchel gebrochen, und mein Onkel ist ohne sie völlig aufgeschmissen. Er ist eine alte Nervensäge, aber Tante Maude ist recht umgänglich. Eine Frau aus dem Dorf macht den Haushalt, Sie bräuchten nur zu kochen und sich um Tante Maude zu kümmern.»

Vor Aufregung glitt Miss Gilchrist die Kaffeekanne fast aus der Hand.

«Oh, danke, danke – das ist wirklich sehr nett von Ihnen. Ich glaube, ich kann von mir behaupten, dass ich am Krankenbett sehr anstellig bin, und ich bin sicher, dass ich mit Ihrem Onkel zurechtkomme und ihm was Nettes zu essen kochen kann. Das ist wirklich zu freundlich von Ihnen, Mrs. Banks. Ich danke Ihnen ganz herzlich.»

Elftes Kapitel

I

Susan lag im Bett und versuchte einzuschlafen. Es war ein langer Tag gewesen und sie war müde. Sie war überzeugt gewesen, dass sie sofort einschlafen würde, wie sonst auch immer. Und jetzt lag sie Stunde um Stunde hellwach im Bett und Gedanken wirbelten ihr durch den Kopf.

Sie hatte gesagt, es würde ihr nichts ausmachen, in diesem Zimmer zu schlafen, in diesem Bett. Dem Bett, in dem Cora Abernethie…

Nein, an solche Dinge durfte sie jetzt nicht denken. Sie war immer stolz darauf gewesen, Nerven wie Drahtseile zu haben. Warum sollte sie denn ausgerechnet an den Nachmittag vor knapp einer Woche denken? Sie musste vorwärts denken – an die Zukunft. An ihre und Gregs Zukunft. Die Räume in der Cardigan Street waren wirklich genau das Richtige. Im Erdgeschoss der Laden, darüber die hübsche Wohnung. Das Hinterzimmer würde ein großartiges Labor für Greg geben. Schon aus steuerlichen Gründen war der Plan ausgezeichnet. Greg würde sich wieder fangen und richtig gesund werden. Und keine schrecklichen Anfälle mehr bekommen, bei denen er völlig neben sich stand. Bei denen er sie ansah, als würde er sie gar nicht kennen. Ein- oder zweimal hatte sie es regelrecht mit der Angst zu tun bekommen. Und der alte Mr. Cole – das hatte sie zwischen den Zeilen herausgehört – hatte ihm gedroht: «Wenn das noch einmal vorkommt…» Und es hätte wieder vorkommen können – es wäre wieder vorgekommen. Wenn Onkel Richard nicht gerade jetzt gestorben wäre...

Onkel Richard – aber warum sich überhaupt Gedanken machen? Er hatte nichts gehabt, das ihn noch am Leben hielt. Er war alt und müde und krank gewesen. Sein Sohn war gestorben. Eigentlich war es gnädig, einfach so friedlich im Schlaf zu sterben. Im Schlaf... friedlich... Wenn sie nur einschlafen könnte! Es war unsinnig, stundenlang wach zu liegen ... die Möbel knacken zu hören, das Rascheln der Blätter an den Bäumen und Büschen vorm Fenster, ab und zu ein melancholischer Vogelschrei – eine Eule vermutlich. Irgendwie war es unheimlich hier draußen auf dem Land. So ganz anders als in der großen, lauten, anonymen Stadt. Dort konnte man sich sicher fühlen, war umgeben von anderen Menschen, nie allein. Aber hier...

Manchmal spukte es in Häusern, in denen jemand ermordet worden war. Vielleicht würde dieses Cottage zum Geisterhaus werden. Wo der Geist von Cora Lansquenet umging ... von Tante Cora. Seltsam, seitdem sie hier war, hatte sie irgendwie das Gefühl, dass Tante Cora noch ganz nah war... zum Greifen nah. Alles nur Nerven und Einbildung. Cora Lansquenet war tot, und morgen würde sie begraben werden. Im Cottage war niemand außer Susan selbst und Miss Gilchrist. Warum hatte sie dann das Gefühl, dass noch jemand hier im Zimmer war, ganz nah bei ihr...

Sie hatte in diesem Bett gelegen, als das Beil auf sie herabgesaust war ... Selig schlafend hatte sie hier gelegen ... Nichts geahnt, bis das Beil sie traf ... Und jetzt ließ sie Susan nicht einschlafen...

Wieder knackten die Möbel ... war das nicht ein verstohlener Fußtritt? Susan schaltete kurz das Licht an. Da war nichts. Die Nerven, nichts als die Nerven. Entspann dich ... schließ die Augen...

Aber das war doch ein Stöhnen – ein Stöhnen oder Ächzen ... jemand hatte Schmerzen ... jemand lag im Sterben...

«Hör auf, dir was einzubilden, hör auf damit!», flüsterte Susan sich zu.

Der Tod war das Ende – nach dem Tod gab es kein Leben mehr. Es war unmöglich, dass irgendjemand zurückkam. Oder erlebte sie ein Ereignis aus der Vergangenheit nach – eine Frau, die im Sterben lag, die stöhnte …

Da war es wieder … lauter … jemand stöhnte vor Schmerzen …

Aber – das war real. Wieder knipste Susan das Licht an, setzte sich auf und lauschte. Das Stöhnen war ein echtes Stöhnen und sie hörte es durch die Wand. Es kam vom Zimmer nebenan.

Susan sprang aus dem Bett, schlüpfte in ihren Morgenmantel und ging zur Tür. Dann trat sie auf den Flur hinaus, klopfte kurz an die Tür zu Miss Gilchrists Zimmer und ging hinein. Das Licht brannte. Miss Gilchrist saß aufrecht im Bett; sie sah sterbenselend aus. Ihr Gesicht war schmerzverzerrt.

«Miss Gilchrist, was fehlt Ihnen denn? Sind Sie krank?»

«Ja. Ich weiß nicht, was … ich …» Sie versuchte aufzustehen, aber dann wurde sie wieder von einem Würgen geschüttelt und sank ins Kissen zurück.

«Bitte …», flüsterte sie. «Holen Sie den Arzt. Ich muss etwas gegessen haben …»

«Ich hole Ihnen etwas Natron. Wir können den Arzt noch morgen früh holen, wenn es Ihnen bis dahin nicht besser geht.»

Miss Gilchrist schüttelte den Kopf.

«Nein, rufen Sie ihn gleich an. Mir … mir geht es wirklich sehr schlecht.»

«Wissen Sie seine Nummer auswendig? Oder soll ich im Telefonbuch nachsehen?»

Während Miss Gilchrist ihr die Nummer sagte, musste sie mehrmals heftig würgen.

Nach einigen Klingelgeräuschen hörte Susan eine verschlafene männliche Stimme an anderen Ende des Apparats.

«Wer? Gilchrist? In der Mead's Lane. Ja, ich weiß. Ich bin gleich da.»

Er hielt Wort. Zehn Minuten später hörte Susan seinen Wagen vorfahren und sie ging ihm die Tür zu öffnen.

Nachdem sie ihm erklärt hatte, was passiert war, führte sie ihn nach oben. «Ich glaube, sie muss etwas gegessen haben, das ihr nicht bekommt», sagte sie. «Aber es geht ihr wirklich sehr schlecht.»

Bei seiner Ankunft hatte der Arzt den Eindruck eines Mannes erweckt, der seinem Ärger zwar nicht Luft machte, aber reichlich Erfahrung damit hatte, nachts grundlos aus dem Schlaf gerissen zu werden. Doch sobald er die stöhnende Miss Gilchrist untersuchte, änderte sich sein Verhalten. Er gab Susan mehrere knappe Anweisungen, dann ging er nach unten und tätigte einen Anruf. Schließlich setzte er sich zu Susan ins Wohnzimmer.

«Ich lasse den Sanitätswagen kommen. Sie muss ins Krankenhaus.»

«Geht es ihr wirklich so schlecht?»

«Ja. Ich habe ihr eine Morphiumspritze gegeben, gegen die Schmerzen. Aber es sieht…» Er unterbrach sich. «Was hat sie gegessen?»

«Zum Abendessen hatten wir Spaghetti *au gratin* und Vanillepudding. Hinterher Kaffee.»

«Sie haben dasselbe gegessen?»

«Ja.»

«Und Ihnen fehlt nichts? Keine Schmerzen, keine Übelkeit?»

«Nein.»

«Und sie hat sonst nichts gegessen? Keinen Dosenfisch? Keine Würstchen?»

«Nein. Wir haben im *King's Arms* zu Mittag gegessen – nach der gerichtlichen Untersuchung.»

«Ach ja, natürlich. Sie sind Mrs. Lansquenets Nichte?»

«Ja.»

«Eine unschöne Geschichte. Ich hoffe, sie kriegen den Täter zu fassen.»

«Ja, das hoffe ich auch.»

Der Sanitätswagen traf ein. Bevor der Arzt mit Miss Gilchrist ins Krankenhaus gefahren wurde, versprach er Susan, sie am Morgen anzurufen. Sobald er fort war, ging Susan wieder nach oben.

Dieses Mal schlief sie ein, kaum hatte sie den Kopf aufs Kissen gelegt.

II

Die Beerdigung war gut besucht, fast das ganze Dorf nahm daran teil. Susan war die einzige Verwandte, aber die anderen Familienmitglieder hatten alle Kränze geschickt. Mr. Entwhistle fragte nach dem Verbleib von Miss Gilchrist. Als Susan ihm im Flüsterton erklärte, was passiert war, hob der Notar die Augenbrauen.

«Das ist doch sehr seltsam, nicht?»

«Ach, heute Morgen geht es ihr schon viel besser. Das Krankenhaus hat angerufen. Manche Leute haben immer wieder Magengeschichten, und einige machen mehr Aufhebens davon als andere.»

Mr. Entwhistle schwieg. Nach der Beerdigung fuhr er gleich wieder nach London.

Susan kehrte ins Cottage zurück. Sie fand ein paar Eier, mit denen sie sich eine Omelette machte, dann ging sie in Coras Zimmer und begann, die Sachen der Toten zu sichten.

Mittendrin kam der Arzt. Er machte ein besorgtes Gesicht. Auf Susans Frage hin erklärte er, es gehe Miss Gilchrist schon wesentlich besser.

«In zwei Tagen ist sie wieder auf dem Damm», sagte er. «Aber es war ein Glück, dass Sie mich gleich geholt haben. Sonst … Das hätte böse enden können.»

Susan starrte ihn an. «War es wirklich so schlimm?»

«Mrs. Banks, können Sie mir bitte noch einmal genau sagen, was Miss Gilchrist gestern gegessen und getrunken hat? In allen Einzelheiten.»

136

Nach kurzem Überlegen erstattete Susan ihm ausführlich Bericht über das Essen des vergangenen Tages. Der Arzt schüttelte unzufrieden den Kopf.

«Es muss etwas gewesen sein, was sie gegessen hat und Sie nicht.»

«Da war nichts … Buttertörtchen, süße Brötchen, Marmelade, Tee – und dann das Abendessen. Nein, etwas anderes fällt mir nicht ein.»

Der Arzt rieb sich die Nase und begann, im Zimmer auf und ab zu gehen.

«War es denn wirklich etwas, das sie gegessen hat?», fragte Susan. «War es wirklich ein verdorbener Magen?»

Der Arzt warf ihr einen prüfenden Blick zu, dann fasste er offenbar einen Entschluss.

«Es war Arsen», sagte er.

«Arsen?» Susan fuhr auf. «Sie meinen, jemand hat ihr Arsen gegeben?»

«Es sieht ganz danach aus.»

«Könnte es sein, dass sie es selbst genommen hat? Ich meine, absichtlich?»

«Selbstmord? Sie sagt nein und sie sollte es wissen. Außerdem, wenn sie wirklich Selbstmord begehen wollte, hätte sie kaum Arsen genommen. Hier im Haus gibt es Schlaftabletten. Sie hätte eine Überdosis nehmen können.»

«Ist es möglich, dass das Arsen aus Versehen in etwas geraten ist?»

«Das frage ich mich auch. Das ist zwar unwahrscheinlich, obwohl solche Dinge vorkommen können. Aber wenn Miss Gilchrist und Sie dasselbe gegessen haben…»

Susan nickte. «Das klingt alles sehr merkwürdig…» Jäh brach sie ab. «Aber natürlich, der Hochzeitskuchen!»

«Wie bitte? Der Hochzeitskuchen?»

Susan erklärte, was es damit auf sich hatte. Der Arzt hörte ihr aufmerksam zu.

«Sehr seltsam. Und Sie sagen, Miss Gilchrist hätte nicht genau gewusst, von wem sie ihn bekommen hat? Ist noch etwas davon übrig? Oder die Schachtel, in die er verpackt war?»

«Ich weiß nicht. Ich kann mal nachsehen.»

Nachdem sie sich gemeinsam auf die Suche begeben hatten, entdeckten sie den weißen Karton schließlich auf dem Küchenbüfett; auf dem Boden lagen noch ein paar Krümel. Der Arzt steckte die Schachtel sorgsam weg.

«Die nehme ich mit. Haben Sie eine Ahnung, wo das Packpapier sein könnte?»

Dieses Mal blieb ihre Suche vergeblich. Susan meinte, das Papier sei wahrscheinlich in den Küchenherd gewandert.

«Sie reisen doch nicht schon wieder ab, Mrs. Banks?»

Sein Ton klang freundlich, aber er bereitete Susan dennoch ein wenig Unbehagen.

«Nein, ich muss die Sachen meiner Tante sichten. Ich werde noch ein paar Tage hier sein.»

«Gut. Ihnen ist wohl klar, dass die Polizei Ihnen wahrscheinlich ein paar Fragen stellen wird. Sie kennen niemanden, der ... nun ja, der es auf Miss Gilchrist abgesehen haben könnte?»

Susan schüttelte den Kopf.

«Ehrlich gesagt kenne ich sie kaum. Sie arbeitete ein paar Jahre bei meiner Tante – mehr weiß ich nicht.»

«Natürlich. Auf mich machte sie immer einen freundlichen, zurückhaltenden Eindruck, sie hatte nichts Auffälliges an sich. Nicht der Typ, der Feinde hat, würde man meinen. Hochzeitskuchen mit der Post. Das klingt nach einer eifersüchtigen Frau – aber wer sollte auf Miss Gilchrist eifersüchtig sein? Das kommt mir eher unwahrscheinlich vor.»

«Stimmt.»

«Tja, ich muss mich wieder auf den Weg machen. Ich weiß auch nicht, was plötzlich in unserem stillen kleinen Lytchett St. Mary los ist. Zuerst ein brutaler Mord und jetzt ein Giftanschlag per Post. Merkwürdig, die beiden Sachen nacheinander.»

Er ging den Gartenpfad hinab zu seinem Wagen. Susan kam es sehr stickig im Haus vor, deswegen ließ sie die Vordertür weit offen stehen und ging dann langsam wieder nach oben, um weiter Coras Sachen zu sichten.

Cora Lansquenet war weder ordentlich noch methodisch gewesen. In ihren Schubladen herrschte ein buntes Durcheinander. Eine enthielt Toilettenartikel, Briefe, benützte Taschentücher und Pinsel, in einer anderen, vollgestopft mit einem Berg Unterwäsche, entdeckte Susan mehrere alte Briefe und Rechnungen. In einer weiteren lag unter einigen Wollpullovern ein Karton mit zwei unechten Ponyfransen. Fotos und Skizzenbücher füllten wieder eine andere. Eines dieser Bilder betrachtete Susan näher – es war offenbar irgendwo in Frankreich aufgenommen und zeigte eine jüngere, schlankere Cora am Arm eines groß gewachsenen, schlaksigen Mannes mit Ziegenbart und Samtmantel. Susan vermutete, dass es sich dabei um Pierre Lansquenet handelte.

Die Fotos interessierten Susan sehr, aber sie legte sie beiseite, ordnete sämtliche Papiere zu einem Stapel und begann sie methodisch durchzugehen. Etwa ein Viertel hatte sie bereits überflogen, als ihr ein Brief in die Hände fiel. Sie las ihn zweimal durch und starrte immer noch darauf, als eine Stimme hinter ihr sie mit einem Aufschrei herumfahren ließ.

«Und was haben wir da gefunden? Aber Susan, was ist denn?»

Ungehalten mit sich selbst lief Susan rot an. Der Aufschrei war ihr unwillkürlich entwichen. Beschämt stammelte sie eine Erklärung.

«George! Du hast mich erschreckt!»

Ihr Cousin grinste breit.

«Das Gefühl habe ich auch.»

«Wie bist du hergekommen?»

«Na ja, die Haustür stand offen, also bin ich reingegangen. Und da unten niemand war, bin ich eben raufgekommen. Aber wenn du meinst, warum ich überhaupt hier bin – ich bin heute morgen losgefahren, um zur Beerdigung zu gehen.»

«Ich habe dich aber nicht gesehen.»

«Die alte Kiste hat mir einen Strich durch die Rechnung gemacht. Die Benzinzufuhr war unterbrochen. Ich habe ein bisschen daran herumgebastelt, und dann hat sie wieder funktioniert. Da war's dann zu spät für die Beerdigung, aber ich dachte, ich könnte trotzdem herkommen. Ich hab ja gewusst, dass du hier bist.»

Nach einer kurzen Pause fuhr er fort: «Ich habe nämlich bei euch angerufen, und Greg hat mir gesagt, dass du hergefahren bist, sozusagen um alles in Besitz zu nehmen. Ich dachte, ich könnte dir helfen.»

«Wirst du nicht im Büro gebraucht?», fragte Susan. «Oder kannst du dir nach Lust und Laune frei nehmen?»

«Eine Beerdigung war schon immer ein anerkannter Grund, um blauzumachen. Und diese Beerdigung ist noch dazu eine richtige. Außerdem sind die Leute von einem Mord immer fasziniert. Aber in Zukunft werde ich sowieso nicht mehr oft im Büro sein – als reicher Mann habe ich das nicht mehr nötig. Da werde ich Besseres zu tun haben.» Nach einer Pause fügte er grinsend hinzu: «Wie Greg.»

Susan betrachtete ihren Cousin nachdenklich. Sie hatte ihn bislang nur selten gesehen, und bei den wenigen Begegnungen hatte sie ihn nie richtig ausmachen können.

«Was ist der eigentliche Grund, warum du hergekommen bist, George?», fragte sie.

«Vielleicht, um mich ein bisschen als Detektiv zu betätigen. Ich hab mir über die letzte Beerdigung, auf der wir waren, viel Gedanken gemacht. An dem Tag hat Tante Cora ja ziemlich für Aufruhr gesorgt. Ich würde gerne wissen, ob sie die Worte nur aus Jux und Tollerei in die Runde geworfen hat und aus schierer Lebensfreude, oder ob da wirklich etwas dahinter steckt. Was steht denn in dem Brief, in den du so vertieft warst, als ich reingekommen bin?»

Susans Antwort kam gedehnt. «Das ist ein Brief, den Onkel Richard ihr geschrieben hatte, nachdem er bei ihr zu Besuch gewesen war.»

Wie schwarz Georges Augen doch waren! Sie hatte immer gedacht, er habe braune Augen, aber sie waren schwarz, und schwarze Augen hatten etwas Undurchdringliches. Sie verbargen die Gedanken, die dahinter lagen.

«Steht was Interessantes drin?», fragte George beiläufig.

«Eigentlich nicht ...»

«Darf ich mal lesen?»

Er streckte die Hand aus. Nach kurzem Zögern reichte sie ihm das Blatt.

Er las den Brief leise und monoton murmelnd vor. *«Es hat mich gefreut, dich nach all den Jahren wieder zu sehen ... sahst sehr gut aus ... hatte eine gute Heimreise und war bei der Rückkehr nicht allzu müde ...»*

Plötzlich wurde seine Stimme schärfer. *«Bitte erwähne niemandem gegenüber, was ich dir gesagt habe. Ich könnte mich täuschen. Dein dich liebender Bruder Richard.»*

Er sah zu Susan. «Was meint er damit?»

«Wer weiß? Er könnte sich damit bloß auf seine Gesundheit beziehen. Oder es könnte sich um Klatsch über einen gemeinsamen Bekannten handeln.»

«Natürlich, es könnte alles Mögliche sein. Es ist nicht eindeutig – aber es gibt zu denken ... Was kann er Cora erzählt haben? Weiß jemand, was er ihr gesagt haben könnte?»

«Vielleicht Miss Gilchrist», meinte Susan nachdenklich. «Ich glaube, sie hat mitgehört.»

«Ach ja, die Hausdame. Wo ist sie denn?»

«Im Krankenhaus. Mit Arsenvergiftung.»

George starrte sie an.

«Du machst Witze!»

«Nein. Jemand hat ihr einen vergifteten Hochzeitskuchen geschickt.»

George ließ sich auf einen Stuhl sinken und pfiff durch die Zähne.

«Es sieht ganz so aus, als hätte der gute Onkel Richard sich nicht getäuscht», sagte er.

III

Am folgenden Vormittag stand Inspector Morton vor der Haustür. Er war um die vierzig und hatte eine ruhige, zurückhaltende Art, aber seine Augen blitzten hellwach.

«Ihnen ist klar, worum es hier geht, Mrs. Banks?», sagte er. Susan hörte den weichen Dialekt der Region heraus. «Dr. Proctor hat Ihnen schon von Miss Gilchrist berichtet. Die Krümel vom Hochzeitskuchen, die er mitgenommen hat, sind analysiert worden. Sie enthalten Spuren von Arsen.»

«Das heißt, jemand hat es darauf angelegt, sie zu vergiften?»

«Es scheint so. Miss Gilchrist kann uns nicht weiterhelfen. Sie wiederholt nur ständig, das wäre unmöglich – niemand würde ihr so etwas antun. Aber irgendjemand hat es doch getan. Können Sie uns etwas sagen, das Licht auf die Sache wirft?»

Susan schüttelte den Kopf. «Ich bin sprachlos», sagte sie. «Hilft denn der Poststempel nicht weiter? Oder die Schrift?»

«Sie vergessen, dass das Packpapier wahrscheinlich verbrannt wurde. Außerdem bestehen Zweifel daran, dass das Päckchen überhaupt mit der Post kam. Andrew, der die Pakete ausfährt, kann sich nicht erinnern, es hier abgeliefert zu haben. Seine Runde ist zwar sehr groß und er ist sich nicht sicher, aber ... es ist doch sehr fraglich.»

«Aber – wie soll es sonst hergekommen sein?»

«Es ist ja denkbar, dass jemand ein altes Stück braunes Packpapier mit Miss Gilchrists Namen und einer entwerteten Marke verwendet hat und das Päckchen durch den Briefschlitz steckte oder von Hand hinter die Tür legte, um den Eindruck zu erwecken, als wäre es zugestellt worden.»

Dann wurde sein Ton persönlicher. «Das mit dem Hochzeitskuchen ist eine schlaue Idee, wissen Sie. Einsame ältere Damen sind sehr sentimental, wenn es um Hochzeitskuchen geht, und freuen sich, wenn man an sie denkt. Eine Schachtel Konfekt oder so etwas hätte vielleicht Misstrauen erregt.»

«Miss Gilchrist hat lange überlegt, wer es ihr wohl geschickt haben könnte», berichtete Susan nachdenklich. «Aber sie war überhaupt nicht misstrauisch. Wie Sie sagen, sie hat sich gefreut und fühlte sich – doch, geschmeichelt.»

Dann fiel ihr eine Frage ein. «War genug Gift drin, um sie … zu töten?»

«Das lässt sich schwer sagen, bis wir die Ergebnisse der quantitativen Analyse haben. Es würde vor allem davon abhängen, ob Miss Gilchrist das ganze Stück gegessen hat. Offenbar glaubt sie, dass noch ein Rest da sein müsste. Können Sie sich erinnern?»

«Nein – ich weiß es nicht. Sie hat mir davon angeboten, aber ich habe abgelehnt, und dann hat sie davon probiert und gesagt, er sei sehr gut, aber ich weiß nicht mehr, ob sie alles aufgegessen hat.»

«Wenn Sie nichts dagegen haben, würde ich gerne nach oben gehen, Mrs. Banks.»

«Natürlich.»

Sie folgte dem Inspector in Miss Gilchrists Zimmer. «Ich fürchte, es ist hier nicht gerade sehr aufgeräumt», entschuldigte sie sich. «Aber mit der Beerdigung meiner Tante und allem hatte ich keine Zeit Ordnung zu schaffen, und nachdem Dr. Proctor hier gewesen war, hielt ich es für besser, das Zimmer zu lassen, wie es ist.»

«Das war sehr klug von Ihnen, Mrs. Banks. Nicht jeder wäre so umsichtig gewesen.»

Er ging zum Bett, fuhr mit der Hand unter das Kopfkissen und hob es ein Stück an. Auf seinem Gesicht erschien ein kleines Lächeln.

«Da ist es ja», sagte er.

Auf dem Laken lag ein mittlerweile zerdrücktes Stück Hochzeitskuchen.

«Komisch», staunte Susan.

«Aber gar nicht. Vielleicht kennt Ihre Generation diese Sitte nicht mehr. Heutzutage sind junge Damen ja nicht mehr so versessen aufs Heiraten. Aber es ist ein alter Brauch. Wenn ein Mädchen sich ein Stück Hochzeitskuchen unters Kissen legt, träumt sie von ihrem zukünftigen Ehemann.»

«Aber Miss Gilchrist hat doch bestimmt nicht...»

«Sie wollte es uns nicht sagen, sicher, weil sie sich töricht vorkam, das in ihrem Alter noch zu machen. Aber ich hatte da so eine Ahnung.» Seine Miene wurde wieder nüchterner. «Ein Glück für sie, dass sie so töricht war, sonst wäre sie heute vielleicht nicht mehr am Leben.»

«Aber wer könnte sie denn umbringen wollen?»

Sein Blick begegnete ihrem. Es war ein merkwürdig spekulativer Blick, der Susan beklommen machte.

«Sie wissen es nicht?», fragte er.

«Nein, natürlich nicht.»

«Dann werden wir's wohl herausfinden müssen», meinte Inspector Morton.

ZWÖLFTES KAPITEL

Zwei ältere Herren saßen in einem sehr modern möblierten Raum beisammen. Die Einrichtung hatte keinerlei Rundungen oder Kurven. Alles war eckig. Praktisch die einzige Ausnahme bildete Hercule Poirot selbst, der fast nur aus Rundungen zu bestehen schien. Sein Bauch war wohl gerundet, seine Kopfform erinnerte an ein Ei, sein Schnurrbart zwirbelte sich schwungvoll nach oben.

Er nippte an einem Glas *sirop* und betrachtete nachdenklich Mr. Goby.

Mr. Goby, klein, knochig und eingefallen, war immer erfrischend unscheinbar gewesen, und mittlerweile sah er so unscheinbar aus, dass er praktisch überhaupt nicht zu existieren schien. Seine Augen ruhten nicht auf Poirot, weil Mr. Gobys Augen nie auf jemandem ruhten.

Die Äußerungen, die er machte, richtete er an die linke Ecke der verchromten Kamineinfassung.

Mr. Gobys Metier war es, Informationen zu beschaffen. Nur sehr wenige Menschen kannten ihn und nur sehr wenige nahmen seine Dienste in Anspruch – aber diese wenigen waren meist ausgesprochen vermögend. Das mussten sie auch sein, denn Mr. Goby war sehr teuer. Seine Spezialität bestand darin, Informationen praktisch über Nacht einzuholen. Ein Wink seines gummiartigen Daumens genügte, und Hunderte von Männern und Frauen – alt und jung, aus sämtlichen Gesellschaftsschichten – stoben in alle Winde, um geduldig, bohrend, unverdrossen Fragen zu stellen, auf den Busch zu klopfen, Ergebnisse vorzuweisen.

Mr. Goby hatte sich mittlerweile mehr oder minder aus dem Geschäft zurückgezogen, doch gelegentlich erwies er einem langjährigen Klienten noch einen Gefallen. Hercule Poirot war einer von ihnen.

«Ich habe mein Bestes getan, um so viel wie möglich für Sie herauszufinden», erzählte Mr. Goby dem Feuer im leisen, vertraulichen Flüsterton. «Ich habe die Jungs losgeschickt. Sie tun, was sie können – nette Burschen – allesamt nette Burschen, aber nicht aus demselben Holz wie früher. Solche gibt es heute gar nicht mehr. Sie wollen nicht lernen, das ist das Problem. Glauben, dass sie nach zwei Jahren schon alles wissen. Und sie rechnen nach der Minute ab – nach der Viertelminute.»

Bedrückt schüttelte er den Kopf und ließ seinen Blick zu einer Steckdose wandern.

«Schuld ist die Regierung», klagte er ihr. «Dieser ganze Wirbel um Bildung. Das steigt ihnen zu Kopf. Die kommen zurück und erzählen uns, was sie denken. Dabei können sie gar nicht denken, zumindest die meisten nicht. Kennen nur Sachen, die in Büchern stehen. Das nützt ihnen in unserem Gewerbe gar nichts. Was wir wollen, was wir brauchen, das sind Antworten – keine Gedanken.»

Mr. Goby lehnte sich im Sessel zurück und zwinkerte dem Lampenschirm zu.

«Aber wir dürfen die Regierung nicht verteufeln! Ich weiß gar nicht, was wir ohne sie tun sollten. Ich kann Ihnen sagen, heute kann man fast überall hineinspazieren, mit einem Notizblock und einem Stift in der Hand, anständig angezogen und mit dem richtigen Akzent, und die Leute nach den intimsten Details ihres gegenwärtigen und früheren Lebens befragen und was sie am 23. November zum Mittagessen hatten, weil das für eine Erhebung über das Einkommen der Mittelschicht gebraucht wird – oder was auch immer – vielleicht sagen wir ‹die obere Mittelschicht›, dann fühlen sie sich geschmeichelt – man kann sie nach Gott und der Welt befragen. Neun von zehn Malen antworten sie aufs Freundlichste, und wenn nicht, wenn der Zehnte Ihnen grob kommt, zweifelt er keinen Augenblick daran, dass Sie genau das sind, wofür Sie sich ausgeben – und dass die Regierung das wirklich wissen will – aus irgendeinem unerfindlichen Grund! Ich kann Ihnen sagen, Monsieur Poirot», sagte Mr. Goby, noch immer an den Lampenschirm gerichtet, «das ist die beste Masche überhaupt. Viel besser als den Stromzähler abzulesen oder die kaputte Telefonleitung zu reparieren – ja, oder als die Besuche von Nonnen und Spenden sammelnden Pfadfindern – obwohl wir das auch noch machen. Doch, die Schnüffelei der Regierung ist ein Geschenk Gottes für uns Ermittler. Möge sie uns noch lange erhalten bleiben!»

Poirot erwiderte nichts. Mit dem Alter war Mr. Goby etwas redselig geworden, aber früher oder später würde er auf das Wesentliche zu sprechen kommen.

«Ah», sagte Mr. Goby und holte ein schäbiges kleines Heft hervor. Dann befeuchtete er einen Finger und blätterte die Seiten durch. «Hier. Mr. George Crossfield. Mit dem fangen wir an. Nur die Tatsachen. Sie wollen gar nicht wissen, wie ich an sie herangekommen bin. Bei dem ist schon lange was faul. Vor allem Pferderennen und Zocken – Frauen interessieren ihn nicht besonders. Fährt ab und zu nach Frankreich rüber, auch nach Monte Carlo. Verbringt viel Zeit im Casino. Zu schlau, um dort Schecks einzulösen, hat aber viel mehr Geld als er legal umtauschen darf. Da habe ich nicht weiter nachgeforscht, weil Sie sich dafür nicht interessieren. Aber er hat keine moralischen Bedenken, das Gesetz zu umgehen – und als Anwalt weiß er, wie man's anstellen muss. Einiges deutet darauf hin, dass er Gelder veruntreut hat, die ihm zum Investieren gegeben wurden. In letzter Zeit ist er ziemlich abgestürzt – an der Börse und bei den Kleppern! Schlechtes Augenmaß und einfach auch Pech. Seit drei Monaten war er ziemlich neben der Matte. Hatte Sorgen, war im Büro schlechter Laune, gereizt. Aber seit sein Onkel gestorben ist, hat er sich um hundertachtzig Grad gedreht. Grinst wie ein Honigkuchenpferd.

Also, jetzt zu der Information, um die es Ihnen ging. Die

Aussage, dass er am fraglichen Tag beim Rennen in Hurst Park war, ist mit größter Wahrscheinlichkeit falsch. Er schließt seine Wetten fast immer bei einem von zwei Buchmachern dort ab. Die haben ihn an dem Tag nicht gesehen. Möglich, dass er sich in Paddington in den Zug setzte, mit unbekanntem Ziel. Der Taxifahrer, der einen Fahrgast nach Paddington brachte, hat das Foto nicht zweifelsfrei identifiziert. Ich würde mich nicht drauf verlassen. Er ist ein sehr durchschnittlicher Typ – nichts Auffälliges. Kein Erfolg mit Gepäckträgern und so weiter in Paddington. Am Bahnhof in Cholsey ist er jedenfalls nicht angekommen – der ist für Lytchett St. Mary der nächste. Kleiner Bahnhof, wo jeder Fremde auffällt. Hätte in Reading aussteigen und mit dem Bus weiterfahren können. Es verkehren viele Busse, alle sehr voll, und außer dem direkten Bus nach Lytchett St. Mary gibt es mehrere, die in die Nähe fahren. Aber den direkten hätte er nie genommen, jedenfalls nicht, wenn er es ernst meinte. Insgesamt kommt er eher nicht in Frage. Wurde in Lytchett St. Mary nicht gesehen, aber das hat nichts zu sagen. Man braucht nicht unbedingt durchs Dorf zu gehen, um zum Haus zu kommen. Übrigens war er in Oxford bei der Theatergruppe. Wenn er an dem Tag wirklich zum Cottage gefahren ist, hat er vielleicht nicht ganz so ausgesehen, wie man ihn sonst kennt. Ich behalte ihn mal auf der Liste, ja? Ich würde da gerne was mit der Schwarzmarktsache machen.»

«Sie können ihn auf der Liste lassen», befand Hercule Poirot.

Mr. Goby feuchtete wieder seinen Finger an und blätterte zur nächsten Seite seines Notizhefts.

«Mr. Michael Shane. In der Branche hält man ziemlich viel von ihm. Er selbst hält noch mehr von sich. Will ein Star werden, und zwar schnell. Liebt Geld und lässt es sich gern gut gehen. Sehr anziehend für Frauen. Die fallen praktisch über ihn her. Das stört ihn nicht, ganz im Gegenteil, aber das Theater kommt bei ihm an erster Stelle. Er treibt sich mit Sorrel Dainton herum, die in seinem letzten Stück die Hauptrolle spielte. Er hatte nur eine kleine Rolle, kam aber sehr gut an.

Der Ehemann von Miss Dainton kann ihn nicht leiden. Seine Frau weiß nichts von dieser Verbindung. Anscheinend weiß sie überhaupt sehr wenig. Auch keine besonders gute Schauspielerin, aber was fürs Auge. Verrückt nach ihrem Mann. Man hat läuten hören, dass es vor kurzem einen handfesten Krach zwischen ihnen gegeben hat, aber das ist jetzt offenbar vorbei. Seit dem Tod von Mr. Richard Abernethie.»

Den letzten Satz unterstrich Mr. Goby, indem er einem Sofakissen zunickte.

«Am fraglichen Tag, sagte Mr. Shane, habe er sich mit einem Mr. Rosenheim und einem Mr. Oscar Lewis getroffen, um etwas Geschäftliches zu besprechen. Stimmt nicht. Er hat ihnen telegrafiert, es täte ihm sehr Leid, er sei verhindert. Dann ist er zu den Leuten von Emerald Car gegangen, wo man Autos mieten kann. Etwa um zwölf Uhr hat er den Wagen abgeholt und ist weggefahren. Abends um sechs war er wieder da. Dem Kilometerzähler nach war er ziemlich genau die fragliche Strecke gefahren. Keine Bestätigung aus Lytchett St. Mary. Offenbar wurde an dem Tag überhaupt kein fremdes Auto gesehen. Es gibt viele Plätze in der Umgebung, wo er es hätte stehen lassen können. Und ein paar hundert Meter vom Cottage entfernt ist ein aufgelassener Steinbruch. Drei Marktstädte in Gehweite, wo man in Seitenstraßen parken kann, ohne dass man der Polizei auffällt. Wir behalten Mr. Shane im Auge?»

«Zweifellos.»

«Und jetzt zu Mrs. Shane.» Mr. Goby rieb sich die Nase und machte sich daran, seiner linken Manschette von Mrs. Shane zu berichten. «Sie sagt, sie war beim Einkaufen. Einkaufen...» Mr. Goby warf der Decke einen skeptischen Blick zu. «Frauen und Einkaufen ... die reine Verschwendungssucht, was anderes kann man da nicht sagen. Und am Tag vorher hatte sie von der Erbschaft erfahren. Da gab's natürlich kein Halten. Sie hat ein oder zwei Kundenkonten, aber die sind beide überzogen, und sie wurde aufgefordert, Zahlungen zu leisten, deswegen hat sie nichts mehr anschreiben lassen. Es ist absolut denkbar, dass sie in ein paar Läden ging, Kleider anprobierte, Schmuck anschaute, Preise verglich – und tatsächlich nichts kaufte! Es ist leicht an sie ranzukommen, das muss man sagen. Ich hab eine meiner jungen Damen, die sich in der Theaterszene auskennt, auf sie angesetzt. Blieb in einem Restaurant an ihrem Tisch stehen und sagte, wie man das wohl so macht: ‹Schätzchen, ich hab dich seit *Unter der Höhe* nicht mehr gesehen. Du warst *großartig!* Hast du in letzter Zeit mal Hubert gesehen?› Das war der Produzent, und Mrs. Shane war in dem Stück ziemlich schlecht – aber deswegen lief das Gespräch umso besser. Im Handumdrehen reden sie vom Theater und mein Mädel lässt die richtigen Namen fallen und sagt dann: ‹Ich glaube, ich habe dich neulich im Blabla gesehen› und nennt den Tag – und die meisten Frauen fallen darauf rein und sagen: ‹Nein, da war ich da und da …›, und erzählen, wo immer sie gewesen sind. Aber nicht Mrs. Shane. Sie macht nur ein ausdrucksloses Gesicht und sagt: ‹Ach ja?› Was kann man mit so einer machen?» Mr. Goby bedachte den Heizkörper mit einem missbilligenden Kopfschütteln.

«Nichts», antwortete Hercule Poirot mitfühlend. «Als kennte ich das nicht. Nie werde ich den Mord an Lord Edgware vergessen. Ich wurde beinahe bezwungen – ja, ich, Hercule Poirot – durch die extrem schlichte Gerissenheit eines einfältigen Gemüts. Äußerst simple Menschen sind oft klug genug, einen unkomplizierten Mord zu begehen und die Sache dann auf sich beruhen zu lassen. Hoffen wir nur, dass unser Mörder – wenn es denn in unserem Fall einen Mörder gibt – ein intelligenter, anmaßender und durch und durch selbstgefälliger Mensch ist, dem Prahlerei das Salz des Lebens ist. *Enfin* – aber fahren Sie doch bitte fort.»

Erneut blickte Mr. Goby in sein Heft.

«Mr. und Mrs. Banks – sie behaupten, sie seien den ganzen Tag zu Hause gewesen. Bei Mrs. Banks stimmt das auf jeden Fall nicht! Ging zur Garage, holte den Wagen und fuhr gegen ein Uhr weg. Ziel unbekannt. War um fünf Uhr wieder zu

150

Hause. Zurückgelegte Kilometer unbekannt – sie ist seitdem jeden Tag mit dem Wagen unterwegs gewesen, und niemand hatte in der Zwischenzeit Grund, sich dafür zu interessieren.

Was Mr. Banks betrifft, da haben wir etwas Merkwürdiges herausgefunden. Als Erstes sage ich gleich, dass wir nicht wissen, was er am fraglichen Tag getan hat. Er war nicht bei der Arbeit. Offenbar hatte er wegen der Beerdigung zwei Tage Urlaub genommen. Inzwischen hat er gekündigt – ohne jede Rücksicht auf die Firma. Nette, gut eingeführte Apotheke. Die sind nicht mehr allzu gut auf ihn zu sprechen. Offenbar hat er immer wieder seltsame Erregungszustände bekommen.

Also, wie gesagt, wir wissen nicht, was er an dem Tag von Mrs. L.s Tod getan hat. Mit seiner Frau ist er nicht mitgefahren. Es ist gut möglich, dass er wirklich den ganzen Tag zu Hause in der kleinen Wohnung gehockt hat. Es gibt dort keinen Pförtner, und niemand weiß, ob die Mieter da sind oder nicht. Aber seine Vorgeschichte ist bedenkenswert. Bis vor etwa vier Monaten – kurz bevor er seine Frau kennen lernte – war er in einer Nervenklinik. Er wurde nicht zwangsweise eingeliefert – nur das, was man einen Nervenzusammenbruch nennt. Offenbar ist ihm beim Zusammenstellen eines Medikaments ein Fehler unterlaufen. Er arbeitete damals bei einer Apotheke in Mayfair. Die Frau hat sich wieder erholt, und die Apotheke hat sich überschlagen mit Entschuldigungen und es ist nicht zur Anklage gekommen. Schließlich kann das mal vorkommen, und den meisten Leuten, die etwas Anstand im Leibe haben, tut der Junge Leid, dem das passiert ist – das heißt, solange kein bleibender Schaden entsteht. Die Apotheke hat ihm nicht gekündigt, aber er ist von selbst gegangen – sagte, die Sache hätte ihn zu sehr erschüttert. Aber offenbar ist es ihm danach sehr schlimm ergangen, und er hat dem Arzt gesagt, er würde von Schuldgefühlen geplagt – er hätte es absichtlich gemacht – die Frau sei arrogant und grob zu ihm gewesen, als sie in die Apotheke kam – und er hätte sich über sie geärgert und ihr deswegen absichtlich eine fast tödliche Dosis von einem Medikament gegeben. Er sagte: ‹Sie hat eine Strafe verdient dafür, wie sie mit mir gesprochen hat!› Und dann hat er geheult und gesagt, er wäre zu verderbt, um noch am Leben bleiben zu dürfen, und derlei Schmonzes mehr. Die Ärzte haben ein langes Wort für so was – Schuldkomplex oder so ähnlich – und sind davon überzeugt, dass er es nicht absichtlich getan hat, sondern dass er alles nur aufbauschen und sich wichtig machen wollte.»

«*Ça se peut*», warf Hercule Poirot ein.

«Wie bitte? Auf jeden Fall ist er in diese Klinik gekommen und sie haben ihn behandelt und als geheilt entlassen, und dann hat er Miss Abernethie kennen gelernt, wie sie damals hieß. Und er hat eine Stelle in dieser angesehenen, aber kleinen Apotheke bekommen. Hat gesagt, er sei eineinhalb Jahre im Ausland gewesen, und nannte ihnen als Referenz eine Apotheke in Eastbourne. Dort liegt nichts gegen ihn vor, aber einer seiner damaligen Kollegen sagte, er sei manchmal sehr merkwürdig gewesen und habe seltsame Launen gehabt. Offenbar sagte ein Kunde mal im Scherz zu ihm: ‹Ich wünschte, Sie könnten mir was geben, um meine Frau zu vergiften, haha!› Und darauf soll Banks ganz leise und ruhig geantwortet haben: ‹Das ließe sich schon machen ... würde Sie zweihundert Pfund kosten.› Dem Mann wurde ein bisschen mulmig und er lachte nur. Es kann natürlich alles ein Scherz gewesen sein, aber mir kommt Banks nicht wie jemand vor, der gerne scherzt.»

«*Mon ami*», sagte Hercule Poirot. «Es überrascht mich immer wieder, wie Sie an Ihre Informationen herankommen. Der Großteil ist doch medizinisch und höchst vertraulich!»

Mr. Gobys Augen wanderten durchs Zimmer, dann sah er erwartungsvoll zur Tür und murmelte, es gebe immer Mittel und Wege...

«Kommen wir zur Fraktion der Landbewohner. Mr. und Mrs. Timothy Abernethie. Schönes Haus, das aber dringend renoviert gehört. Das kostet Geld. Finanziell sind sie knapp dran, sehr knapp. Steuern und unkluge Investitionen. Mr. Abernethie erfreut sich schlechter Gesundheit, und ich meine wirklich, er erfreut sich. Jammert ständig, lässt alle für sich laufen, holen und besorgen. Hat einen herzhaften Appetit und ist körperlich gut bei Kräften, wenn er nur will. Wenn die Haushaltshilfe gegangen ist, ist niemand mehr im Haus, und Mr. Abernethies Zimmer darf nur betreten werden, wenn er klingelt. Am Morgen des Tags nach der Beerdigung war er sehr schlechter Laune. Keifte Mrs. Jones an. Aß nur ein bisschen zum Frühstück und wollte kein Mittagessen – sagte, er hätte schlecht geschlafen. Er sagte auch, das Abendessen, das sie für ihn hingestellt hatte, sei ungenießbar gewesen und Ähnliches mehr. Er war allein im Haus und wurde von 9.30 Uhr an dem Tag bis zum folgenden Morgen von niemandem gesehen.»

«Und Mrs. Abernethie?»

«Sie ist zu der von Ihnen genannten Zeit in Enderby losgefahren. Kam zu Fuß zu einer kleinen Werkstatt in einem Ort namens Cathstone und sagte, ihr Auto sei stehen geblieben, etwa zwei oder drei Kilometer außerhalb.

Ein Mechaniker fuhr mit ihr dorthin, untersuchte den Wagen und sagte, sie müssten ihn in die Werkstatt schleppen und es würde länger dauern – konnte nicht versprechen, dass es noch am selben Tag fertig werden würde. Die Dame war sehr verärgert, aber dann ging sie in einen Gasthof, nahm ein Zimmer für die Nacht und bat um ein paar Sandwiches; sie sagte, sie wolle sich die Gegend ansehen – Cathstone liegt am Rand eines Moors. Sie kam abends erst sehr spät in den Gasthof zurück. Mein Informant sagte, das sei kein Wunder. Da würde niemand begraben sein wollen!»

«Welche Uhrzeiten haben wir da?»

«Sie hat die Sandwiches um elf bekommen. Wenn sie zur Hauptstraße ging, keine zwei Kilometer, hätte sie per Autostopp nach Wallcaster fahren und von dort einen Expressbus nehmen können, der in Reading West hält. Details der Busse et cetera erspare ich mir. Es wäre machbar, wenn man den … äh … Anschlag ziemlich spät am Nachmittag ansetzt.»

«Soweit ich weiß, hat der Arzt 16.30 Uhr als spätest möglichen Todeszeitpunkt festgesetzt.»

«Wissen Sie», fuhr Mr. Goby fort, «ich halte es für weniger wahrscheinlich. Sie ist offenbar eine nette Frau, überall beliebt. Sie hängt sehr an ihrem Mann und behandelt ihn wie ein Kind.»

«Jaja, der Mutterkomplex.»

«Sie ist stämmig und gut bei Kräften, hackt das Holz und schleppt oft große Körbe mit Brennholz ins Haus. Kennt sich auch mit Autos aus.»

«Darauf wollte ich zu sprechen kommen. Aus welchen Gründen genau war das Auto denn liegen geblieben?»

«Möchten Sie die Details hören, Monsieur Poirot?»

«Gott bewahre. Automechanik gehört nicht zu meinen Interessengebieten.»

«Es war schwer, den Schaden herauszufinden, und auch, ihn zu beheben. Er *hätte* ohne große Probleme von jemandem bewusst verursacht werden können. Von jemandem, der sich mit Autos auskennt.»

«*C'est magnifique!*» Poirot sprach mit Bitterkeit. «Alles passt gut zusammen, alles ist möglich. *Bon Dieu,* können wir denn gar niemanden ausschließen? Was ist mit Mrs. Leo Abernethie?»

«Sie ist auch eine sehr nette Dame. Der verstorbene Mr. Abernethie mochte sie sehr gerne. Sie ist ungefähr zwei Wochen vor seinem Tod nach Enderby gefahren und ist seitdem dort.»

«Nach dem Besuch Mr. Abernethies bei seiner Schwester in Lytchett St. Mary?»

«Nein, kurz vorher. Seit dem Krieg ist ihr Einkommen erheblich vermindert. Sie hat ihr Haus auf dem Land aufgegeben und sich eine kleine Wohnung in London gekauft. Sie hat eine Villa in Zypern, wo sie einen Teil des Jahres verbringt. Sie hat dort einen kleinen Neffen, dessen Ausbildung sie bezahlt, und offenbar gibt es ein oder zwei junge Künstler, die sie gelegentlich finanziell unterstützt.»

«Die heilige Helen des untadeligen Lebenswandels.» Poirot schloss die Augen. «Und es ist völlig unmöglich, dass sie an dem Tag Enderby verließ, ohne dass die Dienstboten es bemerkt hätten? Bitte sagen Sie mir, dass es so war. Ich flehe Sie an!»

Mr. Goby ließ seinen Blick zu Poirots glänzendem Lacklederschuh schweifen, dem er einen entschuldigenden Blick zuwarf. Direkteren Kontakt würde er an diesem Tag nicht aufnehmen. «Leider kann ich Ihnen nicht sagen, was Sie hören möchten, Monsieur Poirot», murmelte er. «Mrs. Abernethie fuhr an dem Tag nach London, um noch Kleidung und andere Dinge zu holen, weil sie mit Mr. Entwhistle vereinbart hatte, dass sie noch länger in Enderby bleiben würde.»

Il ne manquait que ça!», sagte Poirot mit Emphase.

Dreizehntes Kapitel

Als Hercule Poirot die Visitenkarte von Inspector Morton von der Berkshire County Police gereicht wurde, hob er die Augenbrauen.

«Bringen Sie ihn herein, Georges, bringen Sie ihn herein. Und servieren Sie – was trinken Polizisten vorzugsweise?»

«Ich würde Bier empfehlen, Sir.»

«Wie entsetzlich! Und wie britisch. Nun, bringen Sie ein Bier.»

Inspector Morton kam ohne Umschweife zur Sache.

«Ich musste nach London fahren», sagte er. «Und ich habe Ihre Adresse herausgefunden, Monsieur Poirot. Ich habe Sie am Donnerstag bei der gerichtlichen Untersuchung gesehen. Das hat meine Neugier geweckt.»

«Sie haben mich dort gesehen?»

«Ja. Ich war überrascht, und ich bin, wie gesagt, neugierig geworden. Sie werden sich nicht an mich erinnern, aber ich erinnere mich sehr gut an Sie. Vom Fall Pangbourne.»

«Ach, Sie haben daran gearbeitet?»

«Nur in einer sehr untergeordneten Position. Es ist schon lange her, aber ich habe Sie nie vergessen.»

«Und Sie haben mich neulich sofort wieder erkannt?»

«Das war nicht schwer.» Inspector Morton unterdrückte ein Schmunzeln. «Ihr Äußeres ist ... eher ungewöhnlich.»

Sein Blick wanderte über Poirots eleganten Schneideranzug zum gezwirbelten Schwung seines Schnurrbarts.

«Auf dem Land fallen Sie sehr auf», fügte er hinzu.

«Das ist gut möglich, gut möglich.» Poirot wirkte überaus zufrieden.

«Ich wollte gerne wissen, warum Sie dort waren. Die Art von Verbrechen – ein Raubüberfall – ist sonst eher nicht Ihre Sache.»

«War es denn die gängige Art von brutalem Verbrechen?»

«Das frage ich mich.»

«Das haben Sie sich von Anfang an gefragt, nicht wahr?»

«Sie haben Recht, Monsieur Poirot. Es gibt ein paar Sachen, die mir nicht ganz schlüssig erscheinen. Die Routinearbeit haben wir bereits erledigt. Wir haben eine oder zwei Personen zum Verhör vorgeladen, aber alle konnten ihren Verbleib am fraglichen Nachmittag zu unserer Zufriedenheit erklären. Es war nicht, was man ein ‹normales› Verbrechen nennt, Monsieur Poirot. Da sind wir ganz sicher. Der Polizeipräsident ist derselben Meinung. Ganz offenbar wollte der Täter es lediglich als ein solches erscheinen lassen. Es könnte diese Gilchrist gewesen sein, aber dafür können wir kein Motiv finden – und es bestand keine emotionale Beziehung zwischen den beiden Frauen. Mrs. Lansquenet war vielleicht ein bisschen verrückt – oder ‹einfältig›, wenn Sie so wollen –, aber es war eindeutig ein Verhältnis von Herrin und Dienerin. Leidenschaftliche weibliche Gefühle kamen nicht ins Spiel. Es gibt Dutzende von Miss Gilchrists, und sie haben höchst selten das Zeug zum Mord.»

Er machte eine Pause. «Es sieht also danach aus, als müssten wir unsere Ermittlungen ausweiten», fuhr er dann fort. «Ich bin gekommen, um Sie zu fragen, ob Sie uns möglicherweise helfen können. Irgendetwas muss Sie ja nach Lytchett St. Mary gebracht haben.»

«Ja, in der Tat. Ein wunderbarer Jaguar. Aber nicht nur das.»

«Sie hatten eine – Information?»

«Kaum in dem Sinne, in dem Sie das Wort verwenden. Nichts, das als Beweis dienen könnte.»

«Aber vielleicht als … Hinweis?»

«Ja.»

«Sehen Sie, Monsieur Poirot, seitdem ist noch etwas passiert.»

Er berichtete eingehend von dem vergifteten Hochzeits-kuchen.

Poirot holte hörbar Luft.

«Genial … wirklich genial … Ich habe Mr. Entwhistle ge-sagt, er solle auf Miss Gilchrist Acht geben. Ein Anschlag auf sie, das war immer im Bereich des Möglichen. Aber ich muss gestehen, ich hätte nicht mit Gift gerechnet. Ich erwartete eher eine Wiederholung des Beil-Motivs. Ich dachte lediglich, es wäre unklug, wenn sie nach Einbruch der Dunkelheit allein durch verlassene Straßen ginge.»

«Aber warum haben Sie mit einem Anschlag auf sie gerech-net? Ich glaube, das sollten Sie mir erklären, Monsieur Poirot.»

Poirot nickte langsam.

«Ja, ich werde es Ihnen erklären. Mr. Entwhistle würde es Ih-nen nicht sagen, denn er ist Jurist, und Juristen sprechen ungern von Vermutungen oder von Rückschlüssen, die man aus dem Charakter einer Toten oder aus einigen beiläufigen Anspielun-gen ziehen kann. Aber er wird keine Einwände erheben, wenn *ich* es Ihnen sage – nein, im Gegenteil, er wird erfreut sein. Er möchte vermeiden, töricht oder leichtgläubig zu wirken, aber er möchte, dass Sie die Dinge kennen, bei denen es sich möglicher-weise – möglicherweise! – um Tatsachen handelt.»

Poirot unterbrach sich, denn Georges kam mit einem ho-hen, schlanken Glas Bier herein.

«Eine Erfrischung, Inspector. Nein, nein, ich bestehe da-rauf.»

«Trinken Sie nicht auch eins?»

«Ich trinke Bier nicht. Aber ich werde ein Glas *sirop de cassis* nehmen – Engländer finden, wie ich bemerkt habe, keinen Ge-schmack daran.»

Inspector Morton sah dankbar auf sein Bier.

Nachdem Poirot einen kleinen Schluck von der dunkellila-farbenen Flüssigkeit genommen hatte, sagte er: «Alles beginnt bei einer Beerdigung. Oder vielmehr, um genau zu sein, nach einer Beerdigung.»

Sehr bildlich und von vielen Gesten unterstrichen schilderte er den Ablauf der Ereignisse, wie Mr. Entwhistle sie ihm berichtet hatte, allerdings mit zahlreichen Ausschmückungen, wie es seiner überschwänglichen Persönlichkeit entsprach. Fast bekam man das Gefühl, Hercule Poirot habe alles selbst miterlebt.

Inspector Morton hatte einen klugen, scharfen Verstand. Sofort griff er die für ihn wesentlichen Punkte auf.

«Es ist also denkbar, dass Mr. Abernethie vergiftet wurde?»

«Das ist möglich.»

«Und die Leiche ist verbrannt worden und es gibt keinerlei Beweismittel?»

«In der Tat.»

Inspector Morton überlegte.

«Interessant. Aber *uns* hilft das nicht weiter – es gibt nichts, weswegen wir Ermittlungen über Richard Abernethies Tod anstellen sollten. Das wäre Zeitverschwendung.»

«Ja.»

«Aber da sind die Leute – die Leute, die dabei waren, die hörten, was Cora Lansquenet sagte, und einer von ihnen könnte befürchtet haben, sie würde es wiederholen, und zwar ausführlicher.»

«Was sie zweifellos auch getan hätte. Wie Sie sagen, Inspector, da sind die Leute. Und jetzt verstehen Sie auch, warum ich bei der gerichtlichen Untersuchung anwesend war und warum ich mich für den Fall interessiere – weil mein Interesse grundsätzlich und immer den *Menschen* gilt.»

«Dann der Anschlag auf Miss Gilchrist…»

«… der immer im Bereich des Möglichen stand. Richard Abernethie war zu Besuch dort gewesen. Er hatte mit Cora gesprochen. Vielleicht hatte er sogar einen Namen genannt. Die einzige Person, die möglicherweise etwas wissen oder etwas gehört haben könnte, ist Miss Gilchrist. Nachdem Cora zum Schweigen gebracht ist, hat der Mörder vielleicht immer noch Angst. Weiß die andere Frau etwas – irgendetwas? Natürlich, wenn der Mörder klug wäre, würde er es dabei bewenden lassen, aber wie wir wissen, Inspector, sind Mörder selten klug. Zu unserem Glück. Sie geraten ins Grübeln, sie bekommen Zweifel, sie möchten sichergehen – absolut sichergehen. Sie erbauen sich an ihrer eigenen Klugheit. Und so werden sie fürwitzig, wie man so schön sagt.»

Inspector Morton lächelte ein wenig.

«Der Versuch, Miss Gilchrist zum Schweigen zu bringen, ist bereits ein Fehler», fuhr Poirot fort. «Denn jetzt gibt es zwei Fälle, in denen Sie ermitteln. Da ist auch die Schrift auf dem Kärtchen, das dem Hochzeitskuchen beilag. Es ist sehr bedauerlich, dass das Packpapier verbrannt wurde.»

«Ja. Denn dann hätten wir mit Gewissheit feststellen können, ob das Päckchen mit der Post kam oder nicht.»

«Sie haben Grund zur Annahme, dass es nicht mit der Post kam, sagten Sie?»

«Das glaubt zumindest der Postbote – aber er ist sich nicht sicher. Wenn das Päckchen beim Postamt im Dorf angekommen wäre, hätte sich die Postmeisterin mit größter Wahrscheinlichkeit daran erinnert, aber jetzt wird die Post mit einem Wagen von Market Keynes aus zugestellt. Die Runde ist groß und der junge Mann muss viel Post austragen. Er glaubt, dass er beim Cottage nur Briefe und kein Päckchen abgegeben hat, aber sicher ist er sich nicht. Es ist nämlich so – er hat im Augenblick Liebeskummer und kann an nichts anderes denken. Ich habe sein Gedächtnis überprüft, und es ist überhaupt nicht zuverlässig. Allerdings, wenn er es doch zugestellt haben sollte, verstehe ich nicht, warum es erst bemerkt wurde, nachdem dieser Mr. ... wie heißt er noch? ... Guthrie...»

«Ah ja, Mr. Guthrie.»

Inspector Morton lächelte.

«Ja, Monsieur Poirot, wir überprüfen ihn bereits. Schließlich wäre es ja einfach für ihn gewesen, mit der plausiblen Erklärung aufzutauchen, er sei ein Freund von Mrs. Lansquenet gewesen. Mrs. Banks konnte kaum wissen, ob das stimmte. Er hätte das Päckchen dort deponieren können. Es ist nicht schwer, ein Päckchen so aussehen zu lassen, als hätte es den Postweg genommen. Eine Briefmarke lässt sich mit etwas verschmiertem Ruß gut entwerten.»

Nach einer kurzen Pause fügte er hinzu: «Und es gibt noch andere Möglichkeiten.»

Poirot nickte.

«Sie denken an …?»

«Mr. George Crossfield war in der Gegend – allerdings erst am folgenden Tag. Er wollte zum Begräbnis kommen, hatte aber unterwegs Schwierigkeiten mit dem Motor. Wissen Sie etwas über ihn, Monsieur Poirot?»

«Ein wenig. Aber nicht so viel, wie ich gerne wissen möchte.»

«Ach, so ist das mit ihm? Das sind ja alles hochinteressante Menschen, die von Mr. Abernethies Testament profitiert haben. Ich hoffe, das bedeutet nicht, dass wir ihnen allen auf den Zahn fühlen müssen.»

«Ich habe einige Informationen eingeholt. Sie stehen Ihnen zur Verfügung. Natürlich bin ich nicht befugt, diesen Leuten Fragen zu stellen. Es wäre sogar sehr unklug von mir, das zu tun.»

«Ich werde langsam vorgehen. Man will den Vogel ja nicht zu früh aufschrecken. Aber wenn man ihn aufschreckt, dann richtig.»

«Eine sehr vernünftige Vorgehensweise. Sie, mein Freund, Sie haben also die Routinearbeit vor sich – mit der ganzen Maschinerie, die Ihnen zur Verfügung steht. Sie arbeiten langsam, aber gewissenhaft. Ich hingegen …»

«Ja, Monsieur Poirot?»

«Ich hingegen, ich fahre nach Norden. Wie ich Ihnen bereits sagte, ich interessiere mich für Menschen. Ja – ein wenig Camouflage, dann fahre ich nach Norden. Ich plane, ein Herrenhaus für ausländische Flüchtlinge zu erwerben. Ich bin ein Abgesandter von UNARCO.»

«Und was ist UNARCO?»

«United Nations Aid for Refugee Centre Organization – Hilfswerk der Vereinten Nationen für die Organisation von Flüchtlingszentren. Das klingt gut, nicht wahr?»

Inspector Morton grinste.

Vierzehntes Kapitel

«Ich bin Ihnen sehr verbunden», sagte Hercule Poirot zu Janet. «Sie waren wirklich zu freundlich.»

Janet verließ den Raum, das Gesicht finster verzogen, die Lippen säuerlich zusammengekniffen. Diese Ausländer! Die Fragen, die sie stellten! Die Unverschämtheit! Es war ja gut und schön, dass er sagte, er sei ein Spezialist für nicht diagnostizierte Herzleiden wie dasjenige, an dem Mr. Abernethie gelitten haben musste. Das stimmte wohl auch – der gnädige Herr war ja wirklich sehr plötzlich gestorben und sein Hausarzt war überrascht gewesen. Aber was hatte ein ausländischer Arzt darin herumzuschnüffeln?

Und es war ja gut und schön, dass Mrs. Leo gesagt hatte: «Bitte beantworten Sie die Fragen, die Monsieur Pontarlier Ihnen stellt. Er stellt sie aus gutem Grund.»

Fragen, immer nur Fragen. Manchmal seitenweise Fragebögen, die man nach bestem Wissen und Gewissen ausfüllen musste – wieso wollte die Regierung oder sonst jemand alles über das Privatleben von Leuten wissen? Und bei der Volkszählung hatten sie sie nach ihrem Alter gefragt – einfach dreist war das. Sie hatte es ihnen auch nicht gesagt. Fünf Jahre abgezogen, das hatte sie. Warum auch nicht? Wenn sie sich wie vierundfünfzig fühlte, dann würde sie sich auch als vierundfünfzig ausgeben.

Zumindest hatte Monsieur Pontarlier sie nicht nach ihrem Alter gefragt. Der hatte wenigstens ein bisschen Anstand. Nur Fragen über die Medikamente, die der gnädige Herr eingenommen hatte und wo sie aufbewahrt wurden und ob er mög-

163

licherweise zu viel davon genommen haben könnte, wenn er sich nicht ganz auf dem Damm fühlte – oder wenn er glaubte, sie vergessen zu haben. Als ob sie das wissen würde – der gnädige Herr hatte doch immer genau gewusst, was er tat! Und dann die Frage, ob von den Medikamenten vielleicht noch welche im Haus wären. Natürlich waren sie schon längst im Mülleimer gelandet. Herzleiden, und dann noch so ein langes Wort hatte er verwendet. Diesen Ärzten fiel doch immer wieder was Neues ein. Wie sie dem alten Rogers neulich sagten, er hätte eine Scheibe oder so was im Rücken. Dabei war's einfach nur ein Hexenschuss gewesen, mehr nicht. Ihr Vater war Gärtner gewesen, und der hatte auch immer einen Hexenschuss bekommen. Ärzte!

Der selbst ernannte Mediziner ging seufzend ins Erdgeschoss und begab sich auf die Suche nach Lanscombe. Er hatte von Janet wenig erfahren, aber etwas anderes hatte er im Grunde auch nicht erwartet. Eigentlich hatte er nur die Informationen, die sie ihm widerstrebend gegeben hatte, mit denen vergleichen wollen, die er von Helen Abernethie erhalten hatte und die aus derselben Quelle stammten. Allerdings hatte Janet sie Mrs. Leo weitaus freimütiger gegeben, da die Haushälterin der Meinung war, diese sei durchaus befugt, solche Fragen zu stellen. Janet hatte sich sogar mit Eifer über die letzten Lebenswochen des gnädigen Herrn ausgelassen. Krankheit und Tod waren Themen ganz nach ihrem Herzen.

Doch, dachte Poirot, er hätte sich auf die Informationen verlassen können, die Helen für ihn herausgefunden hatte. Im Grunde hatte er das auch getan. Aber es lag in seinem Wesen, niemandem zu trauen, bis er diese Person selbst überprüft hatte, und im Verlauf der Jahre war diese Vorsicht zur Gewohnheit geworden.

Auf jeden Fall gab es nur wenige und völlig unzureichende Hinweise. Letztlich liefen sie darauf hinaus, dass Richard Abernethie Vitaminöl-Kapseln verschrieben bekommen hatte und dass sie in einem großen Gefäß aufbewahrt wurden, das zum

Zeitpunkt seines Todes fast leer war. Jeder, der es darauf angelegt hätte, hätte eine oder mehrere dieser Kapseln mit einer Spritze präparieren und sie nach unten ins Glas geben können, so dass sie erst einige Wochen später – nachdem diese Person das Haus verlassen hatte – eingenommen würden. Es war auch möglich, dass diese Person am Tag vor Richard Abernethies Tod ins Haus geschlichen war und die Kapsel dann präpariert hatte, oder auch – und das war noch wahrscheinlicher – die Schlaftabletten in dem Fläschchen neben dem Bett durch etwas anderes ersetzt hatte. Denkbar war auch, dass diese Person etwas ins Essen getan hatte.

Über die Möglichkeiten hierfür hatte Hercule Poirot sich selbst Klarheit verschafft. Die vordere Eingangstür war zwar immer verschlossen, aber es gab einen Seiteneingang, durch den man in den Garten gelangte und der erst abends abgesperrt wurde. Um etwa Viertel nach eins, als die Gärtner Mittagspause machten und sich der ganze Haushalt im Esszimmer versammelte, war Poirot von der Straße in den Garten gegangen, durch die Seitentür ins Haus gelangt und leise die Treppe zu Richard Abernethies Schlafzimmer hinaufgestiegen, ohne einer Menschenseele zu begegnen. Dann war er noch durch eine mit grünem Filzstoff verhängte Türöffnung geschlüpft und in die Speisekammer geschlichen. Er hatte zwar aus der Küche am Ende des Gangs Stimmen gehört, aber niemand hatte ihn gesehen.

Ja, das wäre möglich gewesen. Aber war es auch tatsächlich so gewesen? Nichts deutete darauf hin. Dabei suchte Poirot im Grunde nicht nach einem Beweis – er wollte nur feststellen, was rein hypothetisch möglich gewesen wäre. Dass Richard Abernethie ermordet worden war, war eine bloße Vermutung. Beweiskräftige Indizien mussten zwar gefunden werden – aber nur für die Ermordung Cora Lansquenets. Poirot ging es darum, die Menschen zu beobachten, die sich an jenem Tag zur Beerdigung hier getroffen hatten, um sich eine eigene Meinung über sie zu bilden. Er hatte bereits einen Plan, aber zuerst wollte er sich noch einmal mit Lanscombe unterhalten.

Der alte Butler zeigte sich höflich, aber zurückhaltend. Auch wenn sein Unwille nicht so groß war wie Janets, hielt er diesen Parvenü, diesen Ausländer, doch für die Personifizierung des Menetekels. Wo sollte das bloß alles enden?!

Er legte das Leder beiseite, mit dem er gerade liebevoll die versilberte Teekanne poliert hatte, und richtete sich auf.

«Ja, Sir?», sagte er höflich.

Poirot ließ sich betulich auf einem Schemel nieder.

«Mrs. Abernethie hat mir gesagt, Sie hätten gehofft, in das Pförtnerhaus beim nördlichen Tor zu ziehen, wenn Sie Ihren Dienst hier quittierten?»

«In der Tat, Sir. Aber natürlich ist jetzt alles anders. Sobald das Haus verkauft ist …»

Poirot unterbrach ihn. «Die Möglichkeit bestünde eventuell immer noch. Für die Gärtner gibt es ja die Cottages. Das Pförtnerhaus wird für die Gäste und das Personal nicht benötigt werden. Es wäre denkbar, zu einer Vereinbarung der einen oder anderen Art zu kommen.»

«Vielen Dank, Sir, für das Anerbieten. Aber ich glaube kaum … Die Mehrzahl der … Gäste wären Ausländer, nicht wahr?»

«Ja, es werden Ausländer sein. Unter den Menschen, die vom Kontinent nach England geflohen sind, sind einige sehr alt und gebrechlich. Sie haben in ihrer Heimat keine Zukunft, verstehen Sie, denn all ihre Verwandten sind dort umgekommen. Es ist ihnen nicht möglich, hier ihren Lebensunterhalt zu verdienen, wie tatkräftige Männer und Frauen es tun könnten. Gelder sind gesammelt worden und werden von der Organisation, die ich vertrete, verwaltet, um auf dem Land Wohnheime für sie zu errichten. Meines Erachtens eignet sich dieses Anwesen sehr gut für einen solchen Zweck. Der Verkauf ist so gut wie abgeschlossen.»

Lanscombe seufzte. «Sie werden verstehen, dass es für mich traurig ist zu wissen, dass Enderby kein Privathaus mehr sein wird, Sir. Aber ich weiß, die Zeiten haben sich geändert. Aus der Familie könnte niemand es sich leisten hier zu leben – und ich glaube, die jungen Herrschaften würden es auch gar nicht wollen. Personal ist heute schwer zu finden, und wenn doch, ist es teuer und nicht zufriedenstellend. Mir ist durchaus bewusst, dass diese schönen alten Herrenhäuser sich überlebt haben.» Lanscombe seufzte wieder. «Wenn es denn eine … eine Institution sein muss, dann freue ich mich, dass es eine der Art ist, von der Sie sprechen. Wir hier in England sind verschont worden, Sir, dank unserer Marine und der Air Force und unserer tapferen jungen Männer, und wir haben das Glück, auf einer Insel zu leben. Wenn Hitler hier gelandet wäre, hätten wir alle zu den Waffen gegriffen und ihn verjagt. Meine Augen sind nicht mehr so gut, als dass ich schießen könnte, aber ich hätte eine Mistgabel nehmen können, Sir, und das hätte ich auch getan, wenn es dazu gekommen wäre. Wir haben die vom Unglück Verfolgten immer bereitwillig in unserem Land aufgenommen, Sir, und darauf sind wir stolz. Sie werden auch in Zukunft hier Zuflucht finden.»

«Danke, Lanscombe», sagte Poirot leise. «Der Tod Ihres gnädigen Herrn muss ein schwerer Schlag für Sie gewesen sein.»

«In der Tat, Sir. Ich kannte ihn schon, als er noch ein sehr junger Mann war. Ich habe großes Glück im Leben gehabt, Sir. Es hätte keinen besseren gnädigen Herrn geben können.»

«Ich habe mich mit meinem Freund und … äh … Kollegen Dr. Larraby unterhalten. Wir haben uns gefragt, ob Ihr gnädiger Herr am Tag vor seinem Tod vielleicht besonders bekümmert war – aufgrund eines unerfreulichen Gesprächs möglicherweise? Wissen Sie noch, ob er an dem Tag Besuch bekam?»

«Ich glaube nicht, Sir. Ich kann mich an niemanden erinnern.»

«Niemand ist ins Haus gekommen?»

«Der Vikar war am Tag zuvor zum Tee hier. Sonst haben ein paar Nonnen um eine Spende gebeten – und ein junger Mann kam zum rückwärtigen Eingang und wollte Marjorie Bürsten und Topfreiniger verkaufen. Er war sehr hartnäckig. Sonst niemand.»

Auf Lanscombes Gesicht war ein besorgter Ausdruck erschienen. Poirot drang nicht weiter in ihn. Alles, was Lanscombe wusste, hatte er bereits Mr. Entwhistle erzählt. Gegenüber Hercule Poirot würde er weitaus weniger vertrauensselig sein.

Bei Marjorie hingegen hatte Poirot sofort Erfolg gehabt. Marjorie war die Zurückhaltung des treu ergebenen Personals fremd. Sie war eine erstklassige Köchin, und der Weg zu ihrem Herzen ging durch ihre Kochkünste. Poirot hatte sie in ihrer Küche aufgesucht und bestimmte Gerichte mit Sachverstand gerühmt, so dass Marjorie ihn sofort als Seelenverwandten erkannte, der wusste, wovon er sprach. Mühelos fand er heraus, was es am Abend vor Richard Abernethies Tod zu essen gegeben hatte. Marjorie betrachtete die Frage vorwiegend unter dem Aspekt: «Richard Abernethie ist an dem Abend gestorben, an dem ich Schokoladensoufflé gemacht hatte. Ich hatte dafür eigens sechs Eier zusammengespart. Ich bin gut Freund mit dem Milchmann. Ich hab sogar etwas Sahne bekommen, aber bitte fragen Sie mich nicht wie. Es hat Mr. Abernethie sehr gut geschmeckt.» Die übrigen Gänge wurden ebenso detailliert beschrieben. Was vom Esszimmer zurückgetragen wurde, war in der Küche aufgegessen worden. So bereitwillig Marjorie auch redete, Poirot erfuhr nichts wesentlich Neues von ihr.

Nun schlüpfte er in seinen Mantel und band sich zwei Schals um den Hals. Derart gegen die Kühle Nordenglands gewappnet, trat er auf die Terrasse hinaus, wo Helen Abernethie ein paar späte Rosen pflückte.

«Haben Sie etwas Neues herausgefunden?», fragte sie.

«Nein. Aber das hatte ich eigentlich auch nicht erwartet.»

«Ich weiß. Seitdem Mr. Entwhistle mir sagte, dass Sie kommen würden, höre ich mich um, aber ich habe im Grunde nichts erfahren.»

Nach einer Pause fügte sie hoffnungsvoll hinzu: «Vielleicht ist alles doch nur ein Hirngespinst?»

«Der Anschlag mit dem Beil?»

«Ich habe nicht an Cora gedacht.»

«Aber ich denke an Cora. Warum hat jemand es für nötig befunden, sie zu töten? Mr. Entwhistle hat mir erzählt, dass Sie an dem Tag – in dem Augenblick, in dem sie ihre *gaffe* machte – dass Sie das Gefühl hatten, etwas stimme nicht. Ist das wahr?»

«Ja … ja, aber ich weiß nicht …»

Poirot ließ nicht locker.

«In welcher Hinsicht hat etwas nicht gestimmt? War es etwas Unerwartetes? Etwas Überraschendes? Oder … wie können wir es nennen – ein unbehagliches Gefühl vielleicht? Ein bedrohliches?»

«O nein, nicht bedrohlich. Nur etwas, das nicht … ach, ich weiß nicht. Ich kann mich nicht erinnern und es war auch nicht wichtig.»

«Aber warum können Sie sich nicht erinnern? Weil etwas anderes passierte, das es Sie vergessen ließ – etwas Wichtigeres?»

«Doch, ja – ich glaube, da haben Sie Recht. Ich denke, es war die Erwähnung von Mord. Das hat alles andere ausgelöscht.»

«War es vielleicht die Reaktion von jemandem auf das Wort ‹Mord›?»

«Vielleicht … aber ich glaube nicht, dass ich dabei jemand Bestimmten angesehen habe. Wir haben alle Cora angestarrt.»

«Vielleicht war es etwas, das Sie gehört haben – etwas, das zu Boden fiel … zu Bruch ging …»

Vor Anstrengung, sich zu erinnern, erschienen Falten auf Helens Stirn.

«Nein … ich glaube nicht …»

«Nun, eines Tages wird es Ihnen wieder einfallen. Möglicherweise ist es völlig bedeutungslos. Jetzt sagen Sie mir, Madame – wer von den Anwesenden kannte Cora am besten?»

Helen überlegte.

«Wahrscheinlich Lanscombe. Er kannte sie schon als Kind. Janet, das Dienstmädchen, kam erst her, als sie schon verheiratet und weggezogen war.»

«Und außer Lanscombe?»

«Ich denke, das war – ich», meinte Helen nachdenklich. «Maude kannte sie praktisch überhaupt nicht.»

«Also, wenn Sie der Mensch waren, der sie am besten kannte – warum, glauben Sie, hat sie die Frage auf die Art gestellt?»

Helen lächelte.

«Weil das typisch für Cora war.»

«Was ich meine – war es eine reine *bêtise?* Platzte sie nur einfach ohne nachzudenken heraus mit dem, was ihr gerade durch den Kopf ging? Oder wollte sie maliziös sein – sich einen Spaß daraus machen, die anderen zu erschrecken?»

Helen ließ sich Zeit mit ihrer Antwort.

«Man kann sich bei Menschen nie ganz sicher sein, nicht wahr? Ich wusste nie, ob Cora nur naiv war oder ob sie wie ein Kind Aufsehen erregen wollte. Darauf wollen Sie mit Ihrer Frage doch hinaus, oder?»

«Ja. Ich dachte mir – angenommen, diese Mrs. Cora sagt sich: ‹Es wäre doch amüsant zu fragen, ob Richard ermordet worden ist, und dann zu sehen, wie die anderen reagieren!› Wäre das nicht typisch für sie?»

Helen sah ihn zweifelnd an.

«Das ist schon möglich. Als Kind war sie auf jeden Fall sehr spitzbübisch. Aber wieso ist das wichtig?»

«Das würde nur wieder einmal beweisen, wie unklug es ist, über Mord zu scherzen», erwiderte Poirot trocken.

Helen schauderte.

«Die arme Cora.»

Poirot wechselte das Thema.

«Nach der Beerdigung ist Mrs. Timothy Abernethie die Nacht hier geblieben?»

«Ja.»

«Hat sie mit Ihnen darüber geredet, was Cora gesagt hatte?»

«Ja. Sie sagte, das wäre unerhört, typisch Cora!»

«Sie hat die Bemerkung nicht ernst genommen?»

«Nein. Nein, da bin ich mir sicher.»

Das zweite Nein klang in Poirots Ohren ein wenig zögernd.

Aber war das nicht immer der Fall, wenn man in Gedanken eine Situation noch einmal durchging?

«Und Sie, Madame – haben Sie sie ernst genommen?»

Helen Abernethie, deren Augen unter den grauen Locken sehr blau und erstaunlich jung wirkten, blieb nachdenklich. «Doch, Monsieur Poirot, ich glaube schon», sagte sie.

«Wegen Ihres Gefühls, dass etwas nicht ganz stimmte?»

«Vielleicht.»

Er wartete auf eine Antwort, aber da sie weiter nichts sagte, fuhr er fort: «Mrs. Lansquenet und ihre Familie waren einander seit vielen Jahren entfremdet?»

«Ja. Keiner von uns konnte ihren Ehemann leiden, und sie war darüber beleidigt, so dass die Entfremdung immer größer wurde.»

«Und dann ist Ihr Schwager völlig unvermutet zu ihr zu Besuch gefahren. Weshalb?»

«Ich weiß es nicht – wahrscheinlich wusste oder ahnte er, dass er nicht mehr lange zu leben hatte, und wollte sich mit ihr versöhnen. Aber das weiß ich wirklich nicht.»

«Er hat es Ihnen nicht gesagt?»

«Mir?»

«Ja. Sie waren doch hier, bei ihm, bevor er zu ihr fuhr. Hat er Ihnen von seinem geplanten Besuch nichts erzählt?»

Poirot vermeinte, plötzlich eine gewisse Reserve zu spüren.

«Er erzählte mir, dass er seinen Bruder Timothy besuchen wollte – und das hat er auch getan. Von Cora sagte er kein Wort. Sollen wir ins Haus gehen? Es wird bald Mittagessen geben.»

Mit den Blumen, die sie gerade gepflückt hatte, ging sie neben ihm her zum Seiteneingang. Als sie ins Haus traten, fragte Poirot: «Sind Sie sicher, absolut sicher, dass Mr. Abernethie während Ihres Aufenthalts hier nichts über ein Mitglied der Familie sagte, das wichtig sein könnte?»

«Sie klingen wie ein Polizist.» Helens Abwehr war jetzt deutlich zu spüren.

«Ich war früher tatsächlich Polizist – vor langer Zeit. Ich habe keinen offiziellen Status, ich habe kein Recht, Sie zu befragen. Aber Sie wollen die Wahrheit herausfinden – das wurde mir zumindest gesagt.»

Sie betraten das grüne Esszimmer. Helen seufzte. «Richard war von der jüngeren Generation enttäuscht», antwortete sie. «Das sind alte Menschen oft. Er hat sich ziemlich abschätzig über sie geäußert, aber da war nichts – *nichts*, verstehen Sie –, das ein Mordmotiv liefern könnte.»

«Ah», machte Poirot. Helen wählte eine chinesische Vase und begann die Rosen darin anzuordnen. Nachdem sie mit dem Arrangement zufrieden war, sah sie sich nach einem geeigneten Platz für den Strauß um.

«Sie haben ein bewundernswertes Geschick mit Blumen, Madame», sagte Hercule Poirot. «Ich glaube, alles, was Sie in die Hand nehmen, führen Sie mit Perfektion aus.»

«Danke. Ich liebe Blumen sehr. Ich finde, die Rosen würden sich gut auf dem grünen Malachittisch machen.»

Auf diesem Tisch stand ein Strauß Wachsblumen unter einer Glasglocke. Als sie ihn fortnahm, meinte Poirot beiläufig: «Hat irgendjemand Mr. Abernethie erzählt, dass der Ehemann seiner Nichte Susan fast eine Kundin vergiftet hätte, als er ein Rezept zusammenstellte? Oh, *pardon!*»

Er machte einen Satz nach vorne.

Das viktorianische Gesteck war Helen aus der Hand geglitten, und Poirot war nicht schnell genug. Die Schale fiel zu Boden, die Glasglocke zerbrach. Unmutig verzog Helen das Gesicht.

«Wie unachtsam von mir. Aber den Blumen ist nichts passiert. Die Glasglocke lässt sich ersetzen; ich werde mich darum kümmern. Jetzt stelle ich sie erst einmal in den großen Schrank unter der Treppe.»

Poirot half ihr, die Schale in dem dunklen Schrank zu verstauen, und folgte ihr wieder in den Salon. «Das war meine Schuld», sagte er. «Ich hätte Sie nicht erschrecken dürfen.»

«Was hatten Sie mich gefragt? Ich hab's vergessen.»

«Ach, es ist nicht nötig, die Frage zu wiederholen. Ich habe sogar selbst vergessen, worum es ging.»

Helen trat zu ihm und legte ihm eine Hand auf den Arm. «Monsieur Poirot, gibt es einen einzigen Menschen, dessen Leben einer näheren Überprüfung standhalten würde? Ist es wirklich nötig, das ganze Leben von Menschen in diese Sache hineinzuziehen, die nichts zu tun haben mit ... mit ...»

«Mit dem Tod von Cora Lansquenet? Ja. Weil man alles in Betracht ziehen muss. Es ist in der Tat wahr – eine alte Weisheit –, dass jeder von uns etwas zu verbergen hat. Das trifft auf alle Menschen zu – vielleicht auch auf Sie, Madame. Aber ich sage Ihnen, man darf nichts außer Acht lassen. Das ist der Grund, warum Ihr Freund Mr. Entwhistle mich aufsuchte. Denn ich bin nicht die Polizei. Ich bin diskret, und was ich erfahre, berührt mich nicht. Aber ich muss es wissen. Und da es hier weniger um Indizien und Beweise geht als vielmehr um Menschen – so befasse ich mich mit den Menschen. Für mich ist es nötig, mit allen Leuten zu reden, die am Tag der Beerdigung hier im Hause waren, Madame. Und es wäre sehr hilfreich – und strategisch befriedigend –, wenn ich das hier tun könnte.»

«Ich fürchte, das wird sich schwer machen lassen ...», antwortete Helen bedächtig.

«Nicht so schwer, wie Sie meinen. Ich habe schon einen Plan entworfen. Das Haus, es ist verkauft. Das wird Mr. Entwhistle verkünden. (*Entendu,* derlei Geschäfte zerschlagen sich manchmal im letzten Moment.) Er wird alle Familienmitglieder einladen, noch einmal herzukommen und aus den Möbeln einige Stücke auszuwählen, bevor der Rest versteigert wird. Für den Zweck wird man sich sicher auf ein Wochenende einigen können.»

Nach einer Pause fuhr er fort: «Sehen Sie, es ist ganz einfach, nicht wahr?»

Helen sah ihn an. Ihre blauen Augen blickten kalt, fast eisig.

«Möchten Sie jemandem eine Falle stellen, Monsieur Poirot?»

«Ach, ich wünschte, ich wüsste mehr. Nein, ich habe noch keinen Plan. Aber möglicherweise», fuhr er nachdenklich fort, «gibt es den einen oder anderen Prüfstein...»

«Einen Prüfstein? Woran denken Sie?»

«Ich habe meine Vorgehensweise noch nicht exakt ausgearbeitet. Und auf jeden Fall wäre es besser, wenn auch Sie nichts davon wissen, Madame.»

«Damit Sie auch mich prüfen können?»

«Sie, Madame, Sie sind in die Pläne eingeweiht. Und nun – es gibt eine Sache, die diffizil werden könnte. Die jungen Leute werden, glaube ich, gerne kommen. Aber es könnte sich als schwierig erweisen, nicht wahr, die Anwesenheit von Mr. Timothy Abernethie sicherzustellen. Wie ich gehört habe, verlässt er das Haus nie.»

Auf Helens Gesicht erschien ein Lächeln.

«Ich glaube, Sie haben Glück, Monsieur Poirot. Gestern hat Maude angerufen. Im Augenblick wird das Haus gestrichen, und Timothy setzt der Geruch der Farbe sehr zu. Er sagt, seine Gesundheit leidet darunter. Ich glaube, dass er und Maude sehr gerne herkommen würden – vielleicht sogar für ein oder zwei Wochen. Maude ist immer noch ein bisschen behindert – Sie wissen doch, dass sie sich den Knöchel gebrochen hat?»

«Das wusste ich nicht. Das ist Pech.»

«Zum Glück ist Coras Hausdame bei ihnen, Miss Gilchrist. Offenbar erweist sie sich als wahre Perle.»

«Wie bitte?» Poirot wandte sich abrupt zu Helen um. «Haben sie Miss Gilchrist gebeten, zu ihnen zu kommen? Wer hat den Vorschlag gemacht?»

«Ich glaube, das hat Susan eingefädelt. Susan Banks.»

«Aha», sagte Hercule Poirot in einem Ton, den Helen nicht ganz deuten konnte. «Die kleine Susan hat das also in die Wege geleitet. Sie liebt es sehr, alles zu organisieren.»

«Ich dachte immer, dass Susan ein sehr patentes Mädchen ist.»

«Ja, sie ist sehr patent. Haben Sie gehört, dass Miss Gilchrist knapp dem Tod entronnen ist? Dem Tod durch ein Stück vergifteten Hochzeitskuchen?»

«Nein!» Erschrocken sah Helen auf. «Jetzt, wo Sie das sagen, fällt mir ein, dass Maude am Telefon erwähnte, Miss Gilchrist sei gerade erst aus dem Krankenhaus entlassen worden, aber ich wusste nicht, warum sie überhaupt im Krankenhaus war. Vergiftet? Aber Monsieur Poirot, warum …?»

«Ist es Ihnen ernst mit dieser Frage?»

«Holen Sie sie her, alle!», sagte Helen mit unvermittelter Heftigkeit. «Finden Sie die Wahrheit heraus! Es darf keinen weiteren Mord mehr geben.»

«Sie unterstützen mich also?»

«Ja, das tue ich.»

FÜNFZEHNTES KAPITEL

I

«Das Linoleum sieht sehr schön aus, Mrs. Jones. Für Linoleum haben Sie wirklich ein Händchen. Die Teekanne steht auf dem Küchentisch, schenken Sie sich doch eine Tasse ein. Ich setze mich zu Ihnen, sobald ich Mr. Abernethie sein zweites Frühstück gebracht habe.»

Miss Gilchrist stieg mit einem appetitlich gedeckten Tablett in den Händen die Treppe hinauf. Sie klopfte an Timothys Tür, deutete ein Brummen als Aufforderung einzutreten und schritt forsch in den Raum.

«Kaffee und Kekse für Sie, Mr. Abernethie. Hoffentlich geht es Ihnen heute etwas besser. Es ist ein wunderschöner Tag.»

«Hat der Kaffee nicht eine Milchhaut?», murrte Timothy misstrauisch.

«Aber nein, Mr. Abernethie. Ich habe die Haut weggenommen und außerdem ein kleines Sieb mitgebracht für den Fall, dass sich wieder eine bildet. Manche Leute mögen Haut auf dem Kaffee, wissen Sie, sie sagen, das wäre die Sahne.»

«Hohlköpfe!», schimpfte Timothy. «Und was sind das für Kekse?»

«Die guten Vollkornkekse.»

«Vollkornschrott. Ingwerkekse will ich haben! Alles andere ist ungenießbar.»

«Leider gab es beim Kaufmann diese Woche keine. Aber die Vollkornkekse schmecken wirklich gut. Probieren Sie sie doch einmal.»

«Danke, ich weiß genau, wie sie schmecken. Und lassen Sie die Vorhänge, wie sie sind, ja?»

«Ich dachte, ein bisschen Sonne würde Ihnen gut tun. Es ist so ein schöner Tag.»

«Es soll aber dunkel im Zimmer bleiben. Ich habe schreckliche Kopfschmerzen. Das kommt von der Farbe. Auf Farbe habe ich immer schon allergisch reagiert. Sie ist Gift für mich.»

Miss Gilchrist schnupperte ein wenig und sagte dann aufmunternd: «Hier riecht man fast gar nichts. Die Handwerker arbeiten auf der anderen Seite.»

«Sie sind eben nicht so empfindsam wie ich. Müssen wirklich alle Bücher, die ich gerade lese, außer Reichweite liegen?»

«Das tut mir Leid, Mr. Abernethie. Ich wusste nicht, dass Sie alle gleichzeitig lesen.»

«Und wo ist meine Frau? Ich habe sie seit mindestens einer Stunde nicht mehr gesehen.»

«Mrs. Abernethie liegt auf dem Sofa und ruht.»

«Sagen Sie ihr, dass sie hier oben ruhen soll.»

«Ich werde es ihr sagen, Mr. Abernethie, aber vielleicht macht sie gerade ein Nickerchen. Sagen wir in einer Viertelstunde?»

«Nein. Sagen Sie ihr, dass ich sie jetzt brauche. Lassen Sie die Finger vom Läufer. Er liegt so, wie ich ihn haben will.»

«Entschuldigung. Ich dachte, er rutscht gleich vom Tisch.»

«Es gefällt mir, wenn er fast hinunterrutscht. Und jetzt schicken Sie Maude zu mir. Ich brauche sie.»

Miss Gilchrist ging nach unten und schlich auf Zehenspitzen ins Wohnzimmer, wo Maude Abernethie zurückgelehnt auf dem Sofa saß, das Bein hochgelegt, und einen Roman las.

«Es tut mir sehr Leid, Mrs. Abernethie», sagte Miss Gilchrist entschuldigend. «Mr. Abernethie hat nach Ihnen gefragt.»

Schuldbewusst legte Maude das Buch beiseite.

«Oh. Ich gehe sofort.»

Sie griff nach ihrem Stock.

Sobald sie Timothys Zimmer betrat, rief er: «Da bist du ja endlich!»

«Es tut mir Leid, Liebling. Ich wusste nicht, dass du mich brauchst.»

«Die Frau, die du uns da ins Haus geholt hast, treibt mich noch zum Wahnsinn. Sie plappert endlos und flattert herum wie ein aufgescheuchtes Huhn. Eine richtige alte Jungfer ist sie.»

«Es tut mir Leid, dass sie dich aufbringt. Sie versucht doch nur freundlich zu sein, mehr nicht.»

«Ich brauche niemanden, der freundlich ist. Ich will keine alte Jungfer, die um mich herumpusselt. Und ihre ewige Betulichkeit…»

«Ein bisschen betulich ist sie wirklich, das stimmt.»

«Und redet auf mich ein wie auf ein schwachsinniges Kind! Zum Verrücktwerden ist das!»

«Das glaube ich gerne. Aber bitte, Timothy, bitte sei nicht unhöflich zu ihr. Ich bin immer noch nicht wieder richtig auf den Beinen – und du sagst doch selbst, dass sie gut kochen kann.»

«Kochen kann sie einigermaßen», räumte Timothy Abernethie widerwillig ein. «Doch, ich habe schon schlechter gegessen. Aber sieh zu, dass sie in der Küche bleibt, mehr verlange ich ja nicht. Sie soll bloß nicht zu mir kommen und mich betüteln.»

«Nein, mein Schatz, natürlich. Wie geht es dir?»

«Sehr schlecht. Ich glaube, du solltest Barton kommen lassen, damit er mich untersucht. Diese Farbe greift mein Herz an. Fühl mal meinen Puls – ganz unregelmäßig.»

Maude fühlte seinen Puls, sagte aber nichts.

«Timothy, sollen wir ins Hotel ziehen, bis die Arbeiten am Haus fertig sind?»

«Reine Geldverschwendung.»

«Könnten wir uns das jetzt nicht vielleicht doch leisten?»

«Typisch Frau – hoffnungslos extravagant! Nur weil wir einen lächerlich kleinen Anteil vom Vermögen meines Bruders geerbt haben, glaubst du, wir könnten es uns leisten, bis ans Ende unserer Tage im Ritz zu wohnen.»

«Das habe ich nicht gesagt, Schatz.»

«Jetzt hör mir mal gut zu. Richards Geld bedeutet nicht, dass wir große Sprünge machen können. Da steht schon die Regierung davor. Die nehmen uns aus wie eine Weihnachtsgans. Du wirst schon sehen, das Ganze geht für die Steuern drauf.»

Bekümmert schüttelte Mrs. Abernethie den Kopf.

«Der Kaffee ist kalt», sagte Timothy und schaute angewidert auf die Tasse, von der er noch keinen Schluck genommen hatte. «Warum kann ich nie eine Tasse Kaffee bekommen, die richtig heiß ist?»

«Ich bringe ihn nach unten und wärm ihn dir auf.»

Unten in der Küche saß Miss Gilchrist bei einer Tasse Tee und unterhielt sich leutselig, wenn auch mit einer gewissen Herablassung, mit Mrs. Jones.

«Ich tue mein Bestes, um Mrs. Abernethie so viel wie möglich zu ersparen», sagte sie. «Das ewige Treppensteigen bereitet ihr bestimmt große Schmerzen.»

«Sie bedient ihn von vorne bis hinten», meinte Mrs. Jones und rührte Zucker in ihren Tee.

«Es ist wirklich schlimm, dass er so gebrechlich ist.»

«So gebrechlich ist er gar nicht.» Mrs. Jones klang erbittert. «Es gefällt ihm sehr gut, im Bett zu liegen und nach uns zu läuten und sich Tabletts aufs Zimmer bringen zu lassen. Dabei kann er gut aufstehen und herumlaufen, wenn er will. Ich hab ihn sogar ins Dorf gehen sehen, wenn sie nicht da ist. Im Stechschritt ist er marschiert, sag ich Ihnen. Die Sachen, die er wirklich braucht – seinen Tabak zum Beispiel, oder Briefmarken –, die besorgt er sich selbst. Deswegen hab ich mich auch, als sie bei der Beerdigung war und auf dem Rückweg die Panne hatte und er mir sagte, ich soll abends wiederkommen und die Nacht hier bleiben, geweigert. ‹Es tut mir leid, Sir›, hab ich gesagt, ‹aber ich muss auch an meinen Mann denken. Am Vormittag helfe ich Ihnen ja gerne, aber ich muss da sein und mich um ihn kümmern, wenn er von der Arbeit heimkommt.› Und ich hab mich nicht überreden lassen, nein, nein. Es wird ihm gar nichts schaden, dachte ich mir, in die Küche zu gehen und sich mal selber was warm zu machen. Vielleicht geht ihm ja dann auf, wie viel er sonst bedient wird. Also bin ich stur geblieben, keinen Millimeter hab ich nicht nachgegeben. Aufgeführt hat er sich, als würd die Welt untergehen.»

Mrs. Jones atmete tief durch und nahm einen großen Schluck von dem süßen, starken Tee. «Ah», seufzte sie zufrieden.

Trotz ihres großen Argwohns gegenüber Miss Gilchrist, die in ihren Augen übertrieben heikel war, eine «ehrpusselige alte Jungfer», war sie doch sehr angetan von der Großzügigkeit, mit der Miss Gilchrist die Tee- und Zuckerrationen ihrer Arbeitgeber verwaltete.

Sie stellte die Tasse ab und sagte leutselig: «Jetzt werde ich mal schön den Küchenboden schrubben, dann mach ich mich auf den Weg. Die Kartoffeln hab ich schon geschält, meine Liebe. Sie liegen neben dem Spülbecken.»

Miss Gilchrist fühlte sich von der Anrede «meine Liebe» zwar ein wenig auf die Zehen getreten, war aber doch dankbar für den guten Willen, den Mrs. Jones beim Schälen der vielen Kartoffeln an den Tag gelegt hatte.

Bevor sie etwas sagen konnte, klingelte das Telefon, und sie lief in den Flur hinaus. Der Apparat stand wie in den Kindertagen der fernmündlichen Kommunikation weitab in einem zugigen Korridor hinter der Treppe.

Miss Gilchrist sprach noch, als Maude Abernethie oben am Treppenabsatz erschien. Die Hausdame schaute auf. «Mrs. – Leo, nicht wahr? – Abernethie ist am Apparat.»

«Sagen Sie ihr, ich komme gleich.»

Mit schmerzverzerrtem Gesicht humpelte Maude die Stufen hinab.

«Es tut mir so Leid, dass Sie sich wieder nach unten quälen müssen, Mrs. Abernethie», wisperte Miss Gilchrist. «Hat Mr.

Abernethie den Kaffee schon getrunken? Dann gehe ich rasch nach oben und hole das Tablett.»

Sie lief die Stufen hinauf.

Maude hatte den Hörer entgegengenommen. «Helen? Hier ist Maude.»

Timothy empfing Miss Gilchrist mit einem vorwurfsvollen Blick. «Wer ruft denn da schon wieder an?», fragte er gereizt, als sie nach dem Tablett griff.

«Mrs. Leo Abernethie.»

«Ach ja? Wahrscheinlich quasseln die beiden jetzt mindestens eine Stunde miteinander. Am Telefon verlieren Frauen jedes Zeitgefühl und denken überhaupt nicht an das viele Geld, das die Leitung runterrinnt.»

Fröhlich meinte Miss Gilchrist, in diesem Fall würde Mrs. Leo die Rechnung bezahlen. Timothy brummte nur.

«Ziehen Sie den Vorhang auf, ja? Nein, nicht den, den anderen. Sonst blendet mich doch das Licht. Ja, so. Nur, weil ich krank bin, heißt es noch lange nicht, dass ich den ganzen Tag im Dunkeln verbringen muss.» Dann fuhr er fort: «Und jetzt suchen Sie im Bücherregal mal nach dem grünen … Was ist denn jetzt schon wieder los? Was stürzen Sie davon?»

«Es hat an der Haustür geklingelt, Mr. Abernethie.»

«Ich hab nichts gehört. Außerdem ist doch diese Frau da unten, oder? Soll sie doch hingehen.»

«Ja, Mr. Abernethie. Welches Buch soll ich für Sie suchen?»

Timothy Abernethie schloss die Augen.

«Jetzt weiß ich es nicht mehr. Sie haben mich aus dem Konzept gebracht. Gehen Sie schon.»

Miss Gilchrist griff nach dem Tablett und verließ rasch das Zimmer. Unten im Flur stellte sie es auf einem Tischchen ab und eilte an Maude Abernethie vorbei, die noch telefonierte, zur Haustür.

Keine Minute später kehrte sie zurück. «Es tut mir Leid, Sie zu stören», flüsterte sie, «aber draußen steht eine Nonne. Die Stiftung Herz Maria, glaube ich. Sie hat eine Spendenliste mit allen Namen. Soweit ich es sehen konnte, geben die Leute meistens drei oder fünf Shilling.»

«Einen Augenblick bitte, Helen», sagte Maude Abernethie ins Telefon. «Für die Katholiken spende ich nicht», klärte sie Miss Gilchrist auf. «Wir haben unsere eigenen kirchlichen Stiftungen.»

Miss Gilchrist hastete wieder davon.

Wenige Minuten später beendete Maude das Gespräch mit den Worten: «Ich werde mit Timothy darüber reden.»

Sie legte den Hörer auf und ging in den vorderen Gang, wo Miss Gilchrist reglos neben der Wohnzimmertür stand. Ihre Stirn war gerunzelt, als dächte sie angestrengt nach, und sie fuhr zusammen, als Maude Abernethie sie ansprach.

«Es ist doch alles in Ordnung, oder nicht, Miss Gilchrist?»

«Aber ja, Mrs. Abernethie. Ich fürchte, ich war in Gedanken versunken. Dabei gibt es doch so viel zu tun.»

Miss Gilchrist eilte emsig wie eine Ameise davon, während Maude Abernethie sich die Treppe hinauf zum Zimmer ihres Mannes mühte.

«Helen hat gerade angerufen. Wie es scheint, ist das Haus endgültig verkauft – irgendeine Institution für Flüchtlinge…»

Sie verstummte, als Timothy zu einer Erörterung des Themas Flüchtlinge ansetzte und dann zu einem Lamento überging betreffs des Hauses, in dem er aufgewachsen war. «Dieses Land geht den Bach hinunter. Mein altes Zuhause! Es ist einfach nicht zu fassen.»

«Helen ist sich bewusst, was du – was wir – dabei empfinden», griff Maude ihren unterbrochenen Bericht wieder auf. «Sie hat vorgeschlagen, dass wir vielleicht noch einmal nach Enderby fahren möchten, bevor das Haus endgültig verkauft ist. Sie macht sich auch große Sorgen wegen deiner Gesundheit und dass die Farbe dir nicht gut tut. Sie meinte, vielleicht wäre es dir lieber, in Enderby zu wohnen als in einem Hotel. Die Dienstboten sind noch alle dort, also wärst du auch gut versorgt.»

Während Maude sprach, hatte Timothy vor Entrüstung und Zorn den Mund geöffnet, aber jetzt schloss er ihn wieder, und sein Blick bekam auf einmal etwas Durchtriebenes. Er nickte zustimmend.

«Sehr aufmerksam von Helen», sagte er. «Sehr aufmerksam. Ich weiß nicht genau, ich muss es mir noch überlegen … Natürlich, die Farbe ist Gift für mich, das weiß ich – da ist bestimmt Arsen drin. Ich glaube mich zu erinnern, das auch einmal gehört zu haben. Andererseits könnte es eine große Strapaze für mich sein, nach Enderby zu fahren. Es ist schwer zu entscheiden, was besser für mich wäre.»

«Vielleicht wäre dir ein Hotel lieber, Liebling», meinte Maude. «Ein gutes Hotel ist natürlich sehr teuer, aber wenn es um deine Gesundheit geht –»

Timothy unterbrach sie.

«Ich wünschte, du würdest begreifen, dass wir keine Millionäre sind, Maude. Warum sollten wir in ein Hotel gehen, wo Helen uns freundlicherweise vorgeschlagen hat, nach Enderby zu kommen? Nicht, als stünde es ihr zu, uns einzuladen. Das Haus gehört ihr nicht. Ich kenne mich mit den juristischen Feinheiten nicht aus, aber ich gehe davon aus, dass es uns allen anteilig gehört, bis es verkauft und der Gewinn aufgeteilt ist. Flüchtlinge! Der alte Cornelius würde sich im Grabe umdrehen! Ja», seufzte er. «Doch, ich würde das alte Haus gerne noch einmal sehen, bevor ich das Zeitliche segne.»

Maude spielte ihre letzte Karte geschickt aus.

«Wenn ich es richtig verstehe, hat Mr. Entwhistle vorgeschlagen, dass alle Familienmitglieder sich einige Stücke aussuchen, Möbel oder Geschirr und derlei, bevor alles versteigert wird.»

Timothy richtete sich brüsk auf.

«Dann müssen wir unbedingt hin. Es muss genau aufgeschrieben werden, wer was mitnimmt und in welchem Wert. Diese Männer, die die Mädels geheiratet haben – nach dem, was ich über sie gehört habe, würde ich keinem von ihnen über den Weg trauen. Die könnten versuchen, uns zu behumpsen. Helen ist viel zu gutmütig. Als Familienvorstand ist es meine Pflicht, bei dem Treffen anwesend zu sein!»

Er wuchtete sich aus dem Sessel und ging mit forschen Schritten durchs Zimmer.

«Doch, das ist ein ausgezeichneter Plan. Schreib Helen und sag ihr, dass wir kommen. Dabei denke ich vor allem an dich, meine Liebe. Es wird eine nette Abwechslung für dich werden, und eine Erholung. In letzter Zeit hast du viel zu viel zu tun gehabt. Während wir weg sind, können die Handwerker das Haus fertig streichen und diese Gillespie kann hierbleiben und auf alles aufpassen.»

«Gilchrist», sagte Maude.

Timothy machte eine wegwerfende Geste. «Das läuft doch aufs selbe hinaus», murrte er.

II

«Das kann ich nicht», sagte Miss Gilchrist.

Maude sah sie überrascht an.

Miss Gilchrist zitterte und sah Maude flehentlich in die Augen.

«Es ist dumm von mir, ich weiß … Aber ich kann's einfach nicht. Nicht hier allein im Haus bleiben. Könnte nicht jemand kommen und … und auch hier schlafen?»

Hoffnungsvoll sah sie Maude an, aber die schüttelte nur den Kopf. Maude Abernethie wusste aus Erfahrung, wie schwer es war, in der Nachbarschaft jemanden zu finden, der im Haus wohnen wollte.

«Ich weiß, Sie halten mich sicher für ein Hasenherz», fuhr Miss Gilchrist mit verzweifelter Stimme fort, «und ich hätte mir nie träumen lassen, dass ich jemals so dumm sein würde. Ich war nie ängstlich und habe mir auch nie Sachen eingebildet. Aber jetzt ist alles anders. Ich hätte panische Angst – wirklich panische Angst –, allein hier zu bleiben.»

«Aber natürlich», sagte Maude. «Es war dumm von mir, Ihnen den Vorschlag überhaupt zu machen nach dem, was in Lytchett St. Mary passiert ist.»

«Es ist völlig … völlig unlogisch, ich weiß. Und zuerst hatte ich das Gefühl ja auch gar nicht. Am Anfang hat es mir nichts ausgemacht, allein im Cottage zu bleiben. Die Angst ist erst allmählich gekommen. Sie halten mich bestimmt für sehr töricht, Mrs. Abernethie, aber seitdem ich hier bin, habe ich … Angst. Nicht vor etwas Bestimmtem, einfach nur Angst … Es ist wirklich dumm von mir und ich schäme mich auch dafür. Es ist nur, irgendwie erwarte ich die ganze Zeit, dass etwas Schreckliches passiert … Sogar die Nonne, die an der Tür geklingelt hat, hat mich erschreckt. Ach Gott, ich bin wirklich verstört …»

«Das nennt man wohl eine verzögerte Schockreaktion.» Maude war nachsichtig.

«Ach wirklich? Das wusste ich nicht. Du liebes bisschen, es tut mir so Leid, dass ich so … so undankbar bin, nach allem, was Sie für mich getan haben. Was werden Sie nur denken …»

«Wir werden uns etwas anderes einfallen lassen», sagte Maude beschwichtigend.

Sechzehntes Kapitel

George Crossfield blieb einen Moment zögernd stehen, als er eine Frau in einer Tür verschwinden sah. Dann nickte er entschlossen und folgte ihr.

Bei der fraglichen Tür handelte es sich um den Eingang zu einem Geschäft mit Schaufenstern rechts und links – eines Geschäfts, das Bankrott gemacht hatte. Hinter den Schaufenstern herrschte gähnende Leere. Da die Tür geschlossen war, klopfte George an, und sofort wurde ihm von einem jungen Mann mit Brille und farblosem Gesicht geöffnet. Er starrte George an.

«Verzeihung», sagte George. «Ich glaube, meine Cousine ist gerade hier.»

Der junge Mann machte einen Schritt zurück und George trat in den Laden.

«Hallo, Susan», sagte er.

Susan stand mit einem Maßband in der Hand auf einem Umzugskarton und drehte überrascht den Kopf.

«Hallo, George. Woher bist du denn so urplötzlich aufgetaucht?»

«Ich habe deinen Rücken gesehen. Ich war sicher, dass es deiner war.»

«Wie schlau von dir. Ein Rücken ist unverkennbar.»

«Viel mehr als ein Gesicht. Mit einem Bart und ausgestopften Wangen und wenn man ein bisschen was mit den Haaren macht, erkennt einen niemand mehr, auch nicht aus nächster Nähe – gefährlich ist der Augenblick, wenn man jemandem den Rücken zukehrt.»

«Das werde ich mir merken. Kannst du 2,22 Meter behalten, bis ich es aufgeschrieben habe?»

«Klar. Worum geht's denn – Bücherregale?»

«Nein, Platz für Kabinen. 2,62 Meter – und 1,07 …»

Der bebrillte junge Mann trat schon die ganze Zeit von einem Fuß auf den anderen; jetzt räusperte er sich höflich.

«Verzeihung, Mrs. Banks, aber wenn Sie noch eine Weile hier bleiben möchten …»

«Das möchte ich in der Tat», antwortete Susan. «Wenn Sie mir die Schlüssel dalassen, schließe ich die Tür ab und bringe sie Ihnen im Vorbeigehen ins Büro. Ginge das?»

«Ja, danke. Wenn wir heute Vormittag nicht so unterbesetzt wären …»

Susan akzeptierte die angedeutete Entschuldigung mit einem Kopfnicken. Der junge Mann ging auf die Straße hinaus.

«Bin ich froh, dass wir den los sind», meinte Susan. «Makler sind nervtötend. Brabbeln ständig, wenn ich Berechnungen anstelle.»

«Ah», sagte George. «Mord in einem leeren Geschäft. Das wäre für die Passanten doch ein gefundenes Fressen, die Leiche einer schönen jungen Frau im Schaufenster liegen zu sehen. Die würden starren wie die Goldfische im Aquarium.»

«Du hast doch gar keinen Grund, mich umzubringen, George.»

«Na ja, ich würde ein Viertel von deinem Anteil am Vermögen unseres geliebten Onkels bekommen. Für jemanden, der geldgierig ist, wäre das kein schlechtes Motiv.»

Susan unterbrach ihre Messungen und drehte sich zu ihrem Cousin um. Ihre Augen weiteten sich ein wenig.

«Du siehst wie ein neuer Mensch aus, George. Das ist wirklich – unglaublich.»

«Neu? Wie neu?»

«Wie in der Werbung. *Vorher – und nach der Einnahme von Uppington's Glaubersalz.*»

Sie setzte sich auf einen anderen Umzugskarton und zündete eine Zigarette an.

«Du musst das Geld von Richard wirklich dringend gebraucht haben, oder, George?»

«Niemand, der ehrlich ist, kann sagen, dass Geld ihm heutzutage nicht gelegen kommt.»

Georges Tonfall war verbindlich.

«Du warst in der Klemme, stimmt's?», fragte Susan.

«Geht dich das was an, Susan?»

«Reines Interesse.»

«Mietest du den Laden für Geschäftszwecke?»

«Ich kaufe das ganze Haus.»

«Um hier zu wohnen?»

«Ja. Die zwei oberen Stockwerke sind Wohnungen. Eine ist leer und gehört zum Laden dazu, aus der anderen kaufe ich die Mieter heraus.»

«Es ist schön, Geld zu haben, Susan, nicht?»

In Georges Stimme schwang ein boshafter Unterton mit. Aber Susan holte nur tief Luft und sagte: «Ich finde es fantastisch. Ein Gebet ist erhört worden.»

«Kann ein Gebet einen ältlichen Verwandten umbringen?»

Susan ignorierte die Bemerkung.

«Das Haus ist genau das Richtige. Zum einen ist es architektonisch gut erhalten. Aus den zwei Stockwerken oben kann ich eine richtig schicke Wohnung machen. Zwei Zimmer haben wunderschöne Stuckdecken, und alle sind gut geschnitten. Die Räume hier unten sind arg verschandelt worden, die muss ich vollständig modernisieren.»

«Was willst du draus machen? Einen Klamottenladen?»

«Nein, einen Schönheitssalon. Kosmetik auf Kräuterbasis. Gesichtscremes!»

«Mit allem Drum und Dran?»

«Mit allem Drum und Dran. Es lohnt sich. Es lohnt sich immer. Man braucht nur die richtige Persönlichkeit, um das rüberzubringen. Und das kann ich.»

George betrachtete seine Cousine, die Konturen ihres Gesichts, den üppigen Mund, den strahlenden Teint. Es war ein ungewöhnliches und sehr lebhaftes Gesicht. Außerdem sah er in Susan auch das gewisse Etwas, das Erfolg verheißt.

«Ja», sagte er, «ich glaube, du hast genau das Zeug, das es braucht, um erfolgreich zu sein, Susan. Du wirst deine Investition hundertfach wieder reinholen und es weit bringen.»

«Es ist die richtige Gegend, um die Ecke von der Haupteinkaufsstraße, und man kann direkt vor der Tür parken.»

George nickte.

«Doch, Susan, du wirst es schaffen. Planst du das schon lange?»

«Seit über einem Jahr.»

«Warum hast du Richard nicht um Hilfe gebeten? Er hätte dir vielleicht Geld gegeben.»

«Ich habe es ihm vorgeschlagen.»

«Und er wollte nicht? Warum denn nicht? Ich hätte gedacht, ihm wäre klar gewesen, dass du aus demselben Holz geschnitzt bist wie er.»

Susan gab keine Antwort. Vor George stieg kurz das Bild einer anderen Person auf, eines dünnen, nervösen, misstrauisch dreinblickenden jungen Mannes.

«Und welche Rolle wird – wie heißt er gleich? – Greg in deinem Plan spielen?», fragte er weiter. «Er wird doch wohl keine Pillen und Pülverchen mehr verkaufen, oder?»

«Natürlich nicht. Hinten kommt ein Labor rein, da stellen wir Kosmetik nach unseren eigenen Rezepten her.»

George verkniff sich ein Grinsen. Am liebsten hätte er gesagt: «Also bekommt das Baby auch seine Spielwiese», aber die Bemerkung verbiss er sich. Es machte ihm Spaß, mit seiner Cousine Spott zu treiben, aber er hatte das unbehagliche Gefühl, dass man vorsichtig sein musste, wenn es um Susans Gefühle für ihren Mann ging. Das könnte ein höchst explosives Thema sein. Wie schon am Tag der Beerdigung fragte er sich, was es mit diesem verschrobenen Typen Gregory wohl auf sich hatte. Er hatte etwas, das einem nicht ganz geheuer war. Er sah so unscheinbar aus – und andererseits war er alles andere als unscheinbar…

George blickte wieder zu Susan, die sich glücklich ihren Träumen hingab.

«Du bist eine richtige Abernethie», sagte er. «Die Einzige in der Familie. Richard fand es bestimmt schade, dass du eine Frau bist. Wenn du ein Mann gewesen wärst, hätte er dir garantiert das Ganze vermacht.»

«Ja, das glaube ich auch», antwortete Susan gedehnt. «Weißt du, er konnte Greg nicht leiden…», fuhr sie nach einer kurzen Pause fort.

«Ah ja?» George hob die Augenbrauen. «Sein Fehler.»

«Ja.»

«Na ja, aber jetzt läuft doch alles prima – genau nach Plan.»

Als er das sagte, wurde ihm bewusst, dass diese Bemerkung auf Susan besonders gut zutraf.

Bei diesem Gedanken wurde ihm etwas unwohl. Er mochte keine Frauen, die kaltblütig waren und tüchtig obendrein.

«Übrigens, hast du Post von Helen bekommen?», fragte er, um das Thema zu wechseln. «Wegen Enderby?»

«Ja, heute morgen. Du auch?»

«Ja. Was sagst du dazu?»

«Greg und ich haben uns überlegt, am übernächsten Wochenende hinzufahren, wenn das den anderen auch passt. Helen will ja wohl alle zusammen dahaben.»

George lachte spöttisch.

«Sonst könnte sich ja jemand etwas Wertvolleres aussuchen als die anderen.»

Susan lachte ebenfalls.

«Ach, ich glaube doch, dass alles genau geschätzt werden wird. Aber die Schätzung wird sicher viel niedriger ausfallen als auf dem freien Markt. Außerdem hätte ich doch ganz gerne ein paar Souvenirs an den Stammvater des Familienvermögens. Und dann wäre es witzig, ein oder zwei groteske Sachen hier hinzustellen. So als richtiger Blickfang! Das ganze Viktorianische kommt jetzt wieder groß in Mode. Im Salon stand doch ein grüner Malachittisch. Um den herum könnte man eine ganze Farbkomposition aufbauen. Und vielleicht eine Vitrine mit ausgestopften Kolibris – oder eine von den Glasglocken mit Wachsblumen. So was kann sich gut machen, nur als Gag.»

«Ich habe volles Vertrauen in deinen Geschmack.»

«Du wirst doch auch kommen, oder?»

«Natürlich – allein schon um zu sehen, dass der Gerechtigkeit Genüge getan wird.»

Susan lachte wieder.

«Wetten, dass es zu einem riesigen Familienkrach kommt?», sagte sie.

«Wahrscheinlich wird Rosamund deinen grünen Malachittisch als Bühnenrequisit haben wollen!»

Jetzt lachte Susan nicht mehr.

«Hast du Rosamund in letzter Zeit mal gesehen?», fragte sie stirnrunzelnd.

«Ich habe die schöne Rosamund nicht mehr gesehen, seit wir alle zusammen dritter Klasse von der Beerdigung zurückgefahren sind.»

«Ich hab sie ein- oder zweimal gesehen … Sie – sie kam mir ziemlich merkwürdig vor…»

«Wieso denn? Hat sie versucht, ihren Kopf zu benützen?»

«Nein. Sie wirkte – na ja, irgendwie verstört.»

«Verstört, weil sie einen Batzen Geld geerbt hat und jetzt ein schauderhaftes Stück auf die Bühne bringen kann, in dem Michael sich lächerlich macht?»

«Oh, die Sache läuft schon. Das Stück klingt wirklich schauderhaft – aber es könnte trotzdem ein Erfolg werden. Michael ist sehr gut. Er kommt gut über die Rampe oder wie immer man das sagt. Er ist ganz anders als Rosamund, die ist ja bloß schön und dumm.»

«Die arme, schöne, dumme Rosamund.»

«Aber Rosamund ist nicht ganz so dumm, wie man manchmal glaubt. Ab und zu sagt sie schlaue Sachen, von denen man gar nicht gedacht hätte, dass sie ihr überhaupt auffallen würden. Das ist … ziemlich erschreckend.»

«Wie unsere Tante Cora…»

«Ja…»

Ein kurzes Unbehagen beschlich die beiden – heraufbeschworen durch die Erwähnung von Cora Lansquenet.

«Apropos Cora», sagte George mit bemühter Gleichgültigkeit. «Was ist eigentlich mit ihrer Hausdame? Ich finde, wir sollten etwas mit ihr machen.»

«Mit ihr machen? Wie meinst du das?»

«Na ja, in gewisser Hinsicht ist doch die Familie für sie verantwortlich. Ich meine, Cora war ja unsere Tante – und ich denke mir, dass es für diese Hausdame wohl gar nicht so leicht sein wird, eine neue Stelle zu finden.»

«Das hast du dir gedacht?»

«Ja. Die Leute fürchten doch alle um ihre Haut. Ich meine nicht, dass sie glauben, diese Gilchrist würde tatsächlich mit einem Beil über sie herfallen – aber irgendwo im Hinterkopf denken sie bestimmt, dass sie Unglück bringt. Leute sind abergläubisch.»

«Wie seltsam, dass du dir so viele Gedanken darüber gemacht hast, George. Woher weißt du denn all diese Dinge?»

«Du vergisst, dass ich Anwalt bin», erklärte George trocken. «Ich kriege von den absurden, unlogischen menschlichen Verhaltensweisen viel mit. Was ich meine, ist – wir sollten etwas für diese Frau tun, ihr eine kleine Rente zahlen oder so, damit sie erst mal über die Runden kommt, oder ihr eine Stelle irgendwo in einem Büro besorgen, wenn sie solche Arbeit tun kann. Ich habe das Gefühl, dass wir mit ihr in Kontakt bleiben sollten.»

«Mach dir keine Sorgen.» Susan klang ebenso trocken wie George, aber auch leicht ironisch. «Ich hab mich schon drum gekümmert. Sie arbeitet jetzt bei Timothy und Maude.»

George schaute verblüfft auf.

«Also wirklich, Susan – ist das klug?»

«Etwas Besseres ist mir auf die Schnelle nicht eingefallen.»

George betrachtete sie neugierig.

«Du bist immer sehr davon überzeugt, dass du genau das Richtige tust, nicht, Susan? Du weißt, was du tust, und kennst keine Reue.»

«Reue ist pure Zeitverschwendung», sagte Susan leichthin.

Siebzehntes Kapitel

Michael schob den Brief über den Tisch zu Rosamund.

«Was meinst du?»

«Wir sollten hinfahren, findest du nicht?»

«Wahrscheinlich ist es besser.»

«Vielleicht ist ja etwas Schmuck dabei ... Die Sachen im Haus sind alle grauenhaft – ausgestopfte Vögel und Wachsblumen – scheußlich!»

«Ja. Ein bisschen komme ich mir da immer vor wie in einem Mausoleum. Deswegen würde ich auch gerne ein paar Skizzen machen, vor allem im Wohnzimmer. Vom Kamin, zum Beispiel, und von der Couch mit der seltsamen Form. Das wäre genau das Richtige für *Des Barons Reise* – wenn wir es wieder aufführen.»

Nach einem Blick auf seine Armbanduhr stand er auf.

«Apropos, ich muss zu Rosenheim. Es wird heute Abend ziemlich spät werden. Ich gehe mit Oscar essen; wir müssen darüber reden, ob wir die Option tatsächlich wahrnehmen wollen und wie das mit dem Angebot aus Amerika zusammenpasst.»

«Oscar, das Schätzchen. Er wird sich freuen, dich nach der langen Zeit wieder mal zu sehen. Grüß ihn von mir.»

Michael warf ihr einen scharfen Blick zu. Sein Lächeln war verschwunden, sein Gesicht hatte den wachen Ausdruck eines Raubtieres angenommen.

«Was meinst du – nach der langen Zeit? Das klingt ja, als hätte ich ihn seit Ewigkeiten nicht gesehen.»

«Hast du ja auch nicht, oder?», murmelte Rosamund.

«Natürlich hab ich ihn gesehen. Wir haben erst vor einer Woche zusammen zu Mittag gegessen.»

«Wie seltsam. Das muss er vergessen haben. Er hat gestern hier angerufen und gesagt, er hätte dich seit der Premiere von *Tilly schaut nach Westen* nicht mehr gesehen.»

«Der alte Trottel hat wohl nicht mehr alle Tassen im Schrank.»

Michael lachte. Rosamund betrachtete ihn aus ihren großen blauen Augen, die keine Regung verrieten.

«Du hältst mich für dumm, Mick, stimmt's?»

«Aber natürlich nicht, Liebling», widersprach Michael.

«Doch, das tust du schon. Aber so dumm bin ich auch wieder nicht. Du hast dich neulich nicht mit Oscar getroffen. Ich weiß, wo du warst.»

«Schätzchen, was meinst du damit?»

«Ich meine, dass ich genau weiß, wo du wirklich warst …»

Michaels attraktives Gesicht bekam einen unsicheren Ausdruck. Er starrte seine Frau an, die seinen Blick gelassen erwiderte.

Wie verunsichernd ein leerer Blick doch sein kann, schoss es ihm durch den Kopf.

«Ich weiß nicht, worauf du hinaus willst.» Er klang wenig überzeugend.

«Ich meine nur, dass es ziemlich dumm von dir ist, mir einen Haufen Lügen aufzutischen.»

«Also hör mal, Rosamund …»

Er wollte auffahren, brach aber bestürzt ab, als seine Frau leise sagte: «Wir möchten diese Option doch wahrnehmen und das Stück aufführen, oder nicht?»

«Wir *möchten?* Das ist die Rolle, von der ich immer geträumt habe!»

«Genau das meine ich ja.»

«Was genau meinst du?»

«Na ja – es ist viel wert, oder? Aber zu viele Risiken sollte man nicht eingehen.»

Er starrte sie an. «Es ist dein Geld, das weiß ich», sagte er langsam. «Wenn du das Risiko nicht eingehen willst...»

«Es ist unser Geld, Liebling.» Rosamund sprach mit Nachdruck. «Ich finde, das ist doch recht wichtig.»

«Hör mal, Liebling. Die Rolle der Eileen – die könnte ausgebaut werden.»

Rosamund lächelte.

«Ich glaube eigentlich nicht, dass ich sie spielen möchte.»

«Rosamund.» Michael war schockiert. «Was ist in dich gefahren?»

«Nichts.»

«Doch, etwas ist mit dir los. Du bist in letzter Zeit anders – launisch – nervös. Was ist passiert?»

«Nichts. Ich möchte nur, dass du ... aufpasst, Michael.»

«Dass ich aufpasse mit was? Ich passe immer auf.»

«Da bin ich anderer Meinung. Du glaubst immer, dass du alles machen kannst, ohne dass dir jemand auf die Schliche kommt, und dass dir jeder immer alles abnimmt, was du ihm weismachen willst. Das war dumm von dir neulich mit Oscar.»

Vor Zorn lief Michael rot an.

«Und was ist mit dir? Du hast gesagt, du würdest mit Jane einkaufen gehen. Aber das stimmt nicht. Jane ist schon seit Wochen in Amerika.»

«Ja», räumte Rosamund ein, «das war dumm von mir. Ich bin nur spazieren gegangen – im Regent's Park.»

Michael sah sie neugierig an.

«Im Regent's Park? Du bist noch nie im Leben im Regent's Park spazieren gegangen. Was ist los? Hast du einen Liebhaber? Du kannst sagen, was du willst, Rosamund, in letzter Zeit bist du einfach anders gewesen. Warum?»

«Ich habe ... nachgedacht. Was wir tun sollen...»

Die Spontaneität, mit der Michael um den Tisch zu ihr stürmte, war beglückend.

«Liebling – du weißt doch, dass ich dich vergöttere!», rief er leidenschaftlich.

Emphatisch überließ sie sich seiner Umarmung. Doch als sie sich nach einer Weile voneinander lösten, fiel ihm wieder der berechnende Blick ihrer schönen Augen auf. Ihm wurde unbehaglich.

«Was immer ich getan haben mag – du würdest mir doch verzeihen, oder?», fragte er.

«Wahrscheinlich schon», räumte Rosamund ein. «Aber darum geht es gar nicht. Weißt du, jetzt ist alles anders geworden. Wir müssen überlegen und planen.»

«Was müssen wir überlegen und planen?»

Rosamund runzelte die Stirn. «Wenn man etwas getan hat, heißt das noch lange nicht, dass die Sache ausgestanden ist. Eigentlich fängt dann alles erst an und man muss planen, was man als Nächstes tut, und sich überlegen, was wichtig ist und was nicht.»

«Rosamund…»

In Gedanken versunken saß sie da, den Blick in die Ferne gerichtet, offenbar ohne Michael wahrzunehmen.

Als er ihren Namen zum dritten Mal wiederholte, fuhr sie leicht zusammen und riss sich aus ihrer Träumerei.

«Was hast du gesagt?»

«Ich habe dich gefragt, woran du denkst.»

«Wie? Ach ja, ich habe mir überlegt, ob ich nicht nach – wie heißt der Ort? – Lytchett St. Mary fahren sollte und diese Miss Sowieso besuchen – die Frau, die bei Tante Cora gelebt hat.»

«Aber warum denn?»

«Na ja, sie wird ja wohl bald weggehen, oder? Zu Verwandten oder sonst wohin. Ich finde, wir sollten sie nicht verschwinden lassen, ohne sie vorher gefragt zu haben.»

«Ohne sie was gefragt zu haben?»

«Wer Tante Cora umgebracht hat.»

Michael starrte sie an.

«Du meinst – du glaubst, dass sie das weiß?»

«Aber ja, davon gehe ich aus», antwortete Rosamund sinnierend. «Sie hat doch mit ihr zusammengewohnt.»

«Aber das hätte sie doch der Polizei gesagt.»

«Nein, ich glaube nicht, dass sie etwas Handfestes weiß – nur, dass sie eine Ahnung hat. Wegen dem, was Onkel Richard sagte, als er zu Besuch dort war. Er ist nämlich da gewesen, das hat Susan mir erzählt.»

«Aber sie hat doch nicht gehört, was er gesagt hat.»

«Natürlich hat sie das, Schatz.» Rosamund klang, als würde sie mit einem uneinsichtigen Kind reden.

«Unsinn. Richard Abernethie hätte nie im Leben vor einer Fremden gesagt, dass er jemandem aus der Familie misstraut.»

«Nein, natürlich nicht. Aber sie hat mitgehört.»

«Du meinst, sie hat gelauscht?»

«Das nehme ich mal an – oder ehrlich gesagt, da bin ich mir sogar ziemlich sicher. Es muss doch schrecklich langweilig sein, zwei Frauen zusammen in einem Häuschen, die nichts zu tun haben als Abwaschen und die Spüle putzen, die Katze vor die Tür setzen und solche Sachen. Natürlich hat sie gelauscht und Briefe gelesen – das würde doch jeder.»

Der Blick, mit dem Michael seine Frau betrachtete, verriet Bestürzung.

«Würdest du das tun?», fragte er sie unverblümt.

«Ich würde nie aufs Land ziehen und Gesellschaftsdame werden.» Rosamund schauderte. «Da würde ich lieber sterben.»

«Ich meine – würdest du Briefe lesen und solche Sachen?»

«Wenn ich etwas wirklich wissen wollte – ja», erwiderte Rosamund gelassen. «Das würde doch jeder, meinst du nicht?»

Ihr klarer Blick begegnete seinem.

«Man will doch einfach nur wissen, was los ist», fuhr sie fort. «Man würde ja nichts damit anfangen. Wahrscheinlich geht es ihr auch so – Miss Gilchrist, meine ich. Aber ich bin mir sicher, dass sie es weiß.»

«Rosamund, was glaubst du denn, wer Cora umgebracht hat?» Michaels Stimme klang erstickt. «Und den alten Richard?»

Wieder streiften ihre klaren blauen Augen seine.

«Liebling, mach dich nicht lächerlich … das weißt du genauso gut wie ich. Aber es ist viel besser, es nicht laut auszusprechen. Also lassen wir es auch bleiben.»

Achtzehntes Kapitel

Von seinem Sessel am Kamin aus betrachtete Hercule Poirot die in der Bibliothek versammelte Familie.

Nachdenklich wanderte sein Blick von Susan, die aufrecht dasaß und lebhaft und angeregt wirkte, zu ihrem Mann, der neben ihr saß und mit ausdrucksloser Miene einen Bindfaden zwischen den Fingern zwirbelte. Von Greg schweifte Poirots Blick weiter zu George Crossfield, der lässig und sehr selbstzufrieden über Falschspieler auf Transatlantikkreuzfahrten redete, und zwar mit Rosamund, die mechanisch und in einer Stimme bar jeden Interesses «wie erstaunlich, mein Lieber, aber warum?» sagte; wanderte weiter zu Michael mit seiner sehr eigenen, ausgezehrten Attraktivität und seinem unübersehbaren Charme; zu Helen, gefasst und ein wenig reserviert; zu Timothy, der sich behaglich im bequemsten Sessel niedergelassen hatte, ein zusätzliches Kissen in den Rücken gesteckt; zu Maude, stämmig und robust, die hingebungsvolle Krankenschwester; und schließlich zu der Gestalt, die ein wenig Entschuldigung heischend am Rand des Familienkreises saß – die Gestalt von Miss Gilchrist, die eine eher exzentrische als schicke Bluse trug. Seiner Einschätzung nach würde sie bald aufstehen, eine Entschuldigung wispern und den Kreis der Familie verlassen, um sich nach oben auf ihr Zimmer zurückzuziehen. Miss Gilchrist wusste, welcher Platz ihr zustand, dachte er sich; sie war durch eine harte Schule gegangen.

Hercule Poirot nahm einen Schluck von seinem Verdauungskaffee und taxierte die Anwesenden zwischen halb geschlossenen Lidern.

Er hatte sich gewünscht, sie hier zu sehen, alle zusammen, und sein Wunsch war in Erfüllung gegangen. Und was, überlegte er sich nun, würde er jetzt mit ihnen anfangen? Auf einmal empfand er Widerwillen, weiter in die Geschichte vorzudringen. Warum das?, fragte er sich. War das der Einfluss von Helen Abernethie? Sie strahlte einen passiven Widerstand aus, der sich als erstaunlich stark erwies. War es ihr gelungen, ihrer reizenden, unbekümmerten Art zum Trotz, ihr Widerstreben auf ihn zu übertragen? Sie sträubte sich dagegen, die Details über Richards Tod aufzurühren, das wusste er. Sie wollte die Sache auf sich beruhen, der Vergessenheit anheim fallen lassen. Das überraschte Poirot nicht. Was ihn überraschte, war seine eigene Neigung, ihr zuzustimmen.

Mr. Entwhistle hatte die Familie bewundernswert genau beschrieben, stellte er jetzt fest. Er hatte alle Versammelten gut und einfühlsam charakterisiert. Vor diesem Hintergrund hatte Poirot sich ein eigenes Bild von ihnen machen wollen. Er hatte geglaubt, dass er, wenn er diese Menschen näher kennen lernte, eine sehr genaue Ahnung haben würde – nicht über das *Wie* und *Wann* (sich mit derlei Fragen zu befassen beabsichtigte er nicht; ihm genügte zu wissen, dass möglicherweise ein Mord passiert war), aber über das *Wer*. Denn Hercule Poirot konnte sich auf die Erfahrung seines langen Lebens als Detektiv berufen, und ebenso wie ein Mensch, der mit Gemälden handelt, einen Künstler erkennt, so glaubte Poirot, er könne den Typus des amateurhaften Verbrechers erkennen, der – wenn die Umstände es erforderlich machten – zum Mord bereit war.

Aber so leicht sollte es nicht sein.

Denn er konnte sich praktisch jeden der Anwesenden als möglichen – wenn auch nicht wahrscheinlichen – Mörder vorstellen. George war des Mords fähig – so, wie eine Ratte zuschlägt, wenn sie in die Enge getrieben wird. Susan könnte ruhig – und effizent – morden, um ihre Pläne voranzutreiben. Gregory, weil er einen seltsamen, morbiden Zug hatte, der Bestrafung nicht nur missachtete, sondern herausforderte und sogar verlangte. Michael, weil er ehrgeizig war und die überhebliche Eitelkeit eines Mörders besaß. Rosamund, weil ihr Blick auf die Welt erschreckend schlicht war. Timothy, weil er seinen Bruder beneidet und gehasst und nach der Macht getrachtet hatte, die dessen Geld ihm verleihen würde. Maude, weil Timothy ihr Kind war und sie rücksichtslos war, wenn es um ihr Kind ging. Sogar Miss Gilchrist, dachte er sich, hätte nicht vor Mord zurückgeschreckt, wenn sie damit ihren *Willow-Tree*-Salon mit seiner damenhaften Eleganz zurückgewonnen hätte. Und Helen? Helen konnte er sich nicht als Mörderin vorstellen. Sie war zu zivilisiert – Gewalt war nicht ihr Stil. Außerdem hatten sie und ihr Mann Richard Abernethie zweifellos geliebt.

Poirot unterdrückte ein Seufzen. Bei diesem Fall gab es keine Abkürzung, die ihn direkt zur Wahrheit führen würde. Er würde sich einer langwierigeren, dafür aber sichereren Methode bedienen müssen. Gespräche waren notwendig. Zahlreiche Gespräche. Denn nach einer Weile würden die Leute sich verraten, sei es durch eine Lüge oder durch die Wahrheit…

Helen hatte ihn dem Familienverband vorgestellt, und er hatte sofort begonnen, die fast generelle Ablehnung abzubauen, die seine Anwesenheit – ein Fremder! ein Ausländer noch dazu ! – hervorrief. Er hatte seine Augen und seine Ohren offen gehalten. Er hatte beobachtet und zugehört – mal mehr, mal weniger unverhohlen. Er hatte Affinitäten und Feindseligkeiten bemerkt, die unvorsichtigen Worte, die immer fallen, wenn es um die Aufteilung eines Vermögens geht. Geschickt hatte er Tête-à-têtes eingefädelt, Spaziergänge auf der Terrasse, hatte Beobachtungen angestellt und Schlussfolgerungen gezogen. Er hatte mit Miss Gilchrist über die untergegangene Welt ihres Teesalons gesprochen und über die besten Rezepte für Brioches und Schokoladenéclairs, war mit ihr in den Gemüsegarten gegangen, um die richtige Verwendung von Kräutern in der Küche zu diskutieren. Er hatte mehrfach lange halbe Stunden mit Timothy verbracht, der über seine

Gesundheit und den fatalen Einfluss von Farbe auf diese lamentierte.

Farbe? Poirot verzog das Gesicht. Jemand anders hatte von Farbe gesprochen – Mr. Entwhistle vielleicht?

Und es war über Gemälde gesprochen worden, von Pierre Lansquenet als Maler. Cora Lansquenets Bilder, über die Miss Gilchrist in Begeisterungsstürme geriet, Susan sich aber abfällig äußerte. «Wie Postkarten», hatte sie gesagt. «Und sie hat sie von Postkarten abgemalt.»

Diese Bemerkung hatte Miss Gilchrist gekränkt, und sie hatte scharf eingewendet, dass Mrs. Lansquenet, die gute Seele, immer nach der Natur gemalt habe.

«Aber ich wette, dass sie geschummelt hat», sagte Susan zu Poirot, nachdem Miss Gilchrist das Zimmer verlassen hatte. «Ich weiß sogar genau, dass sie es getan hat, obwohl ich das nicht wiederholen würde, um die alte Schrulle nicht zu ärgern.»

«Und woher wissen Sie das?»

Poirot betrachtete die starken, entschlossenen Konturen von Susans Kinn.

«Sie wird ihrer Sache immer sicher sein», dachte er. «Manchmal vielleicht zu sicher…»

Susan hatte munter weitererzählt.

«Ich sage es Ihnen, aber bitte erzählen sie es der Gilchrist nicht weiter. Ein Bild ist von Polflexan – die Bucht, der Leuchtturm und die Pier, der übliche Blick eben, den alle Amateurmaler malen. Aber die Pier ist im Krieg gesprengt worden, und da Tante Cora das Bild erst vor zwei Jahren gemacht hat, kann sie es wohl kaum nach der Natur gemalt haben, oder? Aber auf den Postkarten, die dort verkauft werden, ist die alte Pier noch zu sehen. Ich hab eine in ihrer Nachttischschublade gefunden. Also hat Tante Cora die Skizze dort unten angefangen und sie dann später nach der Postkarte fertig gemalt! Komisch, nicht, wie man Leute immer wieder ertappt, wenn sie mogeln.»

«Ja, wie Sie sagen, es ist wirklich komisch.» Poirot schwieg eine Weile, bis er die passende Überleitung fand.

«Sie werden sich nicht an mich erinnern, Madame», sagte er, «aber ich erkenne Sie wieder. Ich sehe Sie hier nicht zum ersten Mal.»

Susan starrte ihn an. Poirot nickte mit Verve.

«Doch, doch, das ist die Wahrheit. Ich saß in einem Automobil, warm eingehüllt, und habe Sie durch das Fenster gesehen. Sie reden mit einem Mechaniker in der Garage. Sie bemerken mich nicht – das ist nur verständlich –, ich sitze in einem Wagen – ein älterer, vermummter Fremder. Aber ich habe Sie bemerkt – Sie sind jung und hübsch anzusehen und Sie stehen dort in der Sonne. Als ich hier ankam, dachte ich mir: ‹ *Tiens!* Welch ein Zufall!›»

«In einer Garage? Wo? Und wann?»

«Oh, vor einer Weile – einer Woche – nein, mehr. Im Augenblick», ergänzte Poirot unaufrichtig, während die Garage des *King's Arms* klar und deutlich vor seinem geistigen Auge aufstieg, «kann ich mich nicht erinnern, wo das war. Ich bin durch das ganze Land gereist.»

«Auf der Suche nach einem geeigneten Haus für Ihre Flüchtlinge?»

«Ja. Man muss so vieles bedenken, verstehen Sie. Der Preis – die Lage – ob es zum Umbau geeignet ist.»

«Ich nehme an, Sie werden im Haus viel umbauen lassen? Lauter schreckliche Zwischenwände.»

«In den Schlafräumen sicherlich. Aber die meisten Zimmer im Erdgeschoss werden wir nicht antasten.» Er brach ab, ehe er fortfuhr: «Stimmt es Sie traurig, Madame, dass Ihrem alten Familienhaus eine solche Zukunft bevorsteht – dass Ausländer hier leben werden?»

«Aber natürlich nicht.» Susan wirkte belustigt. «Ich finde es eine ausgezeichnete Idee. So wie das Haus jetzt ist, kann doch kein Mensch hier wohnen. Und ich bin nicht sentimental, was das Haus angeht. Schließlich ist es nicht mein Zuhause. Meine

Eltern lebten in London. Wir sind nur manchmal zu Weihnachten hergekommen. Ehrlich gesagt habe ich es immer ziemlich scheußlich gefunden – ein Tempel des Wohlstands, fast schon unanständig.»

«Heute sehen die Altäre anders aus. Es gibt die Einbaumöbel, die indirekte Beleuchtung, die teure Schlichtheit. Aber der Wohlstand kennt noch immer seine Tempel, Madame. Wie ich höre – ich hoffe, ich bin nicht indiskret –, planen Sie selbst ein solches Bauwerk? Alles *de luxe* – ohne Kosten zu scheuen?»

Susan lachte.

«Ein Tempel wird es kaum werden – nur ein Geschäft.»

«Möglicherweise ist der Name nicht von Bedeutung … Aber es wird viel Geld kosten – das ist die Wahrheit, nicht wahr?»

«Heute ist alles sündhaft teuer. Aber ich glaube, die Investition wird sich bezahlt machen.»

«Erzählen Sie mir ein wenig mehr von Ihren Plänen. Es überrascht mich, dass eine schöne, junge Frau so praktisch veranlagt sein sollte, so tüchtig. In meinen jungen Jahren – das war vor langer Zeit, ich gebe es zu – dachten schöne Frauen nur an ihr Vergnügen, an Kosmetik, an *la toilette*.»

«Frauen denken noch immer viel an ihr Äußeres – das ist meine Chance.»

«Erzählen Sie mir davon.»

Und sie hatte ihm von ihrem Vorhaben erzählt – in allen Einzelheiten, mit denen sie unbewusst viel über sich selbst preisgab. Er staunte über ihren Geschäftssinn, die Umsicht, mit der sie plante und alle Details bedachte. Sie machte gute, kühne Pläne, für die sie alle Nebensächlichkeiten beiseite wischte. Vielleicht war sie sogar ein wenig rücksichtslos – wie alle, die kühne Pläne haben.

«Doch, Sie werden Erfolg haben», hatte er gesagt. «Sie werden es zu etwas bringen. Welch ein Glück, dass Sie nicht, wie so viele andere, durch Geldmangel behindert sind. Ohne Anfangskapital kommt man nicht weit. So viele kreative Ideen zu

haben und durch fehlende Mittel eingeschränkt zu werden –
das wäre unerträglich gewesen.»

«Ich hätte es nicht ertragen! Aber ich hätte das Geld irgendwie zusammenbekommen – oder jemanden gefunden, der
mich unterstützt.»

«Ah, natürlich! Ihr Onkel, dem dieses Haus gehörte, war
vermögend. Selbst wenn er nicht gestorben wäre, hätte er Sie
doch, wie man bei Ihnen sagt, gesponsert.»

«Nein, das hätte er nicht. Onkel Richard war etwas altmodisch, was Frauen betraf. Wenn ich ein Mann gewesen wäre…»
Ein zorniger Ausdruck zog über ihr Gesicht. «Ich habe mich
sehr über ihn geärgert.»

«Ich verstehe – ja, ich verstehe…»

«Die Alten sollten der Jugend nicht im Weg stehen. Ich …
oh, Verzeihung.»

Hercule Poirot lachte unbekümmert und zwirbelte seinen
Schnurrbart.

«Ich bin alt, ja. Aber ich behindere die Jugend nicht. Es gibt
niemanden, der auf meinen Tod zu warten braucht.»

«Ein schrecklicher Gedanke.»

«Aber Sie sind Realistin, Madame. Lassen Sie uns doch ein-
gestehen, dass die Welt voller junger – oder auch nicht mehr
ganz so junger – Menschen ist, die nur geduldig oder ungedul-
dig auf den Tod eines Menschen warten, dessen Ableben ihnen
zu Wohlstand verhilft – oder zumindest zu einer Chance.»

«Eine Chance!» Susan seufzte tief. «Mehr braucht man
nicht.»

Poirot hatte den Blick ein wenig schweifen lassen und sagte
jetzt munter: «Und hier kommt Ihr Mann, um sich unserem
kleinen Kreise anzuschließen … Wir sprechen gerade über
Chancen, Mr. Banks. Über die wunderbaren Chancen – die
man mit beiden Händen ergreifen muss. Wie weit darf man
gehen, ohne sein Gewissen zu verraten? Dürfen wir Ihre Ansicht dazu erfahren?»

Aber es war ihm nicht beschieden, Gregory Banks' Ansichten über Chancen oder auch über sonst etwas zu erfahren. Es erwies sich als ganz und gar unmöglich, mit Gregory Banks überhaupt ins Gespräch zu kommen. Der junge Mann hatte etwas Ungreifbares. Ob auf eigenen Wunsch oder den seiner Frau hin schien er eine Abneigung gegen Tête-à-têtes und Gespräche im kleinen Kreis zu haben. Nein, zu einer Unterhaltung mit Gregory kam es nicht.

Poirot hatte mit Maude Abernethie gesprochen – ebenfalls über Farbe (beziehungsweise deren Geruch) und über den glücklichen Umstand, dass Timothy nach Enderby hatte kommen können, und wie liebenswürdig es von Helen gewesen war, die Einladung auch auf Miss Gilchrist zu erstrecken.

«Sie ist wirklich ungemein nützlich. Timothy braucht ja so oft ein kleines Häppchen zu essen, und man darf die Dienstboten anderer Leute nicht über Gebühr strapazieren, aber in dem kleinen Raum neben der Speisekammer steht ja der Gaskocher, so dass Miss Gilchrist Ovomaltine oder eine Brühe für ihn warm machen kann, ohne jemanden zu stören. Und dann holt sie immer so bereitwillig alles Mögliche, läuft dutzend Mal am Tag die Treppe hinauf und hinab. O ja, ich glaube, die Vorsehung hat es gefügt, dass sie die Nerven verloren hat und nicht allein in unserem Haus bleiben wollte, obwohl ich zugegebenermaßen anfangs ziemlich irritiert war.»

«Sie hat die Nerven verloren?» Poirot horchte interessiert auf.

Schweigend hörte er zu, während Maude ihm Miss Gilchrists plötzliche Ängstlichkeit schilderte.

«Sie hatte Angst, sagen Sie? Konnte aber nicht genau sagen, warum? Das ist interessant, sehr interessant.»

«Ich halte es für eine verzögerte Schockreaktion.»

«Möglich.»

«Im Krieg ist einmal gerade gut einen Kilometer von uns entfernt eine Bombe eingeschlagen, und ich weiß noch, wie Timothy…»

Poirot gestattete sich, in Gedanken von Timothy abzuschweifen.

207

«War an dem Tag etwas Besonderes vorgefallen?», erkundigte er sich.

«An welchem Tag?» Maude sah ihn verständnislos an.

«An dem Tag, an dem Miss Gilchrist die Nerven verlor.»

«Ach, das … nein, ich glaube nicht. Offenbar hat sie diese Anfälle, seit sie aus Lytchett St. Mary weg ist, oder zumindest sagt sie das. Als sie noch da war, hat es ihr offenbar nichts ausgemacht.»

Und als Folge davon, dachte Poirot, hatte sie ein Stück vergifteten Hochzeitskuchen gegessen. Nicht verwunderlich, dass sie hinterher ängstlich wurde … Und selbst, als sie aufs friedliche Land gezogen war, nach Stansfield Grange, war ihr die Angst erhalten geblieben. Mehr als erhalten geblieben – sie war noch gewachsen. Welchen Grund hatte das? Sich um einen mäkeligen Hypochonder wie Timothy zu kümmern war doch sicherlich so anstrengend, dass alle nervösen Ängste sich vor Gereiztheit in Luft auflösen müssten?

Aber irgendetwas dort im Haus hatte Miss Gilchrist Angst gemacht. Was war das gewesen? Kannte sie selbst den Grund?

Als Poirot sich vor dem Abendessen eine kleine Weile allein mit Miss Gilchrist in einem Raum befand, sprach er das Thema mit der Neugier des Ausländers freimütig an.

«Sie verstehen, für mich ist es unmöglich, in Anwesenheit der Familienangehörigen über den Mord zu sprechen. Aber ich bin neugierig. Wer wäre das nicht? Ein grausames Verbrechen – eine empfindsame Künstlerin wird in einem einsamen Cottage überfallen. Schrecklich für die Familie. Aber schrecklich, denke ich, auch für *Sie*. Da Mrs. Timothy Abernethie mir zu verstehen gegeben hat, dass Sie zu der Zeit da waren?»

«Das stimmt. Und wenn Sie mir verzeihen würden, Monsieur Pontarlier, ich möchte nicht darüber reden.»

«Das verstehe ich … ja, das verstehe ich sehr gut.»

Nach diesen Worten machte er eine Pause und wartete. Wie

er vermutet hatte, begann Miss Gilchrist sofort, sich über eben dieses Thema zu verbreiten.

Er erfuhr von ihr nichts, was er nicht schon kannte, aber er spielte seine Rolle, legte Mitgefühl an den Tag, murmelte verständnisvolle Worte und lauschte mit einem gebannten Interesse, das Labsal für Miss Gilchrists Seele war.

Erst, nachdem sie ihre eigenen Gefühle zu dem Thema ausführlich erläutert, die Meinung des Arztes wiedergegeben und die Freundlichkeit Mr. Entwhistles geschildert hatte, schnitt Poirot vorsichtig den nächsten Punkt an.

«Sie waren klug, denke ich, nicht allein dort im Cottage zu bleiben.»

«Ich hätte es nicht über mich bringen können, Monsieur Pontarlier. Ich hätte es einfach nicht gekonnt.»

«Nein. Wie ich gehört habe, hatten Sie sogar Angst davor, allein im Haus von Mr. Timothy Abernethie zu bleiben, als er und seine Frau hierher kommen wollten.»

Miss Gilchrist sah ihn schuldbewusst an. «Ich schäme mich sehr deswegen. Eigentlich war es sehr dumm von mir. Irgendwie hat mich Panik befallen – und ich weiß nicht, warum.»

«Aber natürlich wissen Sie, warum. Sie waren gerade von einem hinterhältigen Giftanschlag genesen …»

An dieser Stelle seufzte Miss Gilchrist tief und sagte, das ginge über ihren Verstand hinaus. Aus welchem Grund sollte irgendjemand sie vergiften wollen?

«Aber das liegt auf der Hand, *chère* Madame. Weil dieser Verbrecher, dieser Mörder glaubte, Sie würden etwas wissen, das zu seiner Verhaftung durch die Polizei führen könnte.»

«Aber was sollte ich denn schon wissen? Ein schrecklicher Landstreicher oder ein Halbverrückter.»

«Wenn es ein Landstreicher war. Mir kommt das unwahrscheinlich vor …»

«Oh, bitte, Monsieur Pontarlier …» Unversehens wurde Miss Gilchrist erregt. «Sagen Sie solche Dinge nicht. Ich möchte es nicht glauben müssen.»

«Was möchten Sie nicht glauben müssen?»

«Ich möchte nicht glauben müssen, dass es kein ... ich meine ... dass es ...»

Verwirrt brach sie ab.

«Und trotzdem glauben Sie es», warf Poirot verständnisvoll ein.

«Nein, das stimmt nicht! Das ist nicht wahr!»

«Ich glaube aber doch. Und das ist der Grund, warum Sie Angst haben... Sie haben immer noch Angst, ist es nicht wahr?»

«O nein, nein, nicht, seitdem ich hier bin. Hier sind so viele Leute. Eine richtige Familienatmosphäre. O nein, hier ist alles ganz normal.»

«Mir kommt es vor ... verzeihen Sie meine Neugier, ich bin ein alter Mann, ein wenig gebrechlich, und verbringe einen Großteil meiner Zeit mit müßigen Überlegungen zu Dingen, die mein Interesse geweckt haben –, mir kommt es so vor, als müsste in Stansfield Grange etwas Bestimmtes vorgefallen sein, das Ihre Angst sozusagen aufflackern ließ. Die Ärzteschaft ist heute einer Meinung darüber, dass vieles in unserem Unterbewusstsein abläuft.»

«Ja, ja ... ich weiß, dass sie das behaupten.»

«Und ich glaube, Ihre unterbewussten Ängste wurden durch ein kleines Ereignis ausgelöst, etwas vielleicht völlig Unwesentliches, das aber – sagen wir, als Katalysator fungierte.»

An dieser Theorie schien Miss Gilchrist großen Gefallen zu finden.

«Da haben Sie sicher Recht», sagte sie.

«Und was, glauben Sie denn, war dieses – dieses kleine Ereignis?»

Miss Gilchrist überlegte eine Weile. «Wissen Sie, Monsieur Pontarlier», erklärte sie dann unvermittelt, «ich glaube, es war die Nonne.»

Bevor Poirot eine weitere Frage stellen konnte, betraten Susan und ihr Mann den Raum, gefolgt von Helen.

«Eine Nonne…», dachte Poirot. «Wo habe ich in all den Gesprächen schon einmal von einer Nonne gehört?»

Er beschloss, im Verlauf des Abends das Gespräch auf Nonnen zu lenken.

Neunzehntes Kapitel

Die Familie verhielt sich sehr höflich gegenüber Monsieur Pontarlier, dem Vertreter der UNARCO. Es war sehr geschickt von ihm gewesen, lediglich die Initialen zu erwähnen. Alle hatten UNARCO als gegeben hingenommen – hatten sogar so getan, als wüssten sie über die Organisation genau Bescheid. Wie sehr es Menschen doch widerstrebte, ihre Unwissenheit einzugestehen! Nur Rosamund war verwundert gewesen. «Aber was ist das denn genau?», hatte sie gefragt. «Ich habe noch nie davon gehört.» Zum Glück war zu dem Zeitpunkt niemand anders im Raum gewesen. Poirot hatte die Organisation mit so gewichtigen Worten beschrieben, dass jeder außer Rosamund sich geschämt hätte zuzugeben, noch nie von dieser bekannten internationalen Institution gehört zu haben. Doch Rosamund hatte nur gesagt: «Ach! Schon wieder Flüchtlinge. Ich bin diese ewigen Flüchtlinge leid!», und damit die Ansicht vieler wiedergegeben, die aber meist zu sehr auf Anstand hielten, um ihre Meinung ehrlich zu äußern.

Somit war Monsieur Pontarlier mittlerweile akzeptiert – ein Störenfried zwar, aber belanglos, sozusagen ein fremdländisches Dekorationsobjekt. Allgemein herrschte die Ansicht vor, Helen hätte vermeiden sollen, dass er ausgerechnet an diesem Wochenende nach Enderby kam, aber da er nun einmal hier war, musste man das Beste daraus machen. Zum Glück schien dieser merkwürdige kleine Ausländer kaum Englisch zu sprechen. Oft verstand er nicht, was man ihm sagte, und wenn alle durcheinander redeten, wirkte er völlig verloren. Offenbar galt sein Interesse ausschließlich Flüchtlingen und den Lebensumständen nach dem Krieg, und auf andere Themen erstreckte sich sein Wortschatz nicht. Gewöhnliche Unterhaltung schien ihn in Verwirrung zu stürzen. Mehr oder minder vergessen lehnte sich Hercule Poirot im Sessel zurück, trank von seinem Kaffee und beobachtete alles um sich herum, wie eine Katze das Zwitschern, Auffliegen und Schwirren eines Vogel-schwarms verfolgt. Aber noch war die Katze nicht zum Sprung bereit.

Nachdem Richard Abernethies Erben vierundzwanzig Stun-den lang durchs Haus gestrichen waren und das Inventar be-gutachtet hatten, machten sie sich nun daran, ihre Wahl zu treffen und sie notfalls mit Zähnen und Klauen zu verteidigen.

Als Erstes sprach man über ein Spode-Service, auf dem gera-de der Nachtisch gereicht worden war.

«Ich habe nicht mehr lange zu leben», sagte Timothy mit leiser, melancholischer Stimme. «Und Maude und ich haben keine Kinder. Es lohnt sich kaum, uns noch mit unnützen Ge-genständen zu belasten. Aber aus sentimentalen Gründen wür-de ich doch gerne das alte Nachtisch-Service haben. Ich kenne es noch aus der guten alten Zeit. Mittlerweile ist es natürlich sehr altmodisch, und mir ist klar, dass Nachtisch-Service heute praktisch wertlos sind – aber so ist es nun einmal. Ich auf jeden Fall bescheide mich damit – vielleicht noch die Boulle-Vitrine aus dem weißen Salon dazu.»

«Zu spät, Onkel.» George sprach mit unbekümmerter Läs-sigkeit. «Ich habe Helen heute Vormittag schon gebeten, das Spode-Service für mich zurückzulegen.»

Timothys Gesicht verfärbte sich purpurrot.

«Zurückzulegen? Was soll das heißen? Wir haben noch nichts entschieden. Und was willst du überhaupt mit einem Nachtisch-Service? Du bist nicht einmal verheiratet!»

«Um ehrlich zu sein, ich sammle Spode. Und dieses Service ist wirklich exquisit. Aber das mit der Boulle-Vitrine geht in Ordnung, Onkel. Die möchte ich nicht mal geschenkt.»

Timothy wischte die Frage der Boulle-Vitrine beiseite.

«Jetzt hör mir mal gut zu, du junger Spund. Du kannst dich hier nicht einfach so aufspielen. Ich bin älter als du – und ich bin Richards einziger noch lebender Bruder. Das Nachtisch-Service gehört mir.»

«Warum nimmst du denn nicht das Dresdner Porzellan, Onkel? Es ist sehr schön und hat bestimmt genauso viel Erinnerungswert. Das Spode gehört auf jeden Fall mir – wer zuerst kommt, mahlt zuerst!»

«Unsinn – nichts dergleichen!», ereiferte sich Timothy.

«Bitte reg deinen Onkel nicht so auf, George», fuhr Maude scharf dazwischen. «Das tut ihm gar nicht gut. Wenn er das Spode haben will, dann bekommt er es natürlich auch! Er hat die erste Wahl, ihr junges Volk kommt später dran. Wie er sagt, er war Richards Bruder und du warst nur seine Neffe.»

«Und ich sage dir eins, junger Mann.» Timothy platzte beinahe vor Zorn. «Wenn Richard ein richtiges Testament gemacht hätte, wäre es allein an mir gewesen, über den Inhalt dieses Hauses zu bestimmen. So hätte der Besitz auch vermacht werden müssen, und wenn dem nicht so war, kann ich das nur auf *unzulässige Beeinflussung* zurückführen – ja, ich wiederhole, auf *unzulässige Beeinflussung!*»

Timothy funkelte seinen Neffen an.

«Ein widersinniges Testament», sagte er. «Widersinnig!»

Er lehnte sich zurück, fasste sich ans Herz und keuchte. «Das ist alles so schlimm für mich. Ich brauche einen … einen kleinen Brandy.»

Miss Gilchrist sprang auf, um das Gewünschte zu holen, und kehrte mit einem kleinen Glas voll Brandy zurück.

«Hier, Mr. Abernethie, nehmen Sie. Und bitte, bitte regen Sie sich nicht so auf. Sind Sie sicher, dass Sie nicht auf Ihr Zimmer gehen und sich hinlegen möchten?»

«Quatsch.» Timothy leerte das Glas mit einem Zug. «Mich hinlegen? Ich habe vor, meine Interessen zu verteidigen.»

«George, wirklich, du überraschst mich», warf Maude ein. «Dein Onkel hat vollkommen Recht. Seine Wünsche haben

Vorrang. Wenn er das Spode-Service haben will, dann soll er es auch bekommen!»

«Es ist sowieso scheusslich», sagte Susan.

«Halt den Mund, Susan», fuhr Timothy auf.

Der magere junge Mann, der neben Susan saß, hob den Kopf. Seine Stimme klang plötzlich schrill.

«Passen Sie auf, wie Sie mit meiner Frau reden!», rief er und hob sich halb aus dem Sessel.

«Schon in Ordnung, Greg», beschwichtigte Susan rasch. «Es stört mich nicht.»

«Aber mich.»

Helen griff vermittelnd ein. «Ich fände es sehr nett von dir, wenn du deinem Onkel das Service überlassen würdest, George.»

Empört fuhr Timothy auf. «Von ‹überlassen› kann gar keine Rede sein!»

«Dein Wunsch ist mir Befehl, Tante Helen», sagte George mit einer leichten Verbeugung vor ihr. «Ich verzichte auf meinen Anspruch.»

«In Wirklichkeit wolltest du es gar nicht, oder?», sagte Helen.

George warf ihr einen prüfenden Blick zu und grinste dann.

«Das Schlimme an dir ist, Tante Helen, du bist viel zu schlau! Du siehst mehr, als du sehen dürftest. Keine Sorge, Onkel Timothy, das Spode gehört dir. Nur ein kleiner Scherz meinerseits.»

«Scherz!», stieß Maude Abernethie ärgerlich hervor. «Dein Onkel hätte einen Schlaganfall kriegen können!»

«Das glaubst du doch selbst nicht.» Georges Stimme war vergnügt. «Onkel Timothy wird uns noch alle überleben. Er ist ein zäher alter Knochen.»

Hasserfüllt beugte Timothy sich vor.

«Es wundert mich gar nicht, dass Richard von dir enttäuscht war.» Mittlerweile spuckte er Gift und Galle.

«Wie bitte?» Georges Miene verdüsterte sich.

«Du bist nach Mortimers Tod gleich hergekommen und hast erwartet, in seine Fußstapfen zu treten – hast erwartet, dass Richard dich als seinen Erben einsetzt, stimmt's? Aber mein armer Bruder hat dich sehr bald durchschaut. Er wusste, wo das Geld landen würde, wenn er es dir hinterlassen würde. Ich bin überrascht, dass er dir überhaupt was davon vermacht hat. Er hat gewusst, was damit passieren würde. Pferde, Spielhöllen, Monte Carlo, Casinos. Vielleicht noch Schlimmeres. Er hat geahnt, dass du nicht ganz koscher bist, stimmt's?»

Neben Georges Nasenflügel erschienen zwei weiße Dellen. «Solltest du nicht besser deine Zunge hüten?», sagte er leise.

«Ich war zu krank, um zur Beerdigung zu kommen», fuhr Timothy unheilvoll fort. «Aber Maude hat mir erzählt, was Cora gesagt hat. Cora war immer eine Närrin – aber vielleicht war doch was dran an dem, was sie sagte! Wenn, dann wüsste ich genau, wen *ich* verdächtigen würde…»

«Timothy!» Maude erhob sich und stand in all ihrer Fülle unerschütterlich da. «Der Abend hat dich sehr angestrengt. Du musst an deine Gesundheit denken. Du darfst nicht wieder krank werden. Komm mit mir nach oben. Du musst ein Beruhigungsmittel nehmen und dich gleich ins Bett legen. Helen – Timothy und ich nehmen das Spode-Service und die Boulle-Vitrine zum Andenken an Richard. Ich hoffe, dagegen hat niemand etwas einzuwenden?»

Ihr Blick schweifte über die Runde. Niemand sagte ein Wort. Dann marschierte sie, Timothy mit einer Hand am Ellbogen stützend, aus dem Zimmer. Miss Gilchrist, die unschlüssig neben der Tür stand, trat verschreckt beiseite.

George brach als erster das Schweigen.

«*Femme formidable!*», sagte er. «Der Ausdruck passt genau auf Tante Maude. Der würde ich auf ihrem Triumphzug nicht in die Quere geraten wollen.»

Zögerlich setzte Miss Gilchrist sich wieder an ihren Platz. «Mrs. Abernethie ist immer so nett», sagte sie.

Ihre Bemerkung stieß auf taube Ohren.

Michael Shane lachte plötzlich auf. «Wisst ihr, mir macht das alles großen Spaß! *Das Voysey-Vermächtnis* ist nur ein müder Abklatsch dagegen. Übrigens, Rosamund und ich wollen den Malachittisch aus dem Salon.»

«O nein!», rief Susan. «Den will ich!»

«Zweite Runde», grinste George und verdrehte die Augen zur Decke.

«Wir brauchen uns nicht zu streiten», sagte Susan. «Ich möchte ihn für meinen neuen Schönheitssalon. Nur als Farbtupfer – und obendrauf ein großer Strauß Wachsblumen. Das wird sich großartig machen. Wachsblumen bekomme ich überall, aber ein grüner Malachittisch ist nicht so leicht zu finden.»

«Aber das ist genau der Grund, warum wir ihn wollen, Süße», unterbrach Rosamund. «Für das neue Bühnenbild. Wie du sagst, ein Farbtupfer – und wunderbar altmodisch. Und dazu entweder Wachsblumen oder ausgestopfte Kolibris. Genau das Richtige.»

«Ich kann dich schon verstehen, Rosamund», meinte Susan. «Aber ich finde, ich habe bessere Gründe als du. Für die Bühne kannst du auch einen Tisch nehmen, der wie grüner Malachit angemalt ist – das würde genauso gut aussehen. Aber für meinen Salon muss ich schon den echten Tisch haben.»

«Also, meine Damen, warum keine sportliche Entscheidungsfindung?», schlug George vor. «Ihr könntet doch eine Münze werfen oder Karten abheben. Das passt im Stil genau zum Tisch.»

Susan lächelte nachsichtig.

«Rosamund und ich werden uns morgen darüber unterhalten», beschloss sie.

Wie immer wirkte sie absolut selbstsicher. George blickte mit Interesse von ihr zu Rosamund, auf deren Gesicht ein vager, ziemlich distanzierter Ausdruck lag.

«Wer wird deiner Meinung nach das Rennen machen, Tante Helen?», fragte er. «Ich glaube, die Chancen stehen fünfzig zu fünfzig. Susan ist wild entschlossen, aber Rosamund ist entzückend hartnäckig.»

«Oder vielleicht doch lieber keine Kolibris», sinnierte Rosamund. «Eine von den großen chinesischen Vasen würde sich wunderschön als Lampenständer machen, und dazu ein goldener Schirm.»

«Das Haus ist voll von wunderschönen Sachen», warf Miss Gilchrist beschwichtigend ein. «Der grüne Tisch würde in Ihrem neuen Salon wirklich großartig zur Geltung kommen, Mrs. Banks. Ich habe so etwas noch nie gesehen. Er ist bestimmt sehr wertvoll.»

«Das wird natürlich von meinem Anteil am Vermögen abgezogen», versicherte Susan.

«Oh, Verzeihung … Ich wollte nicht…», entschuldigte Miss Gilchrist sich verwirrt.

«Er wird von *unserem* Anteil des Vermögens abgezogen», erklärte Michael. «Und die Wachsblumen dazu.»

«Sie passen so schön zum Tisch», murmelte Miss Gilchrist. «Richtig künstlerisch. Einfach süß.»

Niemand achtete auf ihre wohl gemeinten Banalitäten.

«Susan will den Tisch haben.» Greg meldete sich mit seiner hohen, nervösen Stimme zu Wort.

Unbehagen machte sich in der Runde breit, als hätte Greg mit seinem Einwurf einen neuen Umgangston angeschlagen.

Helen griff rasch ein. «Und was möchtest du wirklich haben, George?», erkundigte sie sich. «Vom Spode-Porzellan mal abgesehen.»

George grinste, und die Spannung verflog.

«Es war ein bisschen unverschämt von mir, den alten Timothy so zu reizen», räumte er ein. «Aber er ist einfach unglaublich. Er ist so daran gewöhnt, seinen Willen zu bekommen, dass es regelrecht zur pathologischen Manie geworden ist.»

«Man muss einem Invaliden doch einiges nachsehen, Mr. Crossfield», wandte Miss Gilchrist ein.

«Ein verdammter alter Hypochonder ist der, sonst nichts», widersprach George.

«Genau», pflichtete Susan bei. «Ihm fehlt nicht die Bohne, würde ich sagen. Was meinst du, Rosamund?»

«Was?»

«Ob Onkel Timothy etwas fehlt.»

«Nein – nein, ich glaube nicht.» Rosamund antwortete geistesabwesend. «Es tut mir Leid», meinte sie dann entschuldigend. «Ich habe mir gerade überlegt, welche Beleuchtung für den Tisch richtig wäre.»

«Seht ihr?», triumphierte George. «Unbeirrbar. Deine Gattin ist sehr gefährlich, Michael. Hoffentlich weißt du das.»

«Das weiß ich sehr wohl.» Michael klang ein wenig erbittert.

George schien sich köstlich zu amüsieren.

«Die Schlacht um den Tisch! Runde zwei wird morgen ausgetragen – mit aller Höflichkeit – aber finsterer Entschlossenheit. Wir sollten Wetten abschließen. Ich setze auf Rosamund, die so süß und nachgiebig aussieht, aber in Wahrheit genau das Gegenteil ist. Ehemänner, nehme ich mal an, stehen auf der Seite ihrer Frauen. Miss Gilchrist? Sie halten zu Susan, das ist klar.»

«Ach, Mr. Crossfield, wirklich, ich würde nie wagen…»

«Tante Helen?» George achtete gar nicht auf Miss Gilchrists halbherzige Einwände. «Deine Stimme hat den Ausschlag. Ach, äh, ich habe ganz vergessen – Monsieur Pontarlier?»

«*Pardon?*» Hercule Poirot sah verständnislos drein.

George überlegte, ob er zu einer längeren Erklärung ansetzen sollte, entschied sich dann aber dagegen. Der alte Knabe hatte kein Wort verstanden von dem, was hier vor sich ging. «Nur ein Familienscherz», sagte er.

«Ja, ja, ich verstehe.» Poirot lächelte freundlich.

«Deine Stimme hat also den Ausschlag, Tante Helen. Wessen Partei ergreifst du?»

Helen lächelte.

«Vielleicht hätte ich ihn gerne selbst, George.»

Bewusst ging sie zu einem anderen Thema über und wandte sich an den ausländischen Gast.

«Ich fürchte, das langweilt Sie alles ein wenig, Monsieur Pontarlier?»

«Keineswegs, Madame. Ich betrachte es als Privileg, in Ihren Familienkreis aufgenommen zu werden…» Er deutete im Sitzen eine Verbeugung an. «Was ich gerne sagen möchte – ich kann mich nicht richtig ausdrücken – mein Bedauern, dass dieses Haus aus Ihren Händen in den Besitz von Fremden übergehen muss. Das ist zweifellos ein … großer Schmerz.»

«Aber nein, überhaupt nicht», versicherte Susan ihm.

«Madame, Sie sind zu freundlich. Es wird für meine Verfolgten hier das Paradies sein, bitte glauben Sie mir. Ein Hort der Sicherheit! Des Friedens! Ich bitte Sie, vergessen Sie das nicht, wenn ungute Gefühle Sie überkommen, wie es zweifellos der Fall sein wird. Wie ich höre, bestand auch die Möglichkeit, dass hier eine Schule eingerichtet würde – keine normale Schule, ein Kloster, das von *religieuses* geleitet werden sollte – von Nonnen, so sagen Sie doch, nicht wahr? Wäre Ihnen das lieber gewesen, vielleicht?»

«Absolut nicht», antwortete George.

«Das Heilige Herz Mariä», fuhr Poirot fort. «Zum Glück konnten wir dank der Großzügigkeit eines anonymen Wohltäters ein etwas höheres Angebot machen.» Er wandte sich direkt an Miss Gilchrist. «Ich glaube, Sie mögen Nonnen nicht?»

Miss Gilchrist errötete und blickte peinlich berührt beiseite.

«Ach, Mr. Pontarlier, Sie dürfen nicht … ich meine, das ist nichts *Persönliches*. Aber ich glaube nicht, dass es richtig ist, sich so von der Welt abzusondern – es ist nicht nötig, wollte ich sagen, und fast schon selbstsüchtig, natürlich nicht diejenigen, die Schulen führen, oder diejenigen, die sich um die Armen kümmern – ich bin sicher, die Frauen sind völlig uneigennützig und wollen nur Gutes tun.»

«Ich kann mir einfach nicht vorstellen, wie jemand Nonne werden möchte», sagte Susan.

«Aber es sieht wunderschön aus», meinte Rosamund. «Erinnere dich – letztes Jahr, die Wiederaufführung von *Das Wunder*. Sonia Wells sah einfach hinreißend aus.»

George meldete sich zu Wort. «Was ich einfach nicht verstehen kann, ist, warum es dem guten Herrgott gefallen sollte, wenn man sich wie im Mittelalter verkleidet. Denn was anderes ist die Nonnentracht ja nicht. Bloß unpraktisch und unhygienisch.»

«Und dann sehen sie sich alle so ähnlich, nicht?», sagte Miss Gilchrist. «Es ist dumm von mir, wissen Sie, aber ich habe einen richtigen Schreck bekommen, als ich im Haus von Mrs. Abernethie zur Tür ging und draußen stand eine Nonne und bat um eine Spende. Irgendwie kam sie mir als genau dieselbe vor wie diejenige, die am Tag der gerichtlichen Untersuchung von der armen Mrs. Lansquenet in Lytchett St. Mary sammelte. Fast hatte ich das Gefühl, als würde sie mich verfolgen!»

«Ich dachte, Nonnen würden immer nur zu zweit Spenden sammeln», meinte George. «Darum ging's doch in irgendeinem Krimi, oder?»

«Da war's nur eine», sagte Miss Gilchrist und fügte redselig hinzu: «Vielleicht müssen sie ja sparen. Außerdem kann es gar nicht dieselbe Nonne gewesen sein, weil die andere für eine Orgel für St. – Barnabas, glaube ich – gesammelt hat und diese für etwas ganz anderes … irgendwas mit Kindern.»

«Aber beide hatten dieselben Gesichtszüge?», fragte Hercule Poirot. Er klang interessiert. Miss Gilchrist wandte sich zu ihm.

«Ich glaube, das muss es gewesen sein. Die Oberlippe – fast, als hätte sie einen Schnurrbart. Wissen Sie, ich glaube, das hat mich so erschreckt – ich war ja sowieso sehr angespannt in der Zeit, und dann sind mir wieder die Geschichten aus dem Krieg eingefallen von Nonnen, die in Wirklichkeit Männer aus der Fünften Kolonne waren und mit dem Fallschirm abgesprungen sind. Das war natürlich sehr dumm von mir. Das ist mir hinterher klar geworden.»

«Eine Nonne wäre eine gute Verkleidung», meinte Susan nachdenklich. «Dann sieht man nicht die Füße.»

«Aber eigentlich sieht man andere Leute fast nie richtig an», sagte George. «Deswegen hört man ja vor Gericht von den verschiedenen Zeugen auch völlig unterschiedliche Beschreibungen von ein und demselben Menschen. Ihr würdet euch wundern. Ein Mann ist schon oft als groß und als klein beschrieben worden, als dünn und dick, blond und dunkel, mit hellem und dunklem Anzug, und so weiter. Meistens gibt es *einen* zuverlässigen Zeugen, aber den herauszufinden, das dauert.»

«Es ist ja auch seltsam, wenn man sich selbst unerwartet im Spiegel sieht», fügte Susan hinzu, «und gar nicht weiß, wen man da sieht. Das Gesicht kommt einem irgendwie bekannt vor. Und man sagt sich: ‹Das ist jemand, den ich eigentlich ganz gut kenne…›, und plötzlich wird einem klar, dass man es selbst ist!»

«Noch schwieriger wäre es, wenn man sich wirklich selbst sehen könnte – und nicht als Spiegelbild», ergänzte George.

«Wieso?», fragte Rosamund verwundert.

«Na ja, versteh doch, man sieht sich selbst nie so, wie andere einen sehen. Man sieht sich immer nur im Spiegel – also seitenverkehrt.»

«Aber wieso sieht man da anders aus?»

«Das ist doch klar», sagte Susan rasch. «Weil man unterschiedliche Gesichtshälften hat. Die Augenbrauen sind anders, der Mund geht auf einer Seite mehr nach oben, die Nase ist nicht ganz gerade. Das kann man mit einem Bleistift gut nachprüfen – hat jemand einen Bleistift?»

Ein Bleistift wurde geholt und sie machten Experimente, hielten den Stift rechts und links der Nasenflügel und lachten über die schiefen Gesichter.

Die Stimmung war jetzt gelöst, alle waren guter Dinge. Hier saßen nicht mehr die Erben von Richard Abernethie, die sich versammelt hatten, um das Vermögen aufzuteilen; hier saßen Menschen, die gemeinsam ein vergnügliches Wochenende auf dem Land verbrachten.

Nur Helen Abernethie sagte wenig und wirkte geistesabwesend.

Schließlich erhob Hercule Poirot sich seufzend aus seinem Sessel und wünschte seiner Gastgeberin höflich gute Nacht.

«Und vielleicht, Madame, sollte ich mich auch gleich verabschieden. Mein Zug fährt um neun Uhr in der Früh. Das ist sehr zeitig. So möchte ich Ihnen allen für Ihr Entgegenkommen und Ihre Gastfreundschaft danken. Das Datum der Übergabe – das wird mit dem guten Mr. Entwhistle vereinbart. Ganz nach Ihrem Belieben, natürlich.»

«Die kann jederzeit stattfinden, Monsieur Pontarlier, wie es Ihnen am besten passt. Ich – ich habe hier alles getan, was ich tun wollte.»

«Sie fahren jetzt in Ihre Villa auf Zypern?»

«Ja.» Auf Helen Abernethies Lippen erschien ein kleines Lächeln.

«Sie sind froh, ja», sagte Poirot. «Sie haben kein Bedauern?»

«England zu verlassen? Oder meinen Sie, das Haus hier zu verlassen?»

«Ich meinte – das Haus.»

«O nein. Es ist nicht gut, an der Vergangenheit festzuhalten, nicht wahr? Man muss sie hinter sich lassen.»

«Wenn man kann.» Mit unschuldig blinzelnden Augen lächelte Poirot in die Runde, in die höflichen Gesichter, die ihn umgaben.

«Manchmal, nicht wahr, lässt die Vergangenheit sich nicht begraben, erduldet nicht, dass sie in Vergessenheit gerät, nein? Sie steht neben einem, sie sagt: ‹Ich bin noch nicht zu Ende.›»

Susan lachte verlegen.

«Ich meine es ernst – ja», sagte Poirot.

«Sie meinen, Ihre Flüchtlinge werden das Leiden, das sie erdulden mussten, auch hier nicht ganz hinter sich lassen können?», fragte Michael.

«Ich meinte nicht meine Flüchtlinge.»

«Er meinte uns, Süßer», erklärte Rosamund. «Er meint Onkel Richard und Tante Cora und das Beil und das alles.»

Sie wandte sich an Poirot.

«Oder?»

Poirot sah sie mit ausdruckslosem Gesicht an.

«Warum denken Sie das, Madame?», fragte er.

«Weil Sie ein Detektiv sind, stimmt's? Deswegen sind Sie auch hier. NARCO oder wie immer Sie das auch nennen, ist doch nur Fassade, oder?»

Zwanzigstes Kapitel

I

Einen Moment herrschte eine äußerst angespannte Stimmung. Poirot konnte das spüren, obwohl er den Blick nicht von Rosamunds schönem, ruhigem Gesicht nahm.

«Sie haben großen Scharfblick, Madame», sagte er mit einer kleinen Verbeugung.

«Das nicht gerade», sagte Rosamund. «Aber jemand hat mich in einem Restaurant mal auf Sie aufmerksam gemacht. Ich habe Sie wieder erkannt.»

«Aber Sie haben nichts gesagt – bis jetzt?»

«Ich dachte, so wäre es lustiger», erklärte Rosamund.

«Mein – liebes Kind.» Michael konnte seine Stimme nur mit Mühe beherrschen.

Poirot sah zu ihm. Michael war wütend. Wütend und noch etwas – hatte er Angst?

Langsam ließ Poirot den Blick über alle Gesichter wandern. Susan zornig und wachsam; Gregory ausdruckslos und verschlossen; Miss Gilchrist töricht, der Mund offen; George argwöhnisch; Helen bestürzt und nervös…

All diese Gesichtsausdrücke waren angesichts der Umstände durchaus normal. Poirot wünschte sich, er hätte sie eine Sekunde früher sehen können, als Rosamund das Wort «Detektiv» aussprach. Denn in der Zwischenzeit hatten sie sich zwangsläufig schon ein wenig verändert…

Er straffte die Schultern und beugte sich vor. Seine Sprache und sein Akzent wurden weniger ausländisch.

«Ja», sagte er, «ich bin ein Detektiv.»

Neben Georges Nasenflügel waren wieder die weißen Dellen erschienen. «Wer hat Sie hergeschickt?», wollte er wissen.

«Ich habe den Auftrag erhalten, die Umstände von Richard Abernethies Tod zu ermitteln.»

«Von wem?»

«Im Augenblick brauchen Sie sich nicht darum zu bekümmern. Aber es wäre doch von Vorteil, oder nicht, wenn Sie *zweifelsfrei* wissen könnten, dass Richard Abernethie eines natürlichen Todes gestorben ist?»

«Natürlich ist er eines natürlichen Todes gestorben. Wer behauptet denn was anderes?»

«Cora Lansquenet. Und Cora Lansquenet ist tot.»

Unbehagen ging wie eine übelriechende Brise durch die Runde.

«Sie hat es hier gesagt – in diesem Raum», sinnierte Susan. «Aber eigentlich dachte ich nicht …»

«Wirklich nicht, Susan?» George Crossfield warf ihr einen ironischen Blick zu. «Was soll dieses Versteckspiel? Du kannst Monsieur Pontarlier sowieso nicht überzeugen.»

«Wir haben es im Grunde doch alle gedacht», sagte Rosamund. «Außerdem heißt er nicht Pontarlier, sondern Hercules Irgendwas.»

«Hercule Poirot – zu Ihren Diensten.»

Poirot verbeugte sich.

Niemand holte überrascht Luft, niemand zeigte Erstaunen. Sein Name schien ihnen gar nichts zu bedeuten.

Sein Name erschreckte sie weniger als das eine Wort «Detektiv».

«Darf ich fragen, zu welchen Schlüssen Sie gekommen sind?», fragte George.

«Das wird er dir nicht sagen, Süßer», antwortete Rosamund. «Oder wenn, dann nicht die Wahrheit.»

Als Einzige in der großen Runde schien sie belustigt.

Hercule Poirot betrachtete sie nachdenklich.

II

In der Nacht schlief Hercule Poirot nicht gut. Er war irritiert, und er wusste nicht genau, warum er irritiert war. Gesprächsfetzen, verschiedene Blicke, kleine Gesten – in der Einsamkeit der Nacht schien alles schwanger mit Bedeutung. Er stand an der Schwelle zum Schlaf, und doch wollte der Schlaf nicht kommen. Gerade als er eindöste, durchzuckte ihn ein Gedanke, und er war wieder hellwach. Farbe – Timothy und Farbe. Ölfarbe – der Geruch von Ölfarbe – das hing irgendwie mit Mr. Entwhistle zusammen. Farbe und Cora. Coras Bilder – Postkartenbilder ... Cora hatte bei ihren Bildern gemogelt ... Nein, zurück zu Mr. Entwhistle – etwas, das Mr. Entwhistle gesagt hatte – oder war es Lanscombe? Eine Nonne, die am Tag von Richard Abernethies Tod an der Haustür klingelte. Eine Nonne mit einem Schnurrbart. Eine Nonne in Stansfield Grange – und in Lytchett St. Mary. Das waren entschieden zu viele Nonnen! Rosamund, die als Nonne auf der Bühne sensationell aussah. Rosamund – die sagte, dass er ein Detektiv war – und alle starrten sie an, als sie das sagte. So mussten sie alle Cora angestarrt haben an dem Tag, als sie «Aber er ist doch ermordet worden, oder nicht?» sagte. Was hatte Helen Abernethie das Gefühl gegeben, dass etwas nicht «stimmte»? Helen Abernethie – ließ die Vergangenheit hinter sich – würde nach Zypern fahren ... Helen hatte die Wachsblumen fallen gelassen, als er sagte – was hatte er gesagt? Er konnte sich nicht genau erinnern ...

Er schlief ein, und im Schlaf träumte er ...

Er träumte von dem grünen Malachittisch. Darauf stand unter einer Glasglocke ein Strauß Wachsblumen – nur war alles mit dicker, scharlachroter Ölfarbe übermalt. Farbe so rot wie Blut. Er konnte die Farbe riechen und Timothy ächzte: «Ich sterbe ... Ich sterbe ... Das ist das Ende.» Und Maude stand daneben, groß und streng, hielt ein langes Messer in der Hand und wiederholte: «Ja, das ist das Ende ...» Das Ende – ein

Totenbett mit Kerzen und einer betenden Nonne. Wenn er nur das Gesicht der Nonne sehen könnte, würde er wissen …

Hercule Poirot erwachte – und er wusste es!

Ja, es war wirklich das Ende …

Obwohl noch viel Arbeit vor ihm lag.

Er untersuchte die einzelnen Stückchen des Mosaiks.

Mr. Entwhistle, der Geruch von Farbe, Timothys Haus und etwas, das dort sein musste – oder sein könnte … die Wachsblumen … Helen … Glasscherben …

III

Helen Abernethie saß in ihrem Zimmer. Sie war noch nicht bereit, ins Bett zu gehen. Sie dachte nach.

Sie saß vor der Kommode und sah sich im Spiegel an, ohne sich wahrzunehmen.

Sie war gezwungen worden, Hercule Poirot in Enderby aufzunehmen. Sie hatte es nicht gewollt. Aber Mr. Entwhistle hatte es ihr praktisch unmöglich gemacht abzulehnen. Und jetzt war alles aufgedeckt worden. Jetzt war es unmöglich, Richard Abernethie in Frieden in seinem Grab ruhen zu lassen. Und alles hatte mit Coras wenigen Worten begonnen …

Der Tag der Beerdigung … Wie hatten sie da alle ausgesehen?, fragte sie sich. Wie hatten sie in Coras Augen ausgesehen? Wie hatte sie selbst ausgesehen?

Was hatte George an diesem Abend gesagt? Darüber, wie man sich selbst sah?

Da gab es doch auch ein Zitat, wahrscheinlich Burns: *Uns selbst wahrzunehmen, wie andere uns sehen* … Wie andere uns sehen …

Die Augen, die verloren in den Spiegel blickten, blinzelten plötzlich. Sie sah sich selbst – aber nicht wirklich – nicht so, wie die anderen sie sahen – nicht so, wie Cora sie an dem Tag gesehen hatte.

Ihre rechte – nein, ihre linke Augenbraue wölbte sich etwas mehr als die rechte. Der Mund? Nein, der Schwung ihrer Lippen war symmetrisch. Wenn sie sich selbst begegnete, würde sie wohl kaum einen Unterschied zu diesem Spiegelbild erkennen. Nicht wie bei Cora.

Cora – das Bild stand ihr deutlich vor Augen … Cora am Tag der Beerdigung, der Kopf zur Seite geneigt – stellte ihre Frage – schaute zu Helen …

Unvermittelt schlug Helen die Hände vors Gesicht. *«Das ist absurd … das ist völlig absurd …»*

IV

Miss Entwhistle träumte einen wunderschönen Traum, in dem sie mit Königin Mary Pikett spielte. Da riss das Telefon sie aus dem Schlaf.

Sie versuchte das Läuten zu ignorieren – aber es klingelte immer weiter. Verschlafen hob sie den Kopf und schaute auf ihre Armbanduhr, die neben ihr am Bett lag. Fünf vor sieben – wer um Himmels willen sollte zu dieser nachtschlafenden Zeit anrufen? Der musste sich verwählt haben.

Das enervierende Klingeln ging immer weiter. Seufzend schlüpfte Miss Entwhistle in ihren Morgenmantel und ging ins Wohnzimmer.

«Kensington 675498», sagte sie barsch, nachdem sie den Hörer abgehoben hatte.

«Mrs. Abernethie am Apparat, Mrs. *Leo* Abernethie. Kann ich bitte Mr. Entwhistle sprechen?»

«Oh, guten Morgen.» Das «guten Morgen» klang nicht eben freundlich. «Hier spricht Miss Entwhistle. Ich fürchte, mein Bruder schläft noch. Ich habe selbst noch geschlafen.»

«Es tut mir sehr Leid.» Helen sah sich genötigt, eine Entschuldigung abzugeben. «Aber es ist sehr wichtig. Ich muss sofort mit Ihrem Bruder reden.»

«Kann es nicht warten?»

«Leider nicht.»

«Nun gut.»

Miss Entwhistles Ton war unterkühlt.

Sie klopfte an die Schlafzimmertür ihres Bruders und trat ein.

«Das sind wieder diese Abernethies!», murrte sie.

«Was? Die Abernethies?»

«Mrs. Leo Abernethie. Vor sieben Uhr morgens ruft sie an! Also wirklich!»

«Mrs. Leo? Du meine Güte. Welche Überraschung. Wo ist mein Schlafrock? Ach, danke.»

Wenig später nahm er den Hörer in die Hand. «Entwhistle am Apparat. Helen, sind Sie das?», sagte er.

«Ja. Es tut mir sehr Leid, Sie aus dem Schlaf zu reißen. Aber Sie sagten, ich solle Sie sofort anrufen, wenn mir wieder einfiele, was mir damals am Tag der Beerdigung merkwürdig vorkam, als Cora uns alle mit ihrer Bemerkung schockierte.»

«Ah! Und es ist Ihnen wieder eingefallen?»

«Ja», sagte Helen. Ihre Stimme klang verwundert. «Aber es ist absurd.»

«Darüber zu befinden, müssen Sie schon mir überlassen. Ist es etwas, das Ihnen an einer bestimmten Person aufgefallen ist?»

«Ja.»

«Erzählen Sie.»

«Es ist wirklich absurd.» Helen klang, als wollte sie sich jeden Moment entschuldigen. «Aber ich bin mir absolut sicher. Es ist mir eingefallen, als ich mich gestern Abend im Spiegel anschaute. Oh…»

Auf den leisen, erschreckten Aufschrei folgte ein Geräusch, das lange durch die Leitung hallte – ein dumpfer, schwerer Schlag, den Mr. Entwhistle überhaupt nicht deuten konnte.

«Hallo?» Seine Stimme war besorgt. «Hallo – sind Sie noch dran? Helen, sind Sie da? … Helen…»

Einundzwanzigstes Kapitel

I

Erst eine knappe Stunde später, nach zahlreichen Gesprächen mit der Störungsstelle, hatte Mr. Entwhistle schließlich Hercule Poirot am anderen Ende der Leitung.

«Gott sei Dank!», sagte Mr. Entwhistle mit verständlichem Ingrimm. «Das Fernamt hatte die größten Schwierigkeiten, eine Verbindung herzustellen.»

«Das ist nicht überraschend. Der Hörer war nicht aufgehängt.»

In Poirots Stimme schwang ein düsterer Unterton mit, der den Notar aufhorchen ließ.

«Ist etwas passiert?», fragte er erschrocken.

«Ja. Vor etwa zwanzig Minuten wurde Mrs. Leo Abernethie vom Hausmädchen hier beim Telefon im Herrenzimmer am Boden liegend gefunden. Sie war bewusstlos. Eine schwere Gehirnerschütterung.»

«Sie meinen, es war ein Schlag auf den Kopf?»

«Ich glaube schon. Es wäre vielleicht denkbar, dass sie stürzte und sich den Kopf am marmornen Türhemmer anstieß, aber ich, ich glaube das nicht, und der Arzt, der glaubt es auch nicht.»

«Sie hatte gerade mit mir telefoniert. Ich habe mich gewundert, warum das Gespräch so plötzlich abbrach.»

«Mit Ihnen hat sie also gesprochen? Und was hat sie gesagt?»

«Sie hat mir vor einiger Zeit erzählt, dass sie an dem Tag, als Cora Lansquenet sagte, ihr Bruder sei ermordet worden, das Gefühl gehabt hätte, dass etwas nicht ganz stimmte – dass etwas komisch war – sie wusste nicht genau, wie sie es ausdrücken sollte –, aber leider konnte sie sich nicht erinnern, warum sie das Gefühl gehabt hatte.»

«Und plötzlich ist es ihr eingefallen?»

«Ja.»

«Und sie hat Sie angerufen, um es Ihnen zu sagen?»

«Ja.»

«Eh bien.»

«Es gibt dazu kein *eh bien*», gab Mr. Entwhistle empört zurück. «Sie hat angefangen, es mir zu sagen, wurde aber unterbrochen.»

«Wie viel hatte sie gesagt?»

«Nichts Wichtiges.»

«Verzeihen Sie, *mon ami,* aber darüber habe *ich* zu befinden und nicht Sie. Was genau hat sie gesagt?»

«Sie hat mich daran erinnert, dass ich sie gebeten hatte, mich sofort wissen zu lassen, wenn ihr wieder einfiel, was ihr merkwürdig vorgekommen war. Sie sagte, es sei ihr wieder eingefallen – aber es sei absurd.

Ich fragte sie, ob es sich um eine der Personen handelte, die an dem Tag da waren, und sie sagte ja. Sie sagte, es sei ihr eingefallen, als sie sich im Spiegel anschaute…»

«Ja?»

«Das war alles.»

«Sie hat nicht angedeutet – um welche der Personen es sich handelte?»

«Ich hätte es kaum unterlassen, Sie darüber in Kenntnis zu setzen, wenn sie mir das berichtet hätte», erwiderte Mr. Entwhistle aufgebracht.

«Verzeihen Sie, *mon ami.* Natürlich hätten Sie es mir sofort gesagt.»

Mr. Entwhistle lenkte ein. «Wir werden einfach warten müssen, bis sie wieder bei Bewusstsein ist.»

«Das könnte lange dauern», sagte Poirot düster. «Vielleicht nie.»

232

«Ist es so schlimm?» Mr. Entwhistles Stimme zitterte ein wenig.

«Ja, es ist so schlimm.»

«Aber – das ist entsetzlich, Poirot.»

«Ja, es ist entsetzlich. Und deswegen dürfen wir nicht warten. Denn es beweist, dass wir es mit jemandem zu tun haben, der entweder völlig ruchlos ist oder der sehr große Angst hat, und das läuft auf dasselbe hinaus.»

«Aber hören Sie mal, Poirot, was ist mit Helen? Ich mache mir Sorgen um sie. Sind Sie sicher, dass sie in Enderby gut aufgehoben ist?»

«Nein, sie wäre hier nicht gut aufgehoben. Sie ist nicht in Enderby. Der Sanitätswagen war schon hier und fährt sie in ein Genesungsheim, wo Schwestern sich um sie kümmern und wo niemand, weder Familie noch Bekannte, sie besuchen darf.»

Mr. Entwhistle seufzte.

«Da bin ich sehr erleichtert! Sie hätte in Gefahr sein können.»

«Sie wäre zweifellos in Gefahr gewesen.»

Mr. Entwhistle klang bewegt.

«Ich habe Helen Abernethie immer sehr geschätzt. Immer schon. Eine sehr ungewöhnliche Persönlichkeit. Möglicherweise gab es in ihrem Leben – wie soll ich mich ausdrücken – gewisse Geheimnisse.»

«Ah, es gab Geheimnisse?»

«Ich war immer der Meinung, dass es sie gab.»

«Das erklärt die Villa in Zypern. Ja, das erklärt vieles …»

«Ich möchte nicht, dass Sie jetzt denken …»

«Am Denken können Sie mich nicht hindern. Aber jetzt habe ich einen kleinen Auftrag für Sie. Einen Moment.»

Es entstand eine Pause, dann hörte Mr. Entwhistle wieder Poirots Stimme.

«Ich musste mich vergewissern, dass niemand mithört. Alles ist gut. Und nun, was ich von Ihnen möchte – Sie müssen eine kleine Reise unternehmen.»

«Eine Reise?» Mr. Entwhistle klang ein wenig bestürzt. «Ach, ich verstehe – Sie möchten, dass ich nach Enderby komme?»

«Keinesfalls. Hier bin *ich*. Nein, eine so weite Reise brauchen Sie nicht zu machen. Ihre Reise führt Sie nur in die Umgebung von London. Sie reisen nach Bury St. Edmunds – *ma foi!*, diese Namen, die Ihre englischen Städte haben! – und dort mieten Sie sich einen Wagen und fahren nach Forsdyke House. Das ist eine Nervenklinik. Sie fragen nach einem Dr. Penrith und erkundigen sich nach den Details eines Patienten, der vor einigen Monaten entlassen wurde.»

«Welches Patienten? Bestimmt …»

«Der Name des Patienten ist Gregory Banks», unterbrach Poirot ihn. «Finden Sie heraus, wegen welcher Art von Geistesgestörtheit er in Behandlung war.»

«Wollen Sie damit sagen, dass Gregory Banks geistesgestört ist?»

«Psst! Seien Sie vorsichtig, was Sie sagen. Und nun – ich habe noch nicht gefrühstückt, und Sie, wie ich vermute, Sie haben auch noch nicht gefrühstückt?»

«Nein. Ich habe mir zu viele Sorgen gemacht …»

«Exakt. Deswegen, ich bitte Sie, frühstücken Sie, beruhigen Sie sich. Es fährt ein guter Zug nach Bury St. Edmunds um zwölf Uhr. Wenn ich mehr erfahre, rufe ich Sie vorher noch einmal an.»

«Passen Sie auf *sich* auf, Poirot», sagte Mr. Entwhistle besorgt.

«Aber ja! Ich, ich will keinen Schlag auf den Kopf mit einem marmornen Türhemmer bekommen. Seien Sie versichert, dass ich jede Vorsicht walten lassen werde. Und jetzt – fürs Erste – auf Wiedersehen.»

Poirot hörte, wie der Hörer des Apparats in London aufgelegt wurde, dann vernahm er ein zweites, sehr leises Klicken. Er lächelte in sich hinein. Jemand hatte den Hörer am Telefon im Flur aufgelegt.

Er ging in den Flur, aber da war niemand. Auf Zehenspitzen

234

schlich er zum Wandschrank hinter der Treppe und schaute hinein. Im selben Moment trat Lanscombe durch die Bedienstetentür, ein Tablett mit Toast und einer silbernen Kaffeekanne in den Händen. Er sah erstaunt auf, als Poirot aus dem Schrank auftauchte.

«Das Frühstück ist im Esszimmer angerichtet, Sir», sagte er.

Poirot betrachtete ihn nachdenklich.

Der alte Butler sah blass aus und war sichtlich erschüttert.

«Courage.» Poirot versetzte ihm einen aufmunternden Klaps auf die Schulter. «Es wird alles gut werden. Wäre es zu viel Mühe, mir eine Tasse Kaffee auf mein Zimmer bringen zu lassen?»

«Aber keineswegs, Sir. Ich schicke Janet zu Ihnen hinauf, Sir.»

Missbilligend starrte Lanscombe Hercule Poirot nach, als dieser auf der Treppe verschwand. Poirot trug einen seidenen Morgenrock mit einem exotischen Muster von Dreiecken und Quadraten.

«Ausländer!», dachte Lanscombe bitter. «Ausländer im Haus! Und Mrs. Leo hat eine Gehirnerschütterung! Ich weiß nicht, wo das alles noch hinführen wird. Seit Mr. Richards Tod ist nichts mehr wie früher.»

Als Janet Hercule Poirot den Kaffee brachte, war er bereits angekleidet. Seine Mitleidsbekundungen wurden wohlwollend aufgenommen, zumal er vor allem von dem Schock sprach, den die Entdeckung von Mrs. Leo ihr verursacht haben musste.

«In der Tat, Sir. Ich werde nie vergessen, wie ich mit dem Staubsauger in der Hand die Tür zum Herrenzimmer öffnete und Mrs. Leo dort liegen sah. Sie lag einfach da – ich war mir sicher, dass sie tot war. Sie muss beim Telefonieren ohnmächtig geworden sein – aber dass sie um die Zeit überhaupt schon auf war! Das kenne ich gar nicht von ihr.»

«Sehr ungewöhnlich!» Beiläufig fragte er: «Und sonst war wohl niemand auf?»

«Doch, Sir, zufällig war Mrs. Timothy schon unterwegs. Sie

steht immer sehr früh auf – oft macht sie schon vor dem Frühstück einen Spaziergang.»

«Sie gehört zu der Generation, die früh aufsteht», sagte Poirot mit einem Nicken. «Aber die Jungen – die stehen nicht so früh auf?»

«In der Tat nicht, Sir. Alle haben fest geschlafen, als ich ihnen den Tee brachte – obwohl ich schon sehr spät dran war, wegen dem Schock, und weil ich den Arzt hatte anrufen müssen und vorher selbst eine Tasse Tee trinken musste, um meine Nerven zu beruhigen.»

Als sie das Zimmer verließ, dachte Poirot über das Gehörte nach.

Maude Abernethie war auf gewesen, die jüngere Generation hatte im Bett gelegen und geschlafen – aber das brauchte nichts zu bedeuten, wie Poirot wusste. Jeder hätte hören können, wie Helen die Tür ihres Zimmers öffnete und wieder schloss, und ihr nach unten folgen und sie belauschen können – und hätte hinterher zweifellos so getan, als würde er tief und fest schlafen.

«Aber wenn ich Recht habe», dachte Poirot, «und schließlich ist es meine zweite Natur, Recht zu haben – es ist eine Gewohnheit von mir! –, dann besteht keine Notwendigkeit näher zu überlegen, wer hier und wer dort war. Zuerst muss ich Beweise suchen dort, wo meinen Schlussfolgerungen zufolge ein Beweis liegt. Und dann – dann halte ich meine kleine Ansprache. Und lehne mich im Sessel zurück und warte …»

Damit leerte Poirot die Tasse Kaffee, die Janet ihm gebracht hatte, schlüpfte in seinen Mantel, setzte sich den Hut auf, verließ sein Zimmer, lief behende die Hintertreppe hinab und trat durch den Seiteneingang aus dem Haus. Nach einem flotten Marsch von knapp einem halben Kilometer erreichte er das Postamt und meldete ein Ferngespräch an. Wenig später sprach er erneut mit Mr. Entwhistle.

«Ja, ich bin es wieder! Vergessen Sie den Auftrag, den ich Ihnen anvertraute. *C'était une blague!* Jemand hörte mit. Und nun, *mon vieux,* zu Ihrem wahren Auftrag. Sie müssen, wie ich schon sagte, eine Zugreise machen. Aber nicht nach Bury St. Edmunds. Ich möchte, dass Sie sich zum Haus von Mr. Timothy Abernethie begeben.»

«Aber Timothy und Maude sind in Enderby.»

«Exakt. Im Haus ist niemand als eine Frau namens Mrs. Jones, die sich durch das Angebot einer beträchtlichen Summe dazu bewegen ließ, das Haus in ihrer Abwesenheit zu hüten. Was ich möchte, ist, dass Sie etwas aus dem Haus holen!»

«Mein lieber Poirot! Für einen Einbruch gebe ich mich nicht her!»

«Es wird nicht wie ein Einbruch erscheinen. Sie werden der guten Mrs. Jones, die Sie kennt, sagen, dass Mr. oder Mrs. Abernethie Sie gebeten hat, diesen bestimmten Gegenstand abzuholen und mit nach London zu nehmen. Sie wird Ihre Worte nicht bezweifeln.»

«Nein, wahrscheinlich nicht. Aber es gefällt mir trotzdem nicht.» Mr. Entwhistle klang sehr widerwillig. «Warum können Sie nicht selbst hinfahren und holen, was Sie brauchen?»

«Weil, mein Freund, ich ein Fremder von fremdländischem Aussehen bin und damit eine verdächtige Gestalt und Mrs. Jones sofort Schwierigkeiten machen würde! Bei Ihnen wird sie das nicht.»

«Ja, ja, das leuchtet mir ein. Aber was um Himmels willen werden Timothy und Maude denken, wenn sie davon erfahren? Ich kenne sie seit über vierzig Jahren.»

«Ebenso lang kannten Sie Richard Abernethie! Und Sie kannten Cora Lansquenet schon als kleines Mädchen!»

«Ist es wirklich absolut nötig, Poirot?» Mr. Entwhistles Stimme war gequält.

«Die alte Frage, die im Krieg auf den Plakaten gestellt wurde. *Ist Ihre Reise wirklich notwendig?* Ich sage Ihnen, sie ist notwendig. Es ist eine Frage von Leben und Tod.»

«Und welchen Gegenstand muss ich abholen?»

Poirot erklärte es ihm.

«Aber wirklich, Poirot, ich verstehe nicht…»

«Es ist nicht nötig, dass Sie verstehen. Verstehen, das tue ich.»

«Und was soll ich mit dem verwünschten Ding tun?»

«Sie bringen es nach London, zu einer Adresse in den Elm Park Gardens. Sie haben einen Stift? Dann notieren Sie.»

Nachdem Mr. Entwhistle die Adresse aufgeschrieben hatte, fragte er noch immer gequält: «Ich hoffe, Sie wissen, was Sie tun, Poirot?»

Sein Tonfall klang zweifelnd, aber Poirots Antwort wischte alle Zweifel beiseite.

«Natürlich weiß ich, was ich tue. Wir nähern uns dem Ende.»

«Wenn wir nur eine Ahnung hätten, was Helen mir sagen wollte», seufzte Mr. Entwhistle.

«Eine Ahnung ist nicht nötig. Ich weiß es.»

«Sie wissen es? Aber mein lieber Poirot –»

«Für Erklärungen ist jetzt nicht die Zeit. Aber lassen Sie mich Ihnen versichern: *Ich weiß, was Helen Abernethie sah, als sie in ihren Spiegel schaute.*»

II

Beim Frühstück waren alle gedrückter Stimmung. Rosamund und Timothy erschienen überhaupt nicht, und die anderen unterhielten sich mit gedämpfter Stimme und aßen weniger als sonst.

George fasste sich als Erster wieder. Er war von Natur aus optimistisch.

«Tante Helen wird bald wieder auf dem Damm sein», sagte er. «Die Ärzte unken gerne. Eine Gehirnerschütterung ist doch keine große Sache. Meistens merkt man nach ein paar Tagen gar nichts mehr.»

«Eine Bekannte von mir hat im Krieg einmal eine Gehirnerschütterung bekommen», erzählte Miss Gilchrist leutselig.

«Sie ging gerade die Tottenham Court Road lang, da ist ihr ein Ziegel auf den Kopf gefallen – das war während der Zeit der Bombenangriffe – und sie hat überhaupt nichts gespürt. Ging einfach weiter – und ist zwölf Stunden später im Zug nach Liverpool zusammengebrochen. Und ob Sie's glauben oder nicht, sie konnte sich überhaupt nicht daran erinnern, dass sie zum Bahnhof gegangen oder in den Zug gestiegen war, gar nichts. Sie konnte es nicht fassen, als sie in einem Krankenhaus aufgewacht ist. Da musste sie dann fast drei Wochen bleiben.»

«Was ich nicht verstehen kann», sagte Susan, «ist, warum Helen so früh am Morgen schon telefoniert hat. Wen hat sie denn angerufen?»

«Sie hat sich unwohl gefühlt, das muss es gewesen sein.» Maude sprach im Brustton der Überzeugung. «Wahrscheinlich ist sie mit einem komischen Gefühl aufgewacht und nach unten gegangen, um den Arzt anzurufen. Dann hat sie einen Schwächeanfall bekommen und ist umgekippt. Was anderes kann es gar nicht gewesen sein.»

«Reines Pech, dass sie mit dem Kopf ausgerechnet auf den Türhemmer gefallen ist», meinte Michael. «Wenn sie auf dem dicken Teppich gelandet wäre, wäre ihr nichts passiert.»

Die Tür ging auf und Rosamund kam herein. Ihre Stirn war gerunzelt.

«Ich kann nirgends die Wachsblumen finden», sagte sie. «Die, die am Tag von Onkel Richards Beerdigung auf dem Malachittisch standen.» Mit vorwurfsvollem Gesicht sah sie zu Susan. «*Du* hast sie wohl nicht zufällig weggenommen?»

«Natürlich nicht! Wirklich, Rosamund, du denkst doch nicht *immer noch* an den Malachittisch, wo die arme Helen gerade mit Gehirnerschütterung ins Krankenhaus gebracht worden ist?»

«Ich weiß nicht, warum ich nicht an die Blumen denken sollte. Wenn man mit Gehirnerschütterung im Krankenhaus liegt, weiß man überhaupt nicht, was um einen herum vor sich geht, und es ist einem auch völlig egal. Wir können Tante Helen nicht helfen, und ich muss morgen mittag wieder in London sein, weil wir uns mit Jackie Lygo treffen, um über Termine für die Premiere von *Des Barons Reise* zu sprechen. Also würde ich gerne definitiv Bescheid wissen mit dem Tisch. Aber vorher würde ich mir gerne noch mal die Wachsblumen anschauen. Jetzt steht auf dem Tisch eine chinesische Vase, ganz schön, aber im Stil passt sie nicht so ganz. Ich würde wirklich gerne wissen, wo sie hingekommen sind – vielleicht weiß es Lanscombe?»

Der Butler war gerade hereingekommen, um nachzusehen, ob der Frühstückstisch schon abgeräumt werden konnte.

«Wir sind alle fertig, Lanscombe», sagte George und stand vom Tisch auf. «Was ist mit unserem ausländischen Freund?»

«Er lässt sich Kaffee und Toast auf dem Zimmer servieren, Sir.»

«Petit déjeuner für NARCO.»

«Lanscombe, wissen Sie, wo die Wachsblumen sind, die immer auf dem grünen Tisch im Salon standen?», fragte Rosamund.

«Soweit ich weiß, ist Mrs. Leo damit ein kleines Missgeschick passiert. Sie wollte eine neue Glasglocke dafür machen lassen, aber ich glaube, sie hat sie noch nicht bestellt.»

«Wo steht das Ding jetzt?»

«Vermutlich im Schrank hinter der Treppe, gnä' Frau. Dort werden Gegenstände, die repariert werden müssen, meist aufbewahrt. Soll ich für Sie nachsehen?»

«Ich schaue selbst. Komm mit, Michael, Schätzchen. Da hinter der Treppe ist es so dunkel, und ich habe keine Lust, mich allein in dunklen Ecken rumzutreiben nach dem, was mit Tante Helen passiert ist.»

Alle sahen erschrocken auf.

«Was sagst du da, Rosamund?», fragte Maude in ihrer tiefen Stimme.

«Na ja, ihr hat doch jemand eins übergezogen, oder nicht?»

«Sie ist plötzlich ohnmächtig geworden und umgekippt.» Gregory Banks' Stimme war scharf.

Rosamund lachte.

«Hat sie dir das gesagt? Sei nicht so dumm, Greg, natürlich hat jemand ihr eins übergezogen.»

Auch Georges Tonfall war scharf. «So was darfst du nicht sagen, Rosamund.»

«Quatsch», erwiderte Rosamund. «Das war garantiert ein Schlag auf den Kopf. Ich meine, das passt doch alles zusammen. Ein Detektiv im Haus, der nach Indizien sucht, Onkel Richard wird vergiftet, Tante Cora wird mit einem Beil umgebracht, Miss Gilchrist bekommt einen vergifteten Hochzeitskuchen, und jetzt hat jemand Tante Helen mit einem stumpfen Gegenstand k.o. geschlagen. Ihr werdet noch sehen, das geht jetzt immer so weiter. Wir werden einer nach dem anderen umgebracht, und derjenige, oder diejenige, die übrigbleibt, ist es dann – der Mörder, meine ich. Aber ich nicht – ich meine, ich gehöre nicht zu denen, die umgebracht werden.»

«Und warum sollte jemand dich umbringen wollen, schöne Rosamund?», fragte George im Spaß.

Rosamund riss die Augen auf.

«Weil ich zu viel weiß, natürlich.»

«Was weißt du?» Maude Abernethie und Gregory Banks sprachen fast einstimmig.

Rosamund lächelte ihr nichtssagendes, bezauberndes Lächeln.

«Das würdet ihr alle zu gerne wissen, nicht?», gab sie freundlich zurück. «Jetzt komm, Michael.»

Zweiundzwanzigstes Kapitel

I

Für elf Uhr berief Hercule Poirot ein informelles Treffen in der Bibliothek ein. Nachdem sich alle versammelt hatten, betrachtete er nachdenklich die Gesichter, die im Halbkreis um ihn saßen.

«Gestern Abend», begann er, «hat Mrs. Shane Ihnen verkündet, dass ich ein Privatdetektiv bin. Ich selbst, ich hätte meine – sagen wir, *camouflage* – noch gerne ein wenig länger aufrechterhalten. Aber so sei es! Heute – oder spätestens morgen – hätte ich Ihnen die Wahrheit gesagt. Und nun, bitte, hören Sie mir aufmerksam zu, was ich Ihnen zu sagen habe.

Ich bin in meiner Branche eine gefeierte Persönlichkeit – eine sehr gefeierte Persönlichkeit, wenn ich das sagen darf. In der Tat, mein Talent ist ohnegleichen!»

George Crossfield grinste. «Gut gebrüllt, Monsieur Pont … nein, Sie heißen ja Monsieur Poirot, nicht wahr? Nur komisch, dass ich noch nie von Ihnen gehört habe.»

«Das ist nicht komisch», gab Poirot scharf zurück. «Das ist beklagenswert! Heute erhalten junge Menschen keine richtige Bildung mehr. Offenbar wird ihnen nur noch Ökonomie beigebracht und wie man Intelligenztests besteht! Aber um fortzufahren, ich bin seit vielen Jahren mit Mr. Entwhistle befreundet…»

«Er ist also das Haar in der Suppe!»

«Wenn Sie es unbedingt so ausdrücken möchten, Mr. Crossfield, ja. Mr. Entwhistle war sehr bestürzt über den Tod seines alten Freundes Mr. Richard Abernethie. Besonders bestürzt war er über die Worte, die am Tag der Beerdigung von Mr. Abernethies Schwester Mrs. Lansquenet geäußert wurden. Hier, in eben diesem Raum.»

«Sehr töricht – typisch Cora eben», sagte Maude. «Ich hätte Mr. Entwhistle mehr zugetraut, als dass er etwas darauf gibt!»

«Noch mehr bestürzt war Mr. Entwhistle über den – den Zufall, soll ich sagen? – von Mrs. Lansquenets Tod. Ihm ging es nur um eines – er wollte Gewissheit haben, dass es sich bei ihrem Tod wirklich um einen Zufall handelte. In anderen Worten, er wollte bestätigt haben, dass Richard Abernethie eines natürlichen Todes gestorben war. Zu dem Zweck beauftragte er mich, die nötigen Erkundigungen einzuholen.»

Eine Pause entstand.

«Ich habe sie eingeholt…»

Wieder herrschte Schweigen. Niemand sagte ein Wort.

Poirot warf den Kopf in den Nacken.

«Eh bien, Sie werden alle entzückt sein zu erfahren, dass als Ergebnis meiner Ermittlungen *nicht der mindeste Grund zur Annahme besteht, dass Mr. Abernethie keines natürlichen Todes gestorben ist.* Es gibt *überhaupt* keinen Grund zu glauben, dass er ermordet wurde!» Er lächelte und breitete die Hände zu einer triumphierenden Geste.

«Das ist eine gute Nachricht, nicht wahr?»

Offenbar nicht, nach der Reaktion der Versammelten zu urteilen. Alle starrten Hercule Poirot an, alle blickten zweifelnd und misstrauisch.

Die einzige Ausnahme bildete Timothy Abernethie, der heftig zustimmend nickte.

«Natürlich ist Richard nicht ermordet worden», sagte er ärgerlich. «Das konnte ich nie verstehen, wie jemand auch nur einen Moment etwas anderes glauben konnte! Cora wollte nur wieder mal einen ihrer Streiche spielen. Wollte euch alle erschrecken. Fand es lustig. Sie war zwar meine Schwester, aber es tut mir Leid sagen zu müssen, sie war immer ein bisschen einfältig, das arme Ding. Nun, Mr. Wie-auch-immer-Sie-heißen, ich bin froh, dass Sie klug genug waren, den richtigen Schluss zu ziehen, obwohl, wenn Sie mich fragen, ich es eine ziemliche Unverschämtheit von Entwhistle finde, Sie damit zu beauftragen, hier herumzuschnüffeln. Und wenn er glaubt, er könnte Ihr Honorar von unserem Vermögen bezahlen, na, da sage ich Ihnen, da stehe ich vor. Verdammte Frechheit und völlig überflüssig obendrein! Für wen hält Entwhistle sich eigentlich? Wenn die Familie nicht misstrauisch war…»

«Das war sie aber, Onkel Timothy», warf Rosamund ein.

«Was – wie bitte?» Timothy starrte sie verärgert an.

«Wir waren misstrauisch. Und was ist mit der Sache mit Tante Helen heute Morgen?»

Maude fuhr empört auf. «Helen ist in dem Alter, in dem man leicht einen Schlaganfall bekommt. Nichts anderes.»

«Ich verstehe», erwiderte Rosamund. «Du meinst, es war nur ein weiterer Zufall?»

Sie sah zu Poirot.

«Sind das nicht ein paar Zufälle zu viel?»

«So etwas kann vorkommen», antwortete Poirot.

«Unsinn», warf Maude ein. «Helen fühlte sich unwohl, kam nach unten, um den Arzt anzurufen, und…»

«Aber sie hat nicht den Arzt angerufen.» Rosamund gab nicht auf. «Ich habe ihn gefragt.»

«Wen hat sie denn dann angerufen?» Susan sah erschreckt auf.

«Ich weiß es nicht.» Rosamunds Gesicht verzog sich unzufrieden. «Aber ich wette, das finde ich auch noch heraus», fügte sie hoffnungsvoll hinzu.

II

Hercule Poirot saß im viktorianischen Sommerhaus. Er holte seine große Uhr aus der Tasche und legte sie vor sich auf den Tisch.

Er hatte verkündet, dass er mit dem Zwölf-Uhr-Zug fahren würde. Eine halbe Stunde blieb ihm also noch Zeit. Eine halbe Stunde, in der jemand einen Entschluss fassen und ihn aufsuchen könnte. Vielleicht nicht nur eine Person …

Das Sommerhaus war von den meisten Fenstern des Hauses aus gut zu sehen. Sicher würde bald jemand kommen?

Wenn nicht, dann war seine Kenntnis der menschlichen Natur ungenügend und seine These inkorrekt.

Er wartete. Über seinem Kopf saß eine Spinne in ihrem Netz und lauerte auf eine Fliege.

Als Erstes kam Miss Gilchrist. Sie war aufgebracht und bekümmert und redete ziemlich inkohärent.

«Ach, Mr. Pontarlier … ich kann mir Ihren anderen Namen nicht merken», begann sie. «Ich musste einfach kommen und mit Ihnen reden, obwohl ich es nicht gerne tue – aber ich habe das Gefühl, dass es meine Pflicht ist. Ich meine, nach dem, was heute Morgen mit der armen Mrs. Leo passiert ist … Und ich finde, Mrs. Shane hat völlig Recht – das war kein Zufall, und bestimmt kein Schlaganfall – wie Mrs. Timothy meinte. Mein Vater hat mal einen Schlaganfall gehabt und das war völlig anders und außerdem hat der Arzt klar und deutlich Gehirnerschütterung gesagt.»

Sie hielt inne, holte Luft und sah Poirot flehentlich in die Augen.

«Ja.» Poirots Stimme war sanft und ermunternd. «Sie möchten mir etwas sagen?»

«Wie gesagt, ich tue es nicht gern – sie ist so nett zu mir gewesen. Sie hat mir die Stelle bei Mrs. Timothy verschafft und alles. Sie ist wirklich sehr nett zu mir gewesen. Deswegen komme ich mir so undankbar vor. Sie hat mir sogar Mrs. Lansque-

245

nets Bisamjacke gegeben, die wirklich wunderschön ist und mir wunderbar passt, weil es bei Pelz keine Rolle spielt, wenn er etwas zu groß ist. Und als ich ihr die Amethystbrosche zurückgeben wollte, wollte sie nichts davon hören…»

«Sie sprechen von Mrs. Banks?», erkundigte Poirot sich leise.

«Ja, sehen Sie…» Miss Gilchrist blickte zu Boden und spielte verzweifelt mit den Fingern. Dann schaute sie auf und schluckte heftig. «Wissen Sie, ich habe *gelauscht!*»

«Sie meinen, Sie haben zufällig eine Unterhaltung mit angehört…»

«Nein.» Miss Gilchrist schüttelte mit heroischer Entschlossenheit den Kopf. «Ich möchte lieber die Wahrheit sagen. Und es ist nicht so schlimm, das Ihnen zu sagen, weil Sie kein Engländer sind.»

Hercule Poirot verstand, was sie sagen wollte, ohne Anstoß daran zu nehmen.

«Sie meinen, ein Ausländer hält es für selbstverständlich, dass man hinter Türen lauscht und Briefe öffnet oder herumliegende Briefe liest?»

«O nein, ich würde nie einen Brief öffnen, der nicht an mich adressiert ist», protestierte Miss Gilchrist empört. «Das würde ich nie tun. Aber ich habe gelauscht, an dem Tag – an dem Tag, als Mr. Richard Abernethie seine Schwester besuchte. Ich war neugierig, wissen Sie, weil er nach all den Jahren so plötzlich auftauchte. Ich wollte den Grund wissen … und … und … wissen Sie, wenn das Leben etwas eintönig ist und man wenig Freunde hat, dann interessiert man sich eben … ich meine, wenn man mit jemandem zusammenlebt.»

«Nur zu verständlich.»

«Ja, ich finde es auch verständlich … Aber natürlich ist es deswegen trotzdem nicht *richtig*. Aber ich hab's getan. Und ich habe gehört, was er sagte!»

«Sie haben gehört, was Mr. Abernethie zu Mrs. Lansquenet sagte?»

«Ja. Er sagte etwas wie: ‹Es ist sinnlos, mit Timothy zu reden.

Er bagatellisiert alles immer nur. Kann einfach nicht zuhören. Aber ich dachte, ich würde es gerne bei dir loswerden, Cora. Wir drei sind die Einzigen, die noch am Leben sind. Und obwohl du dich immer gern wie eine Närrin aufgeführt hast, hast du ziemlich viel gesunden Menschenverstand. Also, was würdest *du* an meiner Stelle tun?›

Ich konnte nicht genau hören, was Mrs. Lansquenet darauf sagte, aber ich habe das Wort ‹Polizei› verstanden – und dann ist Mr. Abernethie ziemlich laut geworden und hat gesagt: ‹Das kann ich nicht. Nicht, wenn es um *meine eigene Nichte* geht.› Und dann musste ich in die Küche laufen, weil etwas übergekocht war, und als ich wieder zurückkam, sagte Mr. Abernethie gerade: ‹Selbst wenn ich eines unnatürlichen Todes sterbe, möchte ich nicht, dass die Polizei geholt wird, wenn es sich irgend vermeiden lässt. Das verstehst du doch, oder nicht, meine Liebe? Aber mach dir keine Sorgen. Jetzt, wo ich Bescheid weiß, passe ich gut auf.› Und dann redete er weiter und meinte, er hätte ein neues Testament aufgesetzt und sie, Cora, würde auch etwas bekommen. Und dann sagte er noch, sie sei mit ihrem Mann ja wohl glücklich gewesen und er hätte damals einen Fehler gemacht.»

Miss Gilchrist brach ab.

«Ich verstehe, ich verstehe …», murmelte Poirot.

«Aber ich wollte das nie weitersagen … und niemandem erzählen. Ich glaube nicht, dass Mrs. Lansquenet das gewollt hätte … Aber jetzt, nach dem Überfall auf Mrs. Leo heute Morgen … und dann sagen Sie so beiläufig, das sei ein Zufall. Aber Monsieur Pontarlier, das war kein Zufall!»

Poirot lächelte.

«Nein, es war kein Zufall», pflichtete er bei. «Ich danke Ihnen, Miss Gilchrist, dass Sie zu mir gekommen sind. Das war sehr wichtig.»

III

Es bereitete ihm gewisse Mühe, Miss Gilchrist aus dem Sommerhaus zu komplimentieren, aber es brannte ihm unter den Nägeln, denn er hoffte auf weitere vertrauliche Geständnisse.

Sein Instinkt trog ihn nicht. Kaum war Miss Gilchrist verschwunden, als Gregory Banks mit großen Schritten über den Rasen auf ihn zugestürmt kam. Sein Gesicht war blass und Schweißperlen standen ihm auf der Stirn. Seine Augen blickten merkwürdig erregt.

«Endlich!», rief er. «Ich dachte, die dumme Frau würde nie verschwinden. Was Sie heute Vormittag gesagt haben, stimmt nicht. Sie irren sich in allem. Richard Abernethie ist ermordet worden. *Ich* habe ihn umgebracht.»

Hercule Poirots Blick wanderte an dem aufgebrachten jungen Mann auf und ab. Er wirkte nicht im mindesten überrascht.

«Sie haben ihn also umgebracht? Und wie?»

Gregory Banks lächelte.

«Für *mich* war das ganz einfach. Das ist Ihnen doch bestimmt klar. Es gibt fünfzehn oder zwanzig Drogen, die sich dafür eignen und an die ich ganz leicht herankommen kann. Sie zu verabreichen war schon etwas schwieriger, aber zum Schluss hatte ich eine geniale Idee. Das Schöne dran war, dass ich am Tag selbst gar nicht hier sein musste.»

«Sehr gerissen», kommentierte Poirot.

«Ja.» Gregory Banks senkte bescheiden den Blick. Er wirkte zufrieden mit sich selbst. «Doch – ich glaube wirklich, dass es genial war.»

«Und warum haben Sie ihn getötet?», fragte Poirot interessiert. «Wegen des Geldes, das Ihre Frau dann erben würde?»

«Nein. Natürlich nicht.» Auf einmal geriet Greg wieder in Wallung. «Ich bin nicht geldgierig. Ich habe Susan doch nicht wegen ihrem *Geld* geheiratet!»

«Wirklich nicht, Mr. Banks?»

«Das hat *er* gedacht», stieß Greg mit unvermittelter Gehässigkeit hervor. «Richard Abernethie! Er mochte Susan, er hat sie bewundert, er war stolz auf sie, weil sie eine richtige Abernethie war! Aber er glaubte, sie hätte unter ihrem Stand geheiratet – er hielt mich für einen Tunichtgut – er hat mich verachtet! In seinen Augen hatte ich nicht die richtige Aussprache – nicht die richtige Kleidung. Er war ein Snob – ein ekelhafter Snob!»

«Das glaube ich nicht», wandte Poirot nachsichtig ein. «Nach allem, was ich gehört habe, war Richard Abernethie kein Snob.»

«Doch, das war er. Doch.» Die Empörung des jungen Mannes hatte sich beinahe zur Hysterie gesteigert. «Er hat mich für einen Dreck gehalten. Er hat sich über mich lustig gemacht – er war immer ganz höflich, aber ich habe *gesehen*, dass er mich hinter dieser Fassade nicht leiden konnte!»

«Das ist möglich.»

«Das lass ich nicht zu, dass Leute mich so behandeln! Das hat schon mal jemand versucht! Eine Frau, die oft in die Apotheke gekommen ist und der ich immer die Medikamente zusammenstellen musste. Die war unverschämt zu mir. Und wissen Sie, was ich gemacht habe?»

«Ja», sagte Poirot.

Gregory sah ihn verblüfft an.

«Sie wissen es?»

«Ja.»

«Fast wäre sie gestorben.» Seine Stimme klang selbstzufrieden. «Das zeigt nur, dass ich kein Mensch bin, mit dem zu spaßen ist. Richard Abernethie hat mich verachtet – und was ist passiert? Er ist gestorben.»

«Ein überaus erfolgreicher Mord», sagte Poirot feierlich, als würde er Greg zu seiner Tat beglückwünschen. «Aber warum kommen Sie jetzt und gestehen alles – ausgerechnet mir?»

«Weil Sie gesagt haben, Sie hätten alles gelöst! Sie sagten, er sei *nicht* ermordet worden. Ich musste Ihnen zeigen, dass Sie nicht so schlau sind, wie Sie denken, und außerdem … außerdem …»

«Ja», sagte Poirot. «Und außerdem?»

Schlagartig veränderte sich Gregs Gesicht und bekam etwas Fiebriges, während er auf die Bank sank.

«Es war falsch … es war böse … ich muss bestraft werden … ich muss wieder zurück … zum Ort der Pein … um zu büßen … Ja, um zu *büßen!* Reue! Vergeltung!»

Jetzt glühte sein Gesicht vor Ekstase. Poirot musterte ihn eine Weile neugierig.

«Wie groß ist denn Ihr Wunsch, Ihrer Frau zu entkommen?», fragte er dann.

Gregorys Miene veränderte sich wieder.

«Susan? Susan ist großartig – großartig!»

«Ja. Susan ist großartig. Das ist eine schwere Last. Susan liebt Sie hingebungsvoll. Auch das ist eine Last, nein?»

Gregory starrte vor sich ins Leere. Dann sagte er, fast wie ein trotziges Kind: «Warum konnte sie mich nicht in Frieden lassen?»

Er sprang auf.

«Da kommt sie – über den Rasen. Ich gehe. Aber Sie sagen ihr, was ich Ihnen erzählt habe? Sagen Sie ihr, dass ich zur Polizei gegangen bin. Um ein Geständnis abzulegen.»

IV

Außer Atem betrat Susan das Sommerhaus.

«Wo ist Greg? Er war doch eben noch hier! Ich habe ihn gesehen!»

«Ja.» Poirot zögerte einen Moment, ehe er fortfuhr. «Er war gekommen, um mir zu sagen, dass er Richard Abernethie vergiftet hat …»

«Unsinn! Sie glauben ihm doch hoffentlich nicht?»

«Warum sollte ich ihm nicht glauben?»

«Er war nicht einmal in der Nähe, als Onkel Richard gestorben ist!»

«Vielleicht nicht. Und wo war er, als Cora Lansquenet gestorben ist?»

«In London. Ich war bei ihm.»

Hercule Poirot schüttelte den Kopf.

«Nein, damit gebe ich mich nicht zufrieden. Sie, zum Beispiel, sind an dem Tag mit Ihrem Wagen weggefahren und waren den ganzen Nachmittag unterwegs. Ich glaube, ich weiß, wo Sie waren. Sie sind nach Lytchett St. Mary gefahren.»

«Das bin ich nicht!»

Poirot lächelte.

«Als ich Ihnen hier begegnete, Madame, war es nicht – wie ich Ihnen sagte –, das erste Mal, dass ich Sie sah. Nach der gerichtlichen Untersuchung waren Sie in der Garage des *King's Arms*. Dort redeten Sie mit einem Mechaniker, und in der Nähe stand ein Wagen mit einem älteren ausländischen Herrn. Sie haben ihn nicht bemerkt, aber er hat Sie bemerkt.»

«Ich weiß nicht, was Sie meinen. Das war am Tag der Untersuchung.»

«Ja, ja. Aber erinnern Sie sich, was der Mechaniker zu Ihnen sagte! Er fragte Sie, ob Sie eine Verwandte des Opfers wären, und Sie sagten, Sie wären ihre Nichte.»

«Der war nur sensationslüstern. Die sind alle sensationslüstern.»

«Und seine nächsten Worte waren: ‹Ha! Ich habe mir doch gedacht, dass ich Sie schon einmal gesehen habe.› Wo hatte er Sie schon einmal gesehen, Madame? Es muss in Lytchett St. Mary gewesen sein, denn dass er Sie schon einmal gesehen hatte, erklärte sich für ihn durch die Tatsache, dass Sie Mrs. Lansquenets Nichte sind. Hatte er Sie vor ihrem Cottage gesehen? Und wann? Das war eine Frage, der man nachgehen musste, nein? Und das Ergebnis dieser Nachforschungen war, dass Sie an dem Nachmittag, an dem Cora Lansquenet starb, dort waren – in Lytchett St. Mary. Sie haben Ihren Wagen im selben Steinbruch geparkt wie am Morgen der gerichtlichen Untersuchung. Das Auto wurde gesehen, das Kennzeichen notiert. Inspector Morton weiß mittlerweile, wem der Wagen gehört.»

Susan starrte ihn an. Ihr Atem ging schneller, aber sie blieb völlig gefasst.

«Sie reden Unsinn, Monsieur Poirot. Und Sie lassen mich vergessen, weswegen ich hergekommen bin – ich wollte allein mit Ihnen reden…»

«Um mir zu gestehen, dass Sie und nicht Ihr Mann den Mord begangen haben?»

«Nein, natürlich nicht. Für wie dumm halten Sie mich? Außerdem habe ich Ihnen schon gesagt, dass Gregory an dem Tag London nicht verlassen hat.»

«Was Sie unmöglich wissen können, da Sie selbst nicht zu Hause waren. Warum, Mrs. Banks, sind Sie nach Lytchett St. Mary gefahren?»

Susan holte tief Luft.

«Also gut, wenn Sie es unbedingt wissen wollen! Ich war verstört wegen dem, was Cora bei der Beerdigung gesagt hatte. Ich musste immer wieder darüber nachdenken. Also beschloss ich, zu ihr zu fahren und sie zu fragen, was sie auf die Idee gebracht hatte. Greg fand das töricht, also habe ich ihm nicht einmal gesagt, wohin ich fahre. Ich war gegen drei Uhr da, habe geklopft und geklingelt, aber niemand hat aufgemacht, also dachte ich, dass sie beim Einkaufen war oder weggefahren. Mehr gibt es dazu nicht zu sagen. Ich bin nicht hinters Haus gegangen. Sonst hätte ich vielleicht das kaputte Fenster gesehen. Ich bin einfach wieder nach London zurückgefahren, ohne zu ahnen, dass irgendetwas passiert war.»

Poirots Gesicht verriet keine Gemütsregung.

«Warum beschuldigt Ihr Mann sich des Verbrechens?», fragte er.

«Weil er…» Susan sprach das Wort, das ihr auf den Lippen lag, nicht aus.

Poirot griff es auf.

252

«Sie wollten sagen, ‹weil er spinnt›, im Scherz gesagt – aber der Scherz kommt der Wahrheit zu nahe, nicht wahr?»

«Greg spinnt nicht. Wirklich nicht.»

«Ich kenne seine Vergangenheit», sagte Poirot. «Bevor Sie ihm begegneten, war er einige Monate in der Nervenklinik Forsdyke House.»

«Es war keine Zwangseinweisung. Er war freiwillig dort.»

«Das ist wahr. Man kann ihn nicht als unzurechnungsfähig einstufen, das räume ich ein. Aber er ist eindeutig sehr labil. Er leidet an einem Bestrafungskomplex – wohl schon seit seiner Kindheit.»

Susan sprach schnell und heftig.

«Sie verstehen ihn nicht, Monsieur Poirot. Greg hat nie eine Chance gehabt. Deswegen wollte ich das Geld von Onkel Richard auch so dringend haben. Onkel Richard war zu rational. Er hat es nicht verstanden. Ich wusste, dass Greg ein eigenes Geschäft braucht. Er braucht das Gefühl, jemand zu sein – und nicht nur ein Apothekengehilfe, den man herumschubsen kann. Jetzt wird alles anders werden. Er bekommt sein eigenes Labor. Er kann seine eigenen Rezepturen herstellen.»

«Ja, ja – Sie bieten ihm den Himmel auf Erden – weil Sie ihn lieben. Ihre Liebe für ihn geht über jedes Maß und Ziel hinaus. Aber man kann einem Menschen nicht geben, was er nicht anzunehmen bereit oder fähig ist. Letzten Endes wird er immer noch sein, was er nicht sein will…»

«Und das ist?»

«Susans Mann.»

«Sie sind grausam! Sie reden blanken Unsinn!»

«Wenn es um Gregory Banks geht, sind Sie skrupellos. Sie wollten das Geld Ihres Onkels – nicht für sich selbst – sondern für Ihren Mann. *Wie dringend wollten Sie es denn?*»

Aufgebracht machte Susan auf dem Absatz kehrt und rannte davon.

V

«Ich dachte, ich würde mich kurz von Ihnen verabschieden.»
Michael Shanes Ton war gewinnend.

Er lächelte sein ungewöhnlich berückendes Lächeln.

Poirot wurde sich des gefährlichen Charmes dieses Mannes
bewusst.

Ein paar Sekunden lang musterte er Michael Shane schweigend. Er hatte das Gefühl, ihn weniger gut als die anderen Familienmitglieder zu kennen, denn Michael Shane zeigte nur
die Seite seines Wesens, die er andere sehen lassen wollte.

«Ihre Frau ist eine sehr ungewöhnliche Persönlichkeit»,
meinte Poirot im Plauderton.

Michael hob die Augenbrauen.

«Finden Sie? Ich gebe zu, sie ist bildschön. Aber meines Erachtens besticht sie nicht eben durch Intelligenz.»

«Sie wird nie versuchen, allzu klug zu sein», pflichtete Poirot
ihm bei. «Aber sie weiß, was sie will.» Er seufzte. «Das tun nur
sehr wenige Menschen.»

«Ah!» Auf Michaels Gesicht erschien wieder das Lächeln.
«Sie denken an den Malachittisch?»

«Vielleicht.» Nach einer Pause fügte Poirot hinzu: *«Und an
das, was auf dem Tisch stand.»*

«Die Wachsblumen, meinen Sie?»

«Die Wachsblumen.»

Michael runzelte die Stirn.

«Ich kann Ihnen nicht immer ganz folgen, Monsieur Poirot.
Aber», das Lächeln wurde wieder angestellt, «ich bin Ihnen
mehr als dankbar, dass wir jetzt Klarheit haben. Es ist, gelinde
gesagt, unerquicklich, den Verdacht haben zu müssen, einer
von uns könnte den armen alten Onkel Richard ermordet
haben.»

«So kam er Ihnen vor, als Sie ihn sahen?», fragte Poirot. «Als
armer alter Onkel Richard?»

«Nun ja, natürlich hatte er sich sehr gut gehalten und so ...»

«Und war im Vollbesitz seiner geistigen Kräfte …»

«Auch das.»

«Sogar ziemlich schlau?»

«Das würde ich sagen.»

«Und ein großer Menschenkenner.»

Das Lächeln verschwand nicht.

«Sie dürfen nicht von mir erwarten, dass ich Ihnen da zustimme, Monsieur Poirot. Er mochte mich nicht.»

«Er hielt Sie womöglich für den Typ des untreuen Ehemannes?», fragte Poirot nach.

Michael lachte.

«Ein altmodisches Konzept!»

«Aber es entspricht der Wahrheit, nicht wahr?»

«Was meinen Sie bitte damit?»

Poirot legte die Fingerspitzen aneinander.

«Es wurden Erkundigungen eingezogen, müssen Sie wissen», murmelte er.

«Von Ihnen?»

«Nicht nur von mir.»

Michael Shane warf ihm einen kurzen, forschenden Blick zu. Er reagierte schnell, das fiel Poirot auf. Michael Shane war nicht dumm.

«Sie meinen – die Polizei ist neugierig geworden?»

«Die Polizei hat den Mord an Cora Lansquenet nie als Gelegenheitsverbrechen betrachtet.»

«Und sie haben angefangen, Erkundigungen über mich einzuziehen?»

«Sie interessieren sich für den Verbleib aller Anverwandten von Mrs. Lansquenet am Tag ihres Todes», erklärte Poirot spitz.

«Das ist sehr unangenehm.» Michaels Ton war charmant, vertraulich und reumütig.

«Tatsächlich, Mr. Shane?»

«Viel unangenehmer, als Sie sich vorstellen können! Sehen Sie, ich habe Rosamund erzählt, dass ich an dem Tag mit einem gewissen Oscar Lewis beim Essen war.»

«Wo Sie in Wirklichkeit etwas völlig anderes taten?»

«Ja. In Wirklichkeit bin ich mit dem Auto zu einer Frau namens Sorrel Dainton gefahren – eine ziemlich bekannte Schauspielerin. Ich bin mit ihr in ihrem letzten Stück aufgetreten. Das ist ziemlich unangenehm – die Polizei wird das zwar sicher zufrieden stellen, aber Rosamund wird nicht gerade glücklich sein, verstehen Sie.»

«Ah!» Poirot schlug einen diskreten Ton an. «War es wegen dieser Freundschaft zu Schwierigkeiten gekommen?»

«Ja … Rosamund hat mir sogar das Versprechen abgenommen, mich nicht mehr mit ihr zu treffen.»

«Ja, ich verstehe, das könnte sehr unerfreulich werden … *entre nous,* Sie hatten eine Affäre mit dieser Dame?»

«Ach, wie es eben so geht … Es ist ja nicht, als würde mir an der Frau etwas liegen.»

«Aber ihr liegt viel an Ihnen?»

«Ach, sie ist ziemlich lästig geworden … Frauen hängen sich wie Kletten an einen. Aber wie gesagt, die Polizei zumindest wird zufrieden gestellt sein.»

«Glauben Sie?»

«Na, ich könnte ja kaum mit einem Beil bewaffnet zu Cora fahren, wenn ich mich zu der Zeit meilenweit entfernt mit Sorrel amüsiert habe. Sie hat ein Cottage in Kent.»

«Ich verstehe, ich verstehe … und diese Miss Dainton, sie wird für Sie aussagen?»

«Es wird ihr nicht gefallen – aber wenn's um Mord geht, wird sie's wohl tun müssen.»

«Sie könnte es auch tun, selbst wenn Sie sich *nicht* mit ihr amüsiert haben.»

«Was meinen Sie damit?» Auf einmal verfinsterte sich Michaels Blick.

«Die Dame ist Ihnen zugetan. Wenn Frauen einem Mann zugetan sind, erklären sie sich bereit, die Wahrheit zu beeidigen – und auch die Unwahrheit.»

«Wollen Sie sagen, dass Sie mir nicht glauben?»

«Es spielt keine Rolle, ob ich Ihnen glaube oder nicht. Sie brauchen mit Ihrer Auskunft nicht *mich* zufrieden zu stellen.»

«Wen dann?»

Poirot lächelte.

«Inspector Morton – der in diesem Augenblick durch den Seiteneingang auf die Terrasse getreten ist.»

Michael Shane wirbelte herum.

Dreiundzwanzigstes Kapitel

I

«Mir wurde gesagt, dass Sie hier sind, Monsieur Poirot», sagte Inspector Morton.

Die beiden Männer schlenderten Seite an Seite über die Terrasse.

«Ich bin mit Superintendent Parwell von Matchfield hergekommen. Dr. Larraby hatte ihn wegen Mrs. Leo Abernethie angerufen, und er ist hergekommen, um sich ein bisschen umzuhören. Der Arzt hat ein paar Zweifel.»

«Und Sie, mein Freund?», fragte Poirot. «Was führt Sie hierher? Sie sind weit fort von ihrem heimatlichen Berkshire.»

«Ich wollte Antwort auf ein paar Fragen bekommen – und die Leute, die sie mir geben können, sind praktischerweise alle hier versammelt.» Nach einer kurzen Pause fügte er hinzu: «Das haben wohl Sie bewerkstelligt?»

«Ja, das habe ich bewerkstelligt.»

«Und als Ergebnis davon erhält Mrs. Leo Abernethie einen Schlag auf den Kopf, der sie bewusslos macht.»

«Dafür dürfen Sie nicht mir die Schuld geben. Wenn sie zu *mir* gekommen wäre … Aber das ist sie nicht. Stattdessen hat sie ihren Notar in London angerufen.»

«Und wollte ihm gerade alles sagen, als – zack!»

«Als – wie Sie sagen – zack!»

«Und was hat sie ihm vorher sagen können?»

«Sehr wenig. Sie erzählte ihm nur, dass sie sich im Spiegel ansah.»

«Ach ja», meinte Inspector Morton philosophisch. «Das kann bei Frauen vorkommen.» Er musterte Poirot eingehender. «Hat Ihnen das weitergeholfen?»

«Ja, ich glaube, ich weiß, was sie ihm sagen wollte.»

«Im Rätselraten sind Sie sehr gut, nicht? Das waren Sie immer schon. Also, was wollte sie ihm sagen?»

«Verzeihung – ermitteln Sie über den Tod von Richard Abernethie?»

«Offiziell nicht. Aber wenn es natürlich etwas mit der Ermordung von Mrs. Lansquenet zu tun hat…»

«Es hat etwas damit zu tun, ja. Aber ich bitte Sie, mein Freund, lassen Sie mir noch ein paar Stunden Zeit. Dann werde ich wissen, ob meine Vermutung – meine Vermutung, verstehen Sie – der Wahrheit entspricht. Wenn dem so ist…»

«Nun, wenn dem so ist?»

«Dann kann ich Ihnen möglicherweise einen konkreten Hinweis geben.»

«Den könnten wir wirklich gut gebrauchen.» In Inspector Mortons Stimme lag eine gewisse Verzweiflung. Dann warf er Poirot einen forschenden Seitenblick zu. «Was haben Sie in der Hinterhand?»

«Nichts. Gar nichts. Weil der Beweis, dessen Existenz ich vermute, möglicherweise nicht existiert. Ich habe ihn lediglich aus verschiedenen Gesprächsfetzen zusammengesetzt. Ich könnte», sagte Poirot wenig überzeugend, «mich irren.»

Morton lächelte.

«Aber das passiert Ihnen nicht sehr oft?»

«Nein. Obwohl ich zugebe – ja, leider muss ich das sagen –, dass es mir ein oder zwei Mal doch passiert ist.»

«Ich muss sagen, ich bin erleichtert, das zu hören! Immer Recht zu haben muss gelegentlich langweilig sein.»

«Der Ansicht bin ich nicht», versicherte Poirot ihm.

Inspector Morton lachte.

«Sie wollen mich bitten, noch keine Verhöre zu führen?»

«Nein, nein, keineswegs. Tun Sie, was Sie zu tun gedachten. Ich nehme an, Sie dachten nicht schon an eine Verhaftung?»

Morton schüttelte den Kopf.

«Dafür sind die Beweise einfach noch nicht stichfest genug. Wir müssen erst die Entscheidung des Staatsanwalts abwarten – und das wird noch lange dauern. Nein, ich möchte nur Aussagen von gewissen Familienangehörigen haben bezüglich ihres Verbleibs am fraglichen Tag – in einem Fall vielleicht mit einer Rechtsmittelbelehrung.»

«Ich verstehe. Mrs. Banks?»

«Sie sind scharfsichtig. Ja. Sie war an dem Tag dort. Ihr Auto stand im Steinbruch.»

«Aber sie wurde nicht gesehen, wie sie tatsächlich am Steuer saß?»

«Nein.»

Nach einer kurzen Pause fügte der Inspector hinzu: «Es spricht nicht gerade für sie, dass sie uns verschwiegen hat, dass sie an dem Tag in Lytchett St. Mary war. Dafür wird sie eine zufrieden stellende Erklärung abgeben müssen.»

«Im Erklären ist sie sehr geschickt», meinte Poirot trocken.

«Ja. Sie ist eine clevere junge Frau. Vielleicht ein bisschen zu clever.»

«Es ist nie klug, zu clever zu sein. Damit liefern Mörder sich selbst der Polizei aus. Ist noch mehr über George Crossfield herausgekommen?»

«Nichts Handfestes. Er ist ein 08/15-Typ. Es gibt viele junge Männer wie ihn, die im Zug, im Bus oder auf dem Fahrrad durch die Gegend fahren. Nach einer Woche oder so fällt es Leuten schwer, sich zu erinnern, ob sie am Mittwoch oder Donnerstag an einem bestimmten Ort waren und jemanden gesehen haben.»

Er zögerte, ehe er weitersprach. «Wir haben eine etwas merkwürdige Information bekommen – von der Mutter Oberin eines Klosters. Zwei ihrer Nonnen waren beim Spendensammeln unterwegs. Offenbar standen sie bei Cora Lansquenet vor der

Tür an dem Tag, *bevor* sie ermordet wurde, aber niemand hat ihnen aufgemacht. Das ist begreiflich – schließlich war sie oben in Nordengland bei der Beerdigung von Abernethie, und die Gilchrist hatte den Tag freibekommen und einen Ausflug nach Bournemouth gemacht. Das Seltsame ist, dass die beiden Nonnen sagten, *da sei jemand im Haus gewesen.* Sie sagen, sie hätten Stöhnen und Ächzen gehört. Ich habe nachgefragt, ob es nicht einen Tag später war, aber die Mutter Oberin beharrte darauf, dass es genau der Tag war. Offenbar führen sie über solche Sachen Buch. Hat jemand an dem Tag die Chance genutzt und das Haus durchsucht, während beide Frauen weg waren? Und hat dieser Jemand nicht gefunden, wonach er suchte, und ist am nächsten Tag wieder gekommen? Allerdings gebe ich nicht viel auf das Stöhnen und noch weniger auf das Ächzen. Auch Nonnen sind abergläubisch, und ein Haus, in dem jemand ermordet wurde, bietet sich förmlich dafür an, dass man solche Geräusche gehört hat. Die Frage ist – war da jemand, der im Haus nichts zu suchen hatte? Und wenn, wer war's? Die ganzen Abernethies waren bei der Beerdigung.»

Poirot stellte eine scheinbar unwesentliche Frage. «Diese Nonnen, die da in der Gegend sammelten – sind sie später noch einmal wiedergekommen?»

«Ja, das sind sie – ungefähr eine Woche später. Soweit ich weiß, war das am Tag der gerichtlichen Untersuchung.»

«Das passt», erklärte Hercule Poirot. «Das passt genau.»

Inspector Morton sah ihn fragend an.

«Was hat dieses Interesse an den Nonnen zu bedeuten?»

«Sie sind mir förmlich aufgezwungen worden, ob ich es wollte oder nicht. Es wird Ihnen wohl kaum entgangen sein, Inspector, dass sich der Besuch der Nonnen am selben Tag ereignete, an dem der vergiftete Hochzeitskuchen seinen Weg ins Haus fand.»

«Aber Sie glauben doch nicht … Das ist ein absurder Gedanke, oder nicht?»

«Meine Gedanken sind nie absurd», sagte Hercule Poirot

tadelnd. «Und nun, *mon cher,* überlasse ich Sie Ihren Fragen und Ermittlungen über den Anschlag auf Mrs. Abernethie. Ich meinerseits begebe mich auf die Suche nach der Nichte des verstorbenen Richard Abernethie.»

«Bitte passen Sie auf, was Sie Mrs. Banks sagen.»

«Ich spreche nicht von Mrs. Banks. Ich spreche von Richard Abernethies anderer Nichte.»

II

Rosamund saß auf einer Bank neben dem Bach, der in einem Wasserfall herabstürzte und dann durch einen Dschungel von Rhododendronbüschen dahinplätscherte. Sie starrte gedankenverloren ins Wasser, als Poirot zu ihr trat.

«Ich hoffe, ich störe keine Ophelia», sagte er, als er sich neben sie setzte. «Sie studieren vielleicht die Rolle gerade ein?»

«Ich habe noch nie Shakespeare gespielt», antwortete Rosamund. «Außer einmal die Jessica im *Kaufmann* irgendwo in der Provinz. Eine miese Rolle.»

«Aber es fehlt ihr nicht an Pathos. *Nie macht die liebliche Musik mich lustig.* Sie hatte eine große Last zu tragen, die arme Jessica, die Tochter des verhassten, verachteten Juden. Wie viel Selbstzweifel sie gehabt haben muss, als sie die Dukaten ihres Vaters mitnahm, bevor sie mit ihrem Geliebten davonlief. Jessica mit Gold war eine Sache – Jessica ohne Gold wäre vielleicht eine völlig andere gewesen.»

Rosamund wandte ihm den Kopf zu und betrachtete ihn.

«Ich habe gedacht, Sie wären schon weg.» Ihr Ton klang leicht vorwurfsvoll. Sie warf einen Blick auf ihre Armbanduhr. «Es ist schon nach zwölf.»

«Ich habe den Zug versäumt», sagte Poirot.

«Warum?»

«Sie glauben, ich habe ihn aus einem bestimmten Grund versäumt?»

«Das nehme ich an. Sie sind doch ziemlich korrekt, oder nicht? Wenn Sie einen bestimmten Zug erreichen wollten, würden Sie ihn auch erreichen.»

«Sie haben ein bewundernswertes Urteilsvermögen. Wissen Sie, Madame, ich habe in dem kleinen Sommerhaus gesessen und gehofft, Sie würden mir vielleicht einen Besuch abstatten.»

Rosamund starrte ihn an.

«Warum sollte ich das? Sie hatten sich doch mehr oder minder schon in der Bibliothek von uns verabschiedet.»

«Das hatte ich in der Tat. Und es gibt nichts … das Sie mir sagen möchten?»

«Nein.» Rosamund schüttelte den Kopf. «Es gibt einiges, worüber ich nachdenken möchte. Wichtige Dinge.»

«Ich verstehe.»

«Ich denke nicht oft nach», fuhr Rosamund fort. «Pure Zeitverschwendung. Aber das, worum es jetzt geht, ist wichtig. Ich finde, man sollte sein Leben so planen, wie man es gerne führen möchte.»

«Und das tun Sie jetzt?»

«Na ja, ja … Ich habe versucht, eine Entscheidung zu treffen.»

«Über Ihren Mann?»

«In gewisser Hinsicht.»

Poirot wartete einen Augenblick. «Inspector Morton ist gerade eingetroffen», sagte er dann und fügte hinzu, Rosamunds Frage vorwegnehmend: «Das ist der Polizeibeamte, dem die Ermittlungen im Fall von Mrs. Lansquenets Tod übertragen wurden. Er ist hergekommen, weil er von Ihnen allen erfahren möchte, wo Sie am Tag ihres Todes waren.»

«Ich verstehe. *Ein Alibi.*» Rosamund klang belustigt.

Ihr schönes Gesicht verzog sich zu einem amüsierten Lächeln.

«Das wird Michael einen schönen Schreck einjagen», sagte sie. «Er denkt, ich wüsste nicht, dass er an dem Tag zu der Frau gefahren ist.»

«Woher wussten Sie das?»

«Es ging eindeutig aus der Art hervor, wie er sagte, dass er sich mit Oscar zum Mittagessen treffen würde. So schrecklich beiläufig, wissen Sie, und seine Nase hat ein ganz kleines bisschen gezuckt, wie immer, wenn er lügt.»

«Ich bin von Herzen dankbar, dass ich nicht mit Ihnen verheiratet bin, Madame!»

«Und dann habe ich mich natürlich vergewissert und Oscar angerufen», fuhr Rosamund fort. «Männer stellen sich beim Lügen immer so dumm an!»

«Er ist, fürchte ich, kein sehr treuer Ehemann?» Poirot zögerte mit seiner Frage.

Rosamund widersprach ihm nicht.

«Nein.»

«Aber es stört Sie nicht?»

«Ach, in gewisser Hinsicht ist es lustig», sagte Rosamund. «Ich meine, einen Mann zu haben, den alle anderen Frauen einem wegschnappen wollen. Ich fände es schrecklich, mit einem Mann verheiratet zu sein, den keine andere haben will – wie die arme Susan. Greg ist doch nur ein Waschlappen!»

Poirot musterte sie.

«Und falls es jemandem gelingen sollte – Ihnen Ihren Mann wegzunehmen?»

«Das wird nicht passieren», antwortete Rosamund. «Jetzt nicht mehr», fügte sie hinzu.

«Sie meinen …»

«Jetzt nicht mehr, wo ich das Geld von Onkel Richard habe. Michael verguckt sich in diese Weiber – diese Sorrel Dainton hätte sich ihn beinahe gekrallt, wollte ihn ganz für sich haben – aber für Michael ist die Bühne wichtiger als alles andere. Und jetzt kann er groß rauskommen, kann seine eigene Show auf die Beine stellen. Er kann auch selbst Stücke produzieren und braucht nicht nur zu spielen. Er ist sehr ehrgeizig, müssen Sie wissen, und er ist wirklich gut. Nicht wie ich. Ich stehe schrecklich gern auf der Bühne – aber ich bin schlecht, obwohl ich ganz nett aussehe. Nein, jetzt mache ich mir keine Sorgen mehr wegen Michael. Schließlich ist es mein Geld.»

Sie begegnete Poirots Blick ruhig. Wie erstaunlich, dachte er sich, dass die beiden Nichten Richard Abernethies sich in Männer verliebt hatten und sie innig liebten, obwohl diese Männer ihre Lieben nicht erwidern konnten. Dabei war Rosamund außergewöhnlich schön und Susan war attraktiv und hatte viel Sexappeal. Susan brauchte die Illusion, dass Gregory sie liebte, und klammerte sich daran fest. Rosamund war scharfsichtig und gab sich keinerlei Illusionen hin, aber sie wusste, was sie wollte.

«Die Sache ist, dass ich eine schwerwiegende Entscheidung treffen muss – über die Zukunft», fuhr Rosamund fort. «Michael weiß noch nichts davon.» Ein Lächeln erschien auf ihrem Gesicht. «Er hat herausgefunden, dass ich an dem Tag gar nicht beim Einkaufen war, und ist höchst misstrauisch wegen dem Regent's Park.»

«Was ist mit dem Regent's Park?» Poirot sah sie verständnislos an.

«Da bin ich gewesen, nachdem ich in der Harley Street war. Nur um ein bisschen spazieren zu gehen und nachzudenken. Michael denkt natürlich, dass ich einen Mann getroffen habe, wenn ich schon einmal in einen Park gehe!»

Rosamund lächelte glückselig. «Das hat ihm gar nicht gefallen!»

«Aber warum sollten Sie nicht in den Regent's Park gehen?», erkundigte sich Poirot.

«Nur um spazieren zu gehen, meinen Sie?»

«Ja. Tun Sie das sonst nicht?»

«Nein. Warum auch? Weswegen sollte man denn in den Regent's Park gehen?»

Poirot sah sie an. «Für Sie gibt es in der Tat keinen Grund.» Dann fügte er hinzu: «Ich glaube, Madame, Sie sollten den grünen Malachittisch Ihrer Cousine Susan überlassen.»

Rosamunds Augen weiteten sich.

«Aber warum denn? *Ich* will ihn haben.»

«Ich weiß, ich weiß. Aber Sie – Sie werden Ihren Mann behalten. Die arme Susan, sie wird ihren verlieren.»

«Ihn verlieren? Sie meinen, Greg ist mit einer anderen Frau durchgebrannt? Das hätte ich ihm nie zugetraut, diesem Kümmerling.»

«Untreue ist nicht die einzige Möglichkeit, einen Mann zu verlieren, Madame.»

«Sie wollen doch nicht sagen…?» Rosamund starrte ihn an. «Sie glauben doch nicht, dass Greg Onkel Richard vergiftet hat, Tante Cora erschlagen und Tante Helen eins über den Kopf gezogen hat? Das ist lächerlich. Das weiß sogar ich.»

«Wer war es dann?»

«George natürlich. George ist ein Gauner, müssen Sie wissen, er ist in einen Währungsschwindel verstrickt – das weiß ich von ein paar Freunden, die in Monte Carlo waren. Ich vermute, dass Onkel Richard Wind davon bekommen hat und ihn aus dem Testament streichen wollte. Ich habe immer gewusst, dass es George war», schloss sie zufrieden.

Vierundzwanzigstes Kapitel

I

Das Telegramm traf gegen sechs Uhr abends ein.

Wie eigens verlangt, wurde es persönlich zugestellt und nicht per Telefon übermittelt. Hercule Poirot, der sich schon geraume Zeit in der Nähe der Haustür herumgetrieben hatte, riss es Lanscombe förmlich aus der Hand, als dieser es vom Boten entgegen nahm.

Mit ebenso untypischer Hast öffnete er das Schreiben. Innen standen drei Worte und eine Unterschrift.

Poirot stieß einen Seufzer der Erleichterung aus.

Dann holte er aus seiner Hosentasche eine Ein-Pfund-Note und reichte sie dem verblüfften Botenjungen.

«Es gibt Momente, in denen man jegliche Sparsamkeit fahren lassen muss», sagte er zu Lanscombe.

«Das könnte möglich sein, Sir», erwiderte Lanscombe höflich.

«Wo ist Inspector Morton?», fragte Poirot.

«Einer der Herren Polizisten» – Lanscombe sprach mit Abscheu und deutete damit subtil an, dass gewisse Dinge wie Namen von Polizisten sofort der Vergessenheit anheim fielen – «ist fort. Der andere hält sich meines Wissens im Herrenzimmer auf.»

«Großartig», sagte Poirot. «Ich gehe sofort zu ihm.»

Er versetzte Lanscombe einen Klaps auf die Schulter. «Courage! Wir stehen kurz vor dem Ziel!»

Lanscombe sah ein wenig bestürzt drein; wieso sollte der

267

exotische ausländische Herr kurz vor dem Ziel stehen, wo seine Abfahrt doch erst bevorstand?

«Planen Sie denn nicht, den Zug um einundzwanzig Uhr dreißig zu nehmen, Sir?», fragte er.

«Geben Sie die Hoffnung nicht auf.» Damit wandte Poirot sich zum Gehen, drehte sich dann aber noch einmal um. «Erinnern Sie sich noch an die ersten Worte, die Mrs. Lansquenet zu Ihnen sagte, als sie am Tag der Beerdigung Ihres gnädigen Herren hier ankam?»

«Daran erinnere ich mich sehr gut, Sir.» Lanscombes Gesicht hellte sich auf. «Miss Cora – verzeihen Sie, Mrs. Lansquenet – irgendwie denke ich immer noch als Miss Cora an sie…»

«Das kann ich verstehen.»

«Sie sagte zu mir: ‹Guten Tag, Lanscombe. Es ist schon lange her, dass Sie uns Baisers in die Hütten gebracht haben.› Die Kinder hatten früher jeder eine eigene Hütte – im Park unten am Zaun. Im Sommer, wenn es eine Abendgesellschaft gab, habe ich den jungen Herrschaften – den sehr jungen, verstehen Sie, Sir – etwas Baisergebäck gebracht. Miss Cora hat immer sehr gerne gut gegessen.»

Poirot nickte.

«Ja», sagte er. «Das habe ich erwartet. Doch, das war sehr typisch.»

Er ging auf der Suche nach Inspector Morton ins Herrenzimmer und reichte ihm wortlos das Telegramm.

Morton las es verwundert.

«Ich verstehe kein Wort.»

«Die Zeit ist gekommen, mich Ihnen zu erklären.»

Inspector Morton grinste.

«Sie klingen wie eine junge Dame aus einem viktorianischen Melodram. Aber es ist wirklich Zeit, dass Sie mit etwas herausrücken. Recht viel länger kann ich diese Farce nicht aufrechterhalten. Der junge Banks besteht immer noch darauf, dass er Richard Abernethie vergiftet hat, und prahlt, dass wir ihm nie etwas werden nachweisen können. Was ich einfach nicht verstehe, ist, warum bei jedem Mord immer jemand aufkreuzt und erklärt, er sei's gewesen! Was versprechen die Leute sich davon? Das geht über meinen Verstand.»

«In diesem Fall vermutlich Flucht vor der Aufgabe, Selbstverantwortung zu übernehmen – anders gesagt: das Sanatorium Forsdyke.»

«Broadmoor ist wohl wahrscheinlicher.»

«Das könnte denselben Zweck erfüllen.»

«Hat er es wirklich getan, Poirot? Diese Gilchrist hat mir dieselbe Geschichte erzählt wie Ihnen, und das würde gut zu dem passen, was Richard Abernethie über seine Nichte sagte. Wenn ihr Mann es getan hat, dann ist sie daran beteiligt. Irgendwie kann ich mir zwar nicht vorstellen, dass das Mädchen eine ganze Reihe von Verbrechen begeht. Aber sie würde vor nichts Halt machen, um *ihn* zu schützen.»

«Ich werde Ihnen alles berichten …»

«Ja, ja, berichten Sie mir alles! Und jetzt beeilen Sie sich schon, Mann Gottes!»

II

Dieses Mal bat Hercule Poirot seine Zuhörer, sich im großen Salon zu versammeln.

Auf den Gesichtern, die sich ihm zuwandten, lag eher Belustigung als Spannung. Mit der Ankunft von Inspector Morton und Superintendent Parwell hatte ein Gefühl von Bedrohung um sich gegriffen. Angesichts der uniformierten Polizisten, die Verhöre führten und Aussagen verlangten, war Privatdetektiv Hercule Poirot beinahe zu einer Art Witzfigur verblasst.

Timothy brachte die allgemeine Empfindung zum Ausdruck, als er im gut vernehmbaren Flüsterton zu seiner Frau sagte: «Aufgeblasener kleiner Wichtigtuer! Entwhistle hat wohl den Verstand verloren – was anderes kann man das nicht nennen!»

Der allgemeinen Stimmung nach zu urteilen, würde Hercule Poirot große Mühe haben, die gewünschte Wirkung zu erzielen.

Er begann auf seine etwas hochtrabende Art.

«Zum zweiten Male verkünde ich meine bevorstehende Abfahrt! Heute Vormittag setzte ich sie für den Zug um zwölf Uhr an. Heute Abend verkünde ich sie für den Zug um neun Uhr dreißig – das heißt, gleich nach dem Abendessen. Ich fahre, weil es hier nichts mehr für mich zu tun gibt.»

«Das hätte ich ihm die ganze Zeit schon sagen können.» Timothy war nicht bereit, seine Kommentare für sich zu behalten. «Es hat überhaupt nie etwas für ihn zu tun gegeben. Diese Frechheit!»

«Ursprünglich kam ich hierher, um ein Rätsel zu lösen. Das Rätsel ist gelöst. Lassen Sie mich zuerst die verschiedenen Punkte ansprechen, auf die der vortreffliche Mr. Entwhistle mich aufmerksam machte.

Zum einen stirbt Mr. Richard Abernethie eines plötzlichen Todes. Zum Zweiten sagt seine Schwester Cora Lansquenet nach seiner Beerdigung: ‹Er ist doch ermordet worden, oder nicht?›. Zum Dritten wird Mrs. Lansquenet ermordet. Die Frage lautet: Stehen diese drei Ereignisse im Zusammenhang? Lassen Sie uns betrachten, was als Nächstes passiert. Miss Gilchrist, die Gefährtin der Toten, erkrankt, nachdem sie ein Stück mit Arsen vergifteten Hochzeitskuchen isst. Das ist also die nächste Etappe im Ablauf der Ereignisse.

Nun, wie ich Ihnen heute Vormittag bereits erklärte, ich bin im Verlauf meiner Ermittlung auf nichts – überhaupt nichts – gestoßen, das den Verdacht erhärtet, Mr. Abernethie sei vergiftet worden. Gleichermaßen, wie ich hinzufügen muss, habe ich nichts entdeckt, das einen Tod durch Gift schlüssig *widerlegt*. Doch wenn wir fortfahren, gestalten sich die Dinge einfacher. Es steht außer Zweifel, dass Cora Lansquenet bei der Beerdigung ihre Aufsehen erregende Frage stellte. Darüber herrscht Einstimmigkeit. Ebenso unstrittig ist, dass Mrs. Lansquenet am darauf folgenden Tag ermordet wird – mittels eines Beils. Lassen Sie uns nun das vierte Element der Handlungsreihe eingehender betrachten. Der Paketpostbote ist sich relativ sicher – obwohl er keinen Eid darauf schwören möchte –, dass er das Päckchen mit dem Hochzeitskuchen nicht zustellte. Wenn dem so ist, dann wurde das Päckchen von Hand abgegeben. Und obwohl wir keine ‹unbekannte Person› ausschließen können, müssen wir doch unser besonderes Augenmerk auf die Personen richten, die tatsächlich anwesend und in der Lage waren, das Päckchen dort hinzulegen, wo es in der Folge gefunden wurde. Dabei handelt es sich um Miss Gilchrist selbst; um Susan Banks, die an jenem Tag zur gerichtlichen Untersuchung gekommen war; Mr. Entwhistle – aber ja doch, wir müssen auch Mr. Entwhistle einbeziehen; schließlich war auch er zugegen, als Cora ihre Aufsehen erregende Bemerkung machte! Und noch zwei weitere Personen waren anwesend. Ein alter Herr, der sich als ein gewisser Mr. Guthrie ausgab, ein Kunstkritiker, und eine Nonne oder mehrere Nonnen, die am frühen Vormittag an die Tür klopften und um eine Spende baten.

Ich beschloss, von der Voraussetzung auszugehen, dass die Erinnerung des Paketpostboten korrekt war. Somit musste die kleine Gruppe von Verdächtigen eingehend untersucht werden. Miss Gilchrist profitierte in keinster Weise von Richard Abernethies Tod und nur in sehr kleinem Maße von Mrs. Lansquenets – im Gegenteil, deren Ableben beraubte sie ihrer Arbeitsstelle und brachte sie in die missliche Lage, eine neue Stelle suchen zu müssen. Zudem wurde Miss Gilchrist erwiesenermaßen mit einer Arsenvergiftung ins Krankenhaus eingeliefert.

Susan Banks profitierte durchaus von Richard Abernethies Tod und in kleinerem Umfang auch von Mrs. Lansquenets – obwohl das Motiv hier zweifellos eher in Sicherheit begründet läge. Sie hätte guten Grund haben können zu glauben, dass Miss Gilchrist eine Unterhaltung zwischen Cora Lansquenet und ihrem Bruder mit angehört hatte, in der sie namentlich erwähnt wurde, und so beschloss sie, dass Miss Gilchrist ausgeschaltet werden musste. Vergessen Sie nicht, sie selbst weigerte sich, den Hochzeitskuchen zu essen, und wollte den Arzt, als Miss Gilchrist nachts von Übelkeit befallen wurde, auch erst am folgenden Tag rufen.

Mr. Entwhistle profitierte von keinem der beiden Todesfälle – aber er hatte beträchtlichen Einfluss auf Mr. Abernethies Geschäfte und die Treuhandfonds ausgeübt, und es hätte einen guten Grund geben können, weshalb Richard Abernethies Leben nicht allzu lange währen sollte. Aber – werden Sie einwenden –, wenn es Mr. Entwhistle war, warum sollte er sich dann an *mich* wenden?

Und darauf antworte ich: Es wäre nicht das erste Mal, dass ein Mörder seiner Sache allzu sicher ist.

Nun kommen wir zu denjenigen, die ich die beiden Außenstehenden nennen möchte – Mr. Guthrie und eine Nonne. Wenn Mr. Guthrie tatsächlich Mr. Guthrie der Kunstkritiker ist, dann ist er freigesprochen. Dasselbe gilt für die Nonne, wenn sie tatsächlich eine Nonne ist. Die Frage lautet – sind diese Leute das, wofür sie sich ausgeben, oder sind sie jemand anders?

Und ich muss hinzufügen, es zieht sich offenbar das sehr seltsame – *motif,* möchte ich es einmal nennen – einer Nonne durch die ganzen Ereignisse. Eine Nonne kommt an die Tür von Mr. Timothy Abernethies Haus, und Miss Gilchrist glaubt, es handelt sich um dieselbe Nonne, die sie in Lytchett St. Mary gesehen hat. Zudem stand eine Nonne, oder zwei Nonnen, am Tag vor Mr. Abernethies Tod hier an der Haustür...»

«Drei zu eins, dass es die Nonne war», murmelte George Crossfield.

«Das sind also einige Elemente unseres Rätsels», fuhr Poirot fort. «Der Tod Richard Abernethies, die Ermordung von Cora Lansquenet, der vergiftete Hochzeitskuchen, das *motif* der ‹Nonne›.

Ich möchte einige weitere Elemente des Falls hinzufügen, die meine Aufmerksamkeit erregten.

Der Besuch eines Kunstkritikers, der Geruch nach Ölfarbe, eine Postkarte des Hafens von Polflexan und schließlich ein Wachsblumenstrauß auf dem Malachittisch, wo jetzt eine chinesische Vase steht.

Es war das Erwägen all dieser Elemente, das mich zur Wahrheit führte – und ich stehe nun kurz davor, Ihnen diese Wahrheit zu eröffnen.

Den ersten Teil erzählte ich Ihnen bereits heute Vormittag. Richard Abernethie ist plötzlich gestorben – und es hätte keinen Anlass gegeben, Argwohn zu schöpfen, wenn seine Schwester Cora bei der Beerdigung nicht die sonderbare Bemerkung gemacht hätte, die sie nun einmal machte. *Der einzige Hinweis, dass Richard Abernethie ermordet worden sein könnte, besteht in diesen Worten.* Als Folge davon waren Sie alle der Ansicht, dass tatsächlich ein Mord stattgefunden hatte, und Sie glaubten das – weniger wegen der Worte an sich als vielmehr wegen *des Charakters von Cora Lansquenet.* Denn Cora Lansquenet war dafür bekannt, in peinlichen Momenten die Wahrheit zu sagen. Das heißt, der Verdacht, dass Richard ermordet worden war, kam nicht nur wegen Coras Worten auf, sondern vor allem wegen Cora selbst.

Und nun komme ich zu der Frage, die ich mir plötzlich selbst stellte:

Wie gut kannten Sie alle Cora Lansquenet?»

Er schwieg einen Moment.

«Was meinen Sie damit?», fragte Susan scharf.

«*Gar nicht gut* – das ist die Antwort!», fuhr Poirot fort. «Die jüngere Generation hatte sie überhaupt nie kennen gelernt oder wenn, dann nur als kleine Kinder. Im Grunde waren an jenem Tag nur drei Leute im Haus, die Cora Lansquenet überhaupt kannten: der Butler, der alt und praktisch blind ist; Mrs. Timothy Abernethie, die sie nur wenige Male gesehen hatte, und das in der Zeit vor ihrer eigenen Hochzeit; und Mrs. Leo Abernethie, die sie recht gut kannte, aber seit über zwanzig Jahren nicht mehr gesehen hatte.

Also sagte ich mir: Angenommen, es war gar nicht Cora Lansquenet, die an jenem Tag an der Beerdigung teilnahm?»

«Wollen Sie damit sagen, dass Tante Cora *nicht* Tante Cora war?» Susan klang ungläubig. «Wollen Sie sagen, dass gar nicht Tante Cora ermordet wurde, sondern jemand anders?»

«O nein, es war Cora Lansquenet, die ermordet wurde. *Aber es war nicht Cora Lansquenet,* die am Tag zuvor der Beerdigung ihres Bruders beiwohnte. Die Frau, die an dem Tag kam, kam aus nur einem Grunde – um die Tatsache von Richards plötzlichem Tod zu ihrem Vorteil auszunutzen. Und um in den Köpfen seiner Anverwandten den Verdacht zu erwecken, er sei ermordet worden. Was ihr glänzend gelang!»

«Unsinn! Warum? Wozu sollte das gut sein?», fragte Maude aufgebracht.

«Warum? *Um die Aufmerksamkeit vom eigentlichen Mord abzulenken.* Vom Mord an Cora Lansquenet selbst. Denn wenn Cora sagt, dass Richard ermordet worden ist, *und sie am folgenden Tag selbst ermordet wird,* werden die beiden Todesfälle in Zusammenhang gebracht, als Ursache und Wirkung. Aber wenn nur Cora ermordet und ihr Haus ausgeraubt wird und wenn die Theorie vom Raubüberfall die Polizei nicht überzeugt, wo beginnt sie ihre Suche dann? In unmittelbarer Umgebung, nicht wahr? Der Verdacht fällt als Erstes auf die Frau, die mit ihr im Haus lebte.»

Miss Gilchrist protestierte fast ein wenig zu schrill. «Aber kommen Sie – wirklich – Mr. Pontarlier – Sie wollen doch nicht behaupten, ich würde wegen einer Amethystbrosche und einigen wertlosen Bildern einen Mord begehen?»

«Nein», räumte Poirot ein. «Etwas mehr war es schon. Unter den Bildern war eines, Miss Gilchrist, das den Hafen von Polflexan darstellte und das, wie Mrs. Banks scharfsichtig bemerkte, nach einer Postkarte gemalt wurde, auf der die alte Pier noch abgebildet war. Aber Mrs. Lansquenet malte immer nach der Natur. Da fiel mir wieder ein, dass Mr. Entwhistle erwähnt hatte, es habe im Haus *nach Ölfarbe gerochen,* als er das erste Mal

274

dort war. Sie können doch malen, nicht wahr, Miss Gilchrist? Ihr Vater war Maler und Sie verstanden einiges von Malerei. Angenommen, eines der Bilder, die Cora billig auf einem Trödelmarkt gekauft hatte, war sehr wertvoll. Angenommen, sie selbst erkannte das nicht, Sie aber bemerkten es. Sie wussten, dass Cora bald den Besuch eines alten Freundes erwartete, der ein bekannter Kunstkritiker war. Dann stirbt plötzlich ihr Bruder – und Ihnen kommt ein Plan in den Sinn. Es ist ganz leicht, ihr morgens ein Beruhigungsmittel in den Tee zu geben, so dass sie den ganzen Tag der Beerdigung bewusstlos im Bett liegt, während Sie in Enderby ihre Rolle übernehmen. Sie kannten Enderby sehr gut aus ihren Erzählungen. Cora hatte, wie Menschen eines gewissen Alters es zu tun pflegen, häufig über ihre Kindheit gesprochen. Es war sehr leicht für Sie, als Erstes dem alten Lanscombe gegenüber eine Bemerkung über Baisergebäck und Hütten fallen zu lassen, um ihm Ihre Identität glaubhaft zu versichern, falls er daran zweifeln sollte. Doch, Sie haben Ihr Wissen von Enderby an dem Tag sehr gut eingesetzt, mit Anspielungen auf dieses, mit Erinnerungen an jenes. Niemand vermutete, dass Sie nicht Cora waren. Sie trugen Coras Kleidung, ein wenig ausgepolstert, und da Cora immer falsche Ponyfransen anlegte, konnten Sie ihr das leicht nachmachen. In den letzten zwanzig Jahren hatte niemand Cora gesehen – und in zwanzig Jahren verändern Leute sich so stark, dass man oft den Satz hört: ‹Ich hätte Sie nie im Leben wieder erkannt!› Aber Manierismen vergisst man nicht, und Cora hatte bestimmte unverkennbare Manierismen, die Sie vor dem Spiegel sorgfältig einstudierten.

Und genau da machten Sie sinnigerweise Ihren ersten Fehler. *Sie vergaßen, dass ein Spiegelbild stets seitenverkehrt ist.* Als Sie im Spiegel die perfekte Wiedergabe von Coras vogelartiger Kopfhaltung sahen, bemerkten Sie nicht, dass es die *falsche Seite* war. Sie wussten, dass Cora – sagen wir – den Kopf stets nach rechts neigte, aber Sie vergaßen, dass Sie ihren eignen Kopf nach *links* legen mussten, um die Wirkung *im Spiegel* zu erzielen.

Das war die Sache, die Helen Abernethie verstörte, als Sie Ihre berühmte Bemerkung fallen ließen. Irgendetwas kam ihr ‹merkwürdig› vor. Mir selbst wurde neulich abends bewusst, was in einem solchen Fall passiert – das war, als Rosamund Shane eine überraschende Bemerkung machte. Alle schauen unwillkürlich zu der Person, die spricht. Als Mrs. Leo also sagte, etwas habe ‹nicht gestimmt›, musste es etwas sein, das mit *Cora Lansquenet* zusammenhing. Neulich abends, nach dem Gespräch über Spiegelbilder und wie man sich selbst sieht, glaube ich, dass Mrs. Leo vor einem Spiegel saß. Ihr Gesicht ist relativ symmetrisch. Vermutlich dachte sie an Cora, erinnerte sich daran, wie Cora den Kopf nach rechts zu legen pflegte, tat es, schaute in den Spiegel – und da kam ihr das Bild natürlich nicht richtig vor. Schlagartig wurde ihr klar, was am Tag der Beerdigung nicht gestimmt hatte. Sie kam zu dem Ergebnis: Entweder hatte Cora sich angewöhnt, den Kopf auf die andere Seite zu legen – was höchst unwahrscheinlich war –, oder *Cora war nicht Cora gewesen.* Weder das eine noch das andere schien für sie Sinn zu ergeben. Aber sie war entschlossen, Mr. Entwhistle auf der Stelle von ihrer Entdeckung zu berichten. Eine zweite Person, die stets früh aufsteht, folgte ihr nach unten, und aus Angst, was Helen Abernethie aufdecken könnte, schlug sie ihr mit einem schweren Türhemmer auf den Kopf.»

Poirot hielt kurz inne.

«Ich kann Ihnen bereits jetzt sagen, Miss Gilchrist», fuhr er fort, «dass die Gehirnerschütterung, die Mrs. Abernethie erlitten hat, nicht schwerwiegend ist. Sie wird uns bald ihre eigene Geschichte schildern können.»

«Ich habe nichts dergleichen getan», sagte Miss Gilchrist. «Das Ganze ist eine infame Lüge.»

«Das waren damals wirklich Sie», meinte Michael Shane plötzlich. Er hatte Miss Gilchrist unverwandt betrachtet. «Das hätte mir früher auffallen müssen – ich hatte das vage Gefühl, Sie irgendwo schon einmal gesehen zu haben … aber natürlich schaut man sich…» Er brach ab.

«Nein, eine Hausdame schaut man sich natürlich nicht genau an.» Miss Gilchrists Stimme zitterte ein wenig. «Domestiken! Dienstmädchen! Eine bessere Putzhilfe! Aber fahren Sie nur fort, Monsieur Poirot. Fahren Sie mit Ihrer fantastisch unsinnigen Geschichte fort!»

«Die Andeutung, es könnte ein Mord gewesen sein, war natürlich nur der erste Schritt», griff Poirot seinen Faden wieder auf. «Sie hatten noch mehr in der Hinterhand. Sie waren jederzeit bereit zu gestehen, dass Sie ein Gespräch zwischen Richard und seiner Schwester belauscht hatten. Was er ihr erzählte, war zweifellos, dass er nicht mehr lange zu leben hatte, und das erklärt auch einen etwas ominösen Satz in dem Brief, den er ihr bei seiner Rückkehr nach Enderby schrieb. Die ‹Nonne› war eine weitere Ihrer Erfindungen. Die Nonne – oder vielmehr, die Nonnen –, die am Tag der gerichtlichen Untersuchung vor der Haustür standen, brachten Sie auf die Idee, eine Nonne zu erfinden, die Sie verfolgte, und diese Ausrede setzten Sie ein, als Sie hören wollten, was Mrs. Timothy ihrer Schwägerin in Enderby am Telefon sagte. Und auch, weil Sie sie hierher begleiten wollten, um zu sehen, wie sich alles weiter entwickelte. Sich selbst mit Arsen zu vergiften – schwer, aber nicht tödlich –, ist ein altbekanntes Motiv – und ich muss an dieser Stelle anmerken, dass eben dieser Umstand Inspector Mortons Verdacht auf Sie lenkte.»

«Aber das Bild?», wollte Rosamund wissen. «Was für ein Bild ist es denn?»

Bedächtig faltete Poirot ein Telegramm auf.

«Heute Morgen rief ich Mr. Entwhistle an, der ein sehr verantwortungsbewusster Mann ist, und trug ihm auf, nach Stansfield Grange zu fahren und auf Anweisung von Mr. Abernethie selbst» – an dieser Stelle warf Poirot Timothy einen einschüchternden Blick zu – «die Bilder in Miss Gilchrists Zimmer zu durchsuchen und dasjenige vom Hafen in Polflexan mitzunehmen mit der Ausrede, es solle als Überraschung für Miss Gilchrist neu gerahmt werden. Ich trug ihm auf, es nach London zu Mr. Guthrie zu bringen, den ich per Telegramm vorgewarnt hatte. Das rasch hingetuschte Bild von Polflexan wurde entfernt, das ursprüngliche Bild kam zum Vorschein.»

Er hielt das Telegramm hoch. «*Eindeutig ein Vermeer. Guthrie.*»

Wie elektrisiert stieß Miss Gilchrist einen Schrei aus.

«Ich habe gewusst, dass es ein Vermeer ist. Ich hab's *gewusst!* Aber *sie* hat keine Ahnung gehabt. Das ganze Gerede von Rembrandts und italienischen Primitiven und dabei unfähig, einen Vermeer zu erkennen, der direkt vor ihrer Nase liegt! Ewiges Gefasel über Kunst – und nicht die blasseste Ahnung! Dumm wie Bohnenstroh war sie. Hat ständig von diesem Haus geschwärmt – von Enderby, und was sie als Kinder hier alles gemacht haben, von Richard und Timothy und Laura und allen anderen. Und erstickt im Geld sind sie! Das Beste von allem haben sie immer gehabt, die Kinder. Sie haben ja keine Ahnung, wie geisttötend es ist, jemandem zuzuhören, der Stunde um Stunde, Tag um Tag immer über dasselbe redet. Und zu sagen: ‹Ach ja, Mrs. Lansquenet?› und ‹Ach wirklich, Mrs. Lansquenet?› Zu tun, als würde es einen interessieren, und dabei war es öde, öde, einfach öde! Und nichts, worauf man sich freuen kann … Und dann – ein Vermeer! Neulich habe ich in der Zeitung gelesen, dass ein Vermeer für mehr als fünftausend Pfund verkauft wurde!»

«Sie haben sie umgebracht – auf die grausame Art – wegen fünftausend Pfund?» Susan war fassungslos.

«Mit fünftausend Pfund könnte man einen *Teesalon* pachten und einrichten», erklärte Poirot.

Miss Gilchrist wandte sich zu ihm.

«Wenigstens Sie verstehen mich», sagte sie. «Das war die einzige Chance, die ich je bekommen würde. Ich musste etwas Kapital haben.» In ihrer Stimme schwang die Obsession ihres Traums mit. «Ich wollte ihn *Palm Tree* nennen. Und kleine Kamele als Speisekartenhalter. Manchmal kann man wirklich hübsches Porzellan finden – zweite Wahl – und nicht das häss-

278

liche weiße Zeug. Ich wollte den Teesalon in einer feinen Gegend aufmachen, wo feine Gäste kommen würden. Ich hatte an Rye gedacht ... oder vielleicht Chichester ... Es wäre bestimmt schön geworden.» Sie schwieg eine Weile, dann fuhr sie verträumt fort: «Eichentische – und kleine Korbstühle mit rotweiß gestreiften Kissen...»

Einige Sekunden wirkte der Teesalon, den es nie geben würde, realer als die viktorianische Behäbigkeit des Salons in Enderby...

Inspector Morton brach den Bann.

Miss Gilchrist verhielt sich äußerst zuvorkommend. «Aber natürlich», sagte sie. «Sofort. Ich möchte Ihnen keinerlei Schwierigkeiten bereiten. Wenn ich den *Palm Tree* nicht haben kann, ist alles andere relativ gleichgültig...»

Sie ging mit ihm aus dem Zimmer.

Susan sagte erschüttert: «Ich hätte mir nie gedacht, dass ein Mörder *damenhaft* sein könnte. Es ist schrecklich...»

Fünfundzwanzigstes Kapitel

«Aber ich verstehe nicht, wo da die Wachsblumen hineinkommen.» Rosamund hatte ihre blauen Augen vorwurfsvoll auf Poirot gerichtet.

Sie saßen in Helens Wohnung in London. Helen selbst, der Rosamund und Poirot einen Teebesuch abstatteten, lag auf der Couch.

«Ich verstehe nicht, was die Wachsblumen damit zu tun hatten», wiederholte Rosamund. «Und der Malachittisch.»

«Der Malachittisch hatte nichts damit zu tun, nein. Aber die Wachsblumen waren Miss Gilchrists zweiter Fehler. Sie sagte, wie schön sie sich auf dem Malachittisch machten. Aber sehen Sie, Madame, *sie* hätte sie nicht dort sehen können. Weil die Blumen zu Bruch gegangen und weggeräumt worden waren, bevor sie mit Timothy und Maude Abernethie nach Enderby kam. *Also konnte sie sie nur gesehen haben, als sie in der Rolle von Cora Lansquenet dort war.*»

«Das war wirklich dumm von ihr, nicht?», sagte Rosamund.

Poirot drohte ihr scherzhaft mit dem Zeigefinger.

«Das beweist nur, Madame, wie gefährlich es ist, Konversation zu betreiben. Ich bin zutiefst davon überzeugt, wenn Sie eine Person dazu verleiten können, sich lange genug mit Ihnen zu unterhalten – über welches Thema auch immer –, wird diese Person sich früher oder später verraten. Miss Gilchrist hat es getan.»

«Ich werde vorsichtig sein müssen», meinte Rosamund nachdenklich.

Dann hellte sich ihre Miene auf.

«Wussten Sie schon? Ich erwarte ein Kind!»

«Aha! Das steht also hinter der Harley Street und dem Regent's Park?»

«Ja. Ich war so durcheinander, wissen Sie, und so überrascht – dass ich einfach irgendwohin gehen und nachdenken musste.»

«Wenn ich mich recht erinnere, sagten Sie, das passiere nicht allzu oft.»

«Es ist doch viel leichter, wenn man nicht nachdenkt. Aber in dem Fall musste ich Entscheidungen für die Zukunft treffen. Und ich habe beschlossen, die Bühne zu verlassen und nur noch Mutter zu sein.»

«Eine Rolle, die Ihnen sehr gut zu Gesicht stehen wird. Ich sehe bereits zauberhafte Bilder im *Sketch* und im *Tatler*.»

Rosamund lächelte glückselig.

«Ja, es ist großartig. Und stellen Sie sich vor, Michael ist außer sich vor Freude. Das hätte ich nicht gedacht.»

Nach einer Pause fügte sie hinzu: «Susan hat den Malachittisch bekommen. Ich dachte, wenn ich das Kind bekomme ...»

Sie ließ den Satz unvollendet.

«Susans Schönheitssalon sieht viel versprechend aus», sagte Helen. «Ich glaube, er wird ein voller Erfolg werden.»

«Ja, sie ist ein Mensch, dem Erfolg in die Wiege gelegt wurde», pflichtete Poirot bei. «Wie ihrem Onkel.»

«Ich vermute, Sie meinen damit Richard?», warf Rosamund ein. «Und nicht Timothy?»

«Nicht Timothy.»

Alle lachten.

«Greg ist irgendwo auf dem Land», sagte Rosamund. «Laut Susan macht er eine Erholungskur.»

Sie blickte fragend zu Poirot, der jedoch schwieg.

«Ich kann mir nicht vorstellen, warum er immer wieder sagte, er hätte Onkel Richard umgebracht», begann Rosamund erneut. «Glauben Sie, das ist eine Form von Exhibitionismus?»

Poirot griff den vorherigen Gesprächsfaden wieder auf.

«Ich habe einen sehr freundlichen Brief von Mr. Timothy Abernethie erhalten», berichtete er. «Er erklärte sich überaus zufrieden mit den Diensten, die ich der Familie erwiesen habe.»

«Onkel Timothy ist schrecklich», sagte Rosamund.

«Ich fahre sie nächste Woche besuchen», erzählte Helen. «Offenbar lassen sie den Garten neu anlegen, aber mit der Haushaltshilfe haben sie noch Probleme.»

«Wahrscheinlich fehlt ihnen die Schreckschraube Gilchrist», meinte Rosamund. «Aber ich wette, früher oder später hätte sie Onkel Timothy auch umgebracht! Das wäre lustig gewesen!»

«Offenbar ist ein Mord für Sie immer etwas Lustiges, Madame.»

«Ach, eigentlich nicht», antwortete Rosamund ausweichend. «Aber ich habe wirklich gedacht, es wäre George gewesen.» Ihr Mund verzog sich zu einem Grinsen. «Vielleicht kommt es ja noch mal dazu.»

«Und das wird lustig sein», kommentierte Poirot sarkastisch.

«Ja, das stimmt.» Rosamund nickte.

Sie nahm einen Eclair vom Gebäckteller, der vor ihr stand.

Poirot wandte sich an Helen.

«Und Sie, Madame, fahren nach Zypern?»

«Ja, in vierzehn Tagen.»

«Dann lassen Sie mich Ihnen eine gute Reise wünschen.»

Er beugte sich über ihre Hand. Sie begleitete ihn zur Tür, während Rosamund sich verträumt eine weitere Cremeschnitte in den Mund steckte.

«Ich möchte Ihnen sagen, Monsieur Poirot, dass Richards Vermächtnis mir mehr bedeutet hat als allen anderen», erklärte Helen unvermittelt.

«So viel, Madame?»

«Ja, sehen Sie – in Zypern ist ein Kind … Mein Mann und ich waren sehr glücklich miteinander – es war unser großer

Kummer, dass wir keine Kinder hatten. Nach seinem Tod war ich sehr, sehr einsam. Als ich bei Kriegsende in London als Krankenschwester arbeitete, lernte ich jemanden kennen … Er war jünger als ich und verheiratet, allerdings nicht sehr glücklich. Wir waren eine Weile zusammen. Mehr nicht. Er ging nach Kanada zurück – zu seiner Frau und seinen Kindern. Er wusste nie von … unserem Kind. Er hätte es nicht gewollt. Aber ich wollte es. Es kam mir wie ein Wunder vor – eine Frau in mittleren Jahren, die ihr Leben schon hinter sich hatte. Mit Richards Geld kann ich meinem so genannten Neffen eine richtige Ausbildung bezahlen und ihm ein gutes Leben ermöglichen.» Sie machte eine Pause. «Ich habe Richard nie davon erzählt. Er mochte mich gerne, und ich ihn auch – aber er hätte es nicht verstanden. Aber Sie wissen so viel über uns alle, dass ich dachte, Sie würden auch das gerne wissen.»

Poirot beugte sich ein zweites Mal über ihre Hand.

Als er nach Hause kam, saß im Sessel linker Hand vom Kamin ein Besucher.

«Guten Tag, Poirot», sagte Mr. Entwhistle. «Ich komme gerade vom Gericht. Das Urteil lautete natürlich auf schuldig. Aber es würde mich nicht überraschen, wenn sie nach Broadmoor kommt. Seit sie im Gefängnis sitzt, ist sie zweifellos übergeschnappt. Ist ganz vergnügt, wissen Sie, und sehr huldvoll. Den Großteil der Zeit verbringt sie damit, detaillierte Pläne für eine ganze Kette von Teesalons zu schmieden. Ihre neueste Eröffnung heißt *Lilac Bush* und liegt in Cromer.»

«Man fragt sich, ob sie vielleicht schon immer ein wenig verrückt war. Aber ich, ich glaube es nicht.»

«Guter Gott, nein! So klarsichtig wie Sie und ich, als sie den Mord geplant hat. Absolut kaltblütig hat sie ihn begangen. Hinter der betulichen Fassade steckt ein kluger Kopf.»

Poirot schauderte ein wenig.

«Ich denke gerade», sinnierte er, «an die Worte, die Susan Banks sagte – dass sie sich nie gedacht hätte, ein Mörder könnte *damenhaft* sein.»

«Warum nicht?», meinte Mr. Entwhistle. «Mörder haben viele Gesichter.

Sie schwiegen einträchtig – und Poirot dachte an die Mörder, die er gekannt hatte...

Über dieses Buch

Im August 1952 vollendete Agatha Christie einen neuen Roman, der im Mai 1953 bei Collins in London unter dem Titel *After the Funeral* erschien. Der Scherz Verlag veröffentlichte die deutsche Ausgabe 1955 als «Der Wachsblumenstrauß». Bei dem Roman handelt es sich wieder um eine «typische Christie» mit seinen klar gezeichneten Charakteren, dem Charme des englischen Landlebens und einem großen Landsitz, Enderby Hall – und einer verblüffenden Lösung.

Das Buch trägt die Widmung «Für James – im Gedenken an glückliche Tage in Abney». Mit James ist James Watts jr., ihr Neffe gemeint, dem sie eng verbunden war. «Abney» ist Abney Hall, das Heim der Familie Watts in Cheadle, Cheshire. In ihrer Autobiographie erinnert sich Agatha Christie geradezu schwärmerisch an Abney Hall, das in ihrem Leben immer wieder eine wichtige Rolle spielte, verbrachte sie doch nach 1901, dem Todesjahr ihres Vaters, die Weihnachtsfeste dort mit ihrer Mutter und der Familie Watts. Sie kehrte immer wieder gerne nach Abney Hall zurück. So auch im Dezember 1926, um dort nach ihrem mysteriösen Verschwinden wieder Ruhe und Ausgeglichenheit zu finden.

In ihrem Roman «Der Wachsblumenstrauß» nun stellt uns Agatha Christie Abney Hall erneut vor, diesmal «wieder belebt» als Enderby Hall.

Der Roman wurde 1963 für die Leinwand einer geradezu verfälschenden Bearbeitung unterzogen, obwohl am Ende ein schön anzusehender Film mit Margaret Rutherford dabei herauskam. Der Leser wird das womöglich für einen Druckfehler halten, aber es ist schon so: Margaret Rutherford als Jane Marple – obwohl wir einen Hercule-Poirot-Roman vor uns haben.

Tatsächlich wurden ganze Handlungsstränge abgeändert – und, wohl einmalig, die Rolle des Hercule Poirot wurde umgeschrieben in eine für Miss Marple.